U0895566

第五号房

谢晓昀 著

人民文学出版社
PEOPLE'S LITERATURE PUBLISHING HOUSE

谢晓昀
第五号房

著作权合同登记号图字 01-2015-7917
图书在版编目(CIP)数据

第五号房/谢晓昀著.—北京:人民文学出版社.
2015
ISBN 978-7-02-011322-4

Ⅰ.①第… Ⅱ.①谢… Ⅲ.①长篇小说-中国-当代
Ⅳ.①I247.5

中国版本图书馆 CIP 数据核字(2015)第 320832 号

责任编辑:王晓 陶媛媛
封面设计:钱珺

出版发行	人民文学出版社
社 址	北京市朝内大街 166 号
邮政编码	100705
网 址	http://www.rw-cn.com
印 制	山东德州新华印务有限责任公司
经 销	全国新华书店等
字 数	150 千字
开 本	890×1240 毫米 1/32
印 张	7.5
版 次	2016 年 6 月第一版
印 次	2016 年 6 月第一次印刷
书 号	978-7-02-011322-4
定 价	32.00 元

见过第五号房的众人，始终不愿意面对面谈论自己在影片中所看见的一切。

他们像是集体聋哑似的，闭紧嘴巴，眼神涣散，瞳孔更是如幽静的湖面，恒久悠长地凝结于此；但是只要仔细望进更深邃的底部，就会发觉里头充满了一种无法言喻的污浊晦涩。

我们怎么能用语言描述呢？他们心里想。

这些日子里，只要匿名登入“第五号房”网站，便可轻易投身地狱（或可说是天堂？）去亲眼目睹。尽管里头没有残虐血腥的画面，也没有任何使背脊发凉的迫害。

这就是第五号房最迷人的地方。

所有缓慢流动过去的折磨细节，皆如一部精彩的电影，而骇人听闻的各种伤害，也像魔鬼的诗篇般，充满着无可比拟的张力。

关于这些、那些，我们不需要使用真实身份，只要背对阳光地使用随手抓来的名字，就可以躲在暗处恣意窥视里头的一切。

没有什么比这更媚惑人心了。

在每个黯黑幽远的漫漫长夜，只要伸出手指轻轻按下键盘，扭曲变态的他人地狱就在眼前展开；这样轻松的动作，为什么要费力抵抗，为什么不顺从自己原始的欲望?

当然，还有一个原因。

他们心里想：那些没有见过五号房的人，只是在抗拒这个世界中的绝美，与人性最原始的面貌，而我们早就臆测到其中的全貌景观，只不过……（他们想到这里，紧闭的双唇总会无法克制地露出微笑）。

…………

只不过我们真的好想用眼睛去确认呵。

第一章

我在傍晚天色还未全暗时走出家门。就像平时大多数人觉得胸口闷或心情不好时都会做的事一样，打开家门，踏出去呼吸点新鲜空气。

一开始先让视觉适应眼前黯淡的光线，接着为了避免被前后往来的车辆撞上，于是让沿着街道两旁排列整齐的路灯，缓慢地依序挨着往前步行。在最后一盏路灯下停下脚步，摸出口袋里的香烟，点起一根。

就在吐出第一口烟时，我突然觉得眼前的景物有些奇怪。忽闪忽灭的亮度好像有人正在上头恶作剧地点灯、熄灯，又好像有人张开手指，把手掌放在我的眼前来回摇晃。

我嘴里叼着烟，盯着停放在巷口旁的一台蓝色房车，一下子变成深蓝偏黑，一下子又转回原本的宝蓝色。

我抬头看了看上方的路灯，灯泡正喘着苟且残败的气；一下子使劲亮起水银色的轮廓线，却马上落败地闪两下熄灭，又再亮起……毫不歇息地轮替着这些顺序。

我回头往刚刚一路沿着的街灯望去，那些颓丧的街灯，几乎没有一盏是完好的。除去家门口的那两支，其余的都在黑暗中惨败般地隐褪亮度，成为一条条无用的废弃长竿。

“搞什么啊，难道就没有人发现吗？”我暗自骂了几句脏话，摇摇头无奈地大力吸了口烟。

这条巷子是整个社区的死角。

当初规划与设计社区内的高楼建筑时，这是唯一有争议的角落。等到前面统一设计的壮观大楼盖好，开放买家与中介商进来此地时，全部的人员绕完整个社区，才发现在左边角落有着这么一间近乎突兀的三角平房；后来才知道，这是巷弄的中央死角，在买卖土地的产权上有问题，平房就这么尴尬地卡在中间，不知道该算是哪一边的土地。

于是这里就成了三不管地带。

豪华的社区那边绝口不承认是一体的；而另一边整排的平房，也因为它紧邻大楼所沾染到些许的浮华气，更不愿意管理与承认。

我把抽尽的烟弹到角落，又摸出了一根。在昏暗闪烁的灯光下回望这条街。卑微地隐藏在大楼后方的我的家，在黯淡中仍掩饰不了位置的尴尬，好像它非常明白自己的处境，就这么被两边永恒地丢弃在角落中；所以，即使在白日光线清澈时，看起来也是这么猥琐、无法见人。

这是我几年前结婚时带着中风的父亲与老婆搬来的新社区。

我仍记得第一次见到这间老旧房子时的想法，当时并没有看穿这些问题，也没有考虑太多；老实得只想到那付得起的价钱，当然，还有些许贪图前方壮观社区的气势。

只是我没有想到忽略这些换来的，却是永恒的嘲笑与轻视。

许多亲友带着礼物来拜访我们，一进到社区内便会满嘴夸奖，称赞我工作努力、做人成功、青年才俊之类的，等到一转弯走进死角看见真相后，他们的脸上就会一致浮现那种要笑不笑，或强憋着什么的表情。尤其是我的损友强尼，满脸通红地忍住大笑却又勉强用怪声怪调赞赏的模样，现在正从记忆里放大，浮到眼前，一股愤怒不平的情绪油然而生，我恨恨地大骂了好几句脏话。

这是我的命运：被人当成笑话，连最基本的住处都是。

如果要我形容自己的一生，除了这些逃脱不了被人轻视、当成笑话的命运之外，也可以形容为大半辈子，几乎都在一种暧昧不明的状况下活着。

我记得在高中的时候，父母亲决定离婚。

那时母亲长年不在家，父亲没有多跟我解释母亲的工作内容，只淡淡地提及过她在一个私人机关下的服务团体工作，每年必须到境外出差好几趟。我们彼此都颇为习惯单亲家庭的生活，后来让父亲终于下定决心要结束婚姻的关键点，是当母亲不在时，总有些奇怪的匿名信寄来家中；父亲怀疑母亲的心跟她的人一样早就不在了，就在几次喝醉酒、发过酒疯后痛下决心，把离婚协议书签好寄到境外，毅然地决定干脆了结这段关系。

我偷偷看过那些信。

信里杂乱无章地描述每天的生活，有时候花了很大的篇幅，只为了描述一间餐厅里的招牌牛肉汉堡有多好吃，或者站在河边凝望天空的心情是多么诗情画意。都是无关紧要的内容，描述着毫无头绪的日子。那个人似乎想到什么就写什么；看久了信的内容就会知道，他似乎非常热中模拟与母亲面对面聊天的景象，那些极为口语化的形容词，仿佛他正坐在你的对面。

但说那是匿名信也不对，信的最后总不忘写上：你知道我是谁。

现在那些信全都不在了。父亲在一次酒醉后发疯般地撕碎了所有的信，边撕还边大吼着：干，老子就不知道你是谁！

根据父亲的说法，母亲一接到离婚协议书就打电话给父亲，说要回来当面详谈，也仔细地告知他自己即将搭回来的班机号码，何时出发与抵达的时间。

当天一早，父亲就开车带着我到达机场，一起在等候室张望。没想到在下午大约两点多时，机场的广播器便大声宣读飞机失事的消息。飞机没有坠落海洋里或是在天空中爆破粉碎，而是内部失火，被迫降落在沿岸的小岛上。混乱的情况下，所幸伤亡不多，但离奇失踪的人却很多，母亲就是其中一个。

父亲很失落地看了好几个月的新闻，岛内早已于接获消息的当日便派出紧急搜救队。虽有成功搜寻到几位失踪者回台，却仍有些连踪影、尸体都没有找着；而这份令人绝望的名单内又有母亲的名字。

就这样很无奈地，母亲仿佛被置身在生与死的缝隙中，所有存在与生活的痕迹，完全被“失踪”这暧昧的字眼掩盖掉了。在现实里，我没有了母亲，父亲没有了妻子；而父亲身份证上的配偶栏中，却无法消去那个名字。

母亲的形象在记忆里很模糊，仅有的照片也在一次淹水中全部损坏。我心里母亲的轮廓始终很黯淡，就像永远站在那些即将熄灭的闪烁路灯下。

上大学之后，我交了一个女朋友。说是女朋友，其实连我自己也不清楚究竟是不是。

我们同一个科系，修的课程意外都相同。每次在课堂上都看得见她的身影，很自然地，在几次客气的点头问候、询问无关紧要的课表与作业之后，彼此逐渐熟悉了起来。

珍妮不漂亮，绝对不属于让人眼睛发亮的美女，但是并不丑，样子非常普通，属于很容易淹没在人群中的那一型。她习惯扎一头淡栗色的马尾，发尾胡乱往不同方向卷着，好似这会让她理所当然地从不把头发放下来。颧骨突出，高额头，淡到近乎稀疏的眉毛，宽脸蛋上挺淡然，几乎没有表情，但勉强可以属于清秀。喜欢穿着及膝的连身碎花洋装，说话声音低沉略带沙哑，与人不太搭得来，非常容易淹没在四周嘈杂的声响中。

如果要我形容她，我总会支吾许久。问题就是那几个：她会不会打扮？长相美吗？身材好不好？我都回答不上来。穿着并不突出亮丽，洋装换来换去就这么几套，什么腰身、体型皆模棱两可；手腕与颈子上习惯挂些亮晶晶、颜色鲜艳看起来有点廉价的饰品，所以要归类到哪一类都很伤脑筋。

一次去学校餐厅用餐时，我们两人坐在一起，随口聊了些时下流行的电影与对教授的看法，感觉似乎熟悉多了，于是之后上课时会选择坐在对方的旁边或附近，放学后也会一起走回宿舍。

现在想起来，我们两个人走路的距离也很微妙。

偶尔谈到什么让她兴奋的话题时，会把身体整个靠紧我的手臂，紧紧压着几乎可以感觉里头软软的肉体，但是当我企图想拉起她的手或趁机搂她的肩膀时，却又马上被毫不留情地推开。有时两人距离近到吸进她呼出的气，那种腥膻潮湿、又带了点淡淡香水的撩人气味，在吸进时闷在胸腔里绕啊绕的，好像在搔着痒，但又不让我确实地抓到那个痒处。

我曾经很努力地想过，两人这样究竟算什么？她遇到难过或伤心的事总是第一个打给我，在电话里从不询问我是否有空便直接说一大串她想说的，然后也不需听意见般地断然挂上电话。口气有时促狭到近乎亲密，开心时会踮脚迅速地在我脸上轻轻一吻，有时却又冷漠疏离得像是毫不相关；而在外头有别人在的场合就站得远一些，没人时便靠近到让我几乎以为自己可以拥有她。

这样暧昧不明的关系已经维持了一个学期多，但是我仍不知道她喜不喜欢我，在无数次的失望与否定里，想象自己一定可以找到更好的。

直到升上大三，同系有个大一的学妹跟我示好。

那学妹非常主动，第一次与大家聚餐后，就靠过来指名要我送她回家。回到她在外面租的房子后，又假装酒醉地要我扶她上楼陪她聊天，于是就这样发生了第一次的肉体关系。

但是我以为两人在一起了，兴奋地去她家楼下等她，第二天她下来看见我后态度异常冷淡，完全不理不睬。之后变成她无聊时才会找我，其他时间与场合意外碰到面，连招呼都不打，就跟不认识一样。

“天啊，我就快要被这两个女人搞疯了！”

我时常坐在学校里的操场旁抽烟，一边理着自己凌乱不堪的情感。仿佛这两个女人互相拿着刀，无形而随意地切割着我的感觉与生活，然后把那些碎片乱七八糟地扔在地上。

我在她们心里究竟是什么样的角色？我的存在对她们而言，又有什么样的重量与地位？

什么都发生过，什么都不属于我……我简直就像个小丑被这两人无情地要弄着。

珍妮终于知道她与我这泥泞般的暧昧里多了个学妹后，便好好地跟我谈了一夜，结束了这浑沌不明的情感。我们公开承认在一起，毕业后顺理成章地结了婚。

大学毕业后，我花了好几个月找工作，终于在一家公司找到了容身之地。

但是这家公司非常奇怪，是隶属在一家大型企业公司底下的子公司。里面的部门很繁杂，有电子商品管理、美容企划、出版期刊专案、模型标本研究、还有室内设计方案。

我记得当时被通知录取后进到公司，先开了许久的会。

穿着一身标准黑西装、长相英俊的主管，先口齿清晰地详细介绍整个公司的运作，包括我所应征上的，将近十人的出版期刊专案。但是开了一上午的会，加上下午，我听了很久，仍不懂这个部门与其他部门的关系。

一进到空旷得像是刚刚装潢好的公司里头，坐在位置上的每个同事的气质与样子差异很大。那先跟我打招呼、脸上横肉四溢的胖子完全一身休闲装扮，像是刚征服了什么高山似的气喘吁吁、女同事们有些穿着套装，有些则仅穿着短裤拖鞋像在家一样随性。右手边区块皆聚集着二十出头的年轻人，几个听着收音机里的摇滚乐、满脸倦容的老人，则占据后头的休息间，喝了一整个下午的咖啡。

这是家把一堆不相干的人摆在一块的公司。他们在我眼中是四不像，就像把许多动物的特征凑在一起，从哪个角度望过去都显得相当诡异。

我勉强去上了几个星期的班后才知道，这是一家上层人士的公司，年过六十的董事长兴趣太过广泛，在即将退休前，希望能把所有自己有兴趣的事物都弄来玩一玩，才成立了这家混乱的子公司。

不管成立公司的原因如何，我深深觉得自己在这公司的地位实在很尴尬。

比方说我刚印好的名片上清楚印着“塔德——出版期刊专员”，但下面的有限公司却是电子开发企业，这牛头不对马嘴的感觉真是怪异极了，好像强要与母公司搭上关系，但在工作内容与内部运作上，却不完全属于他们。

如果有一天董事长退休了呢？或者他年纪大了突然中风，或是某天出意外甚至生病过世呢？这简直是把我所有的生计事业、个人命运，都放在一个完全不可靠的即兴念头上：即使以上假设都没有发生，等到这董事长的三分钟热度减退，是不是这家子公司也要面临倒闭与消失？

但这毕竟是份工作啊。我想起刚毕业时每天在家里寄履历，到处面试，等电话。虽然也算是大学毕业的学士生，但想去应聘的职位不是要硕士或博士学历，就是中学毕业即可。不上不下的处境让我非常心慌。

我又含上一根烟，点燃，小小的火光在眼前摇曳着。

抽了一口之后，模糊的街灯光线照到脚边无数根烟蒂尸体，在漆黑中颓丧地卷曲着，我才猛然想起自己走出家门的原因。

今天提早下班回家，一开门便习惯向里头喊着珍妮。从里面的浴室便传出细细的回声，我沿着声音走过去，看见浴室的门大敞着，珍妮正在帮中风的父亲洗澡。

她穿着一件棉质短裤与贴身背心，把全裸的父亲放在面前的地板上，自己则坐在低矮的凳子上，两脚贴着父亲双腿，一边往他身上浇着温水，一边抬头对刚回家的我微笑。

这是我第一次看见珍妮帮父亲洗澡的画面。

父亲的生殖器颓软地瘫在她的小腿肚上，随着冲水的动作上下起伏着，反复摩擦那一块皮肤。父亲脸上露出痴呆的笑容。我知道他此时很舒服，冲着温度适中的水，身体的每一个细微处正被细心照顾着；但是，我仍无法克制地由体内窜起一阵恶心感，感觉中午吃过的东西都在胃里翻搅，黏腻的胃酸涌上喉间。于是仓皇地对珍妮随便点点头，捂上嘴巴，退出浴室。

我狼狈地退到客厅，弯腰拿起茶几上头的烟，瞥见一封字体熟悉的信件安静地躺在桌上。我顺手把信拿起来塞到口袋，走出家门。

难道她一直这样帮父亲洗澡吗？

但是也没有错啊。我自己也帮父亲洗过澡，这动作算是最安全且方便的，不但可以洗得干净，而且不会让已严重中风如同植物人般的父亲不舒服；但那软黑的生殖器官……小小地、颓丧地躺在记忆里，却好像已经充血，正鼓涨且奋力地挺直着，粗糙地、来回刮磨着珍妮细白的皮肤。

这恶心暧昧的动作，在我脑里如重播影片般，定格重复，重复又定格。

站在已经全然暗灭的街灯下方，不舒服的感觉再次由胃里缓缓升起，又想要呕吐了。

我深深地做了几个深呼吸，吞了吞口水，用力甩了甩头，决定不再想下去。准备再点一根烟的时候，突然摸到口袋里的信封。

我没有多想地取出折皱的信封，点燃打火机，吃力地藉着火光看着信封上的字迹，才猛然想起这正是多年前间接导致父母亲离婚的匿名信。

我愤然地把手上的打火机扔掉。被扔掷出去的金属打火机在黑暗中如同一跃而起的流星，画出道光芒后，掉到深蓝车旁消失踪迹。

很久之后，我仍记得整件事情的开端。

人的记忆就是这样。如果没有一个标准的宣泄方式，锁在脑子的记忆就会胡乱蹦跳出。比方说某个很想笑出来却又憋住了的话题、几张带有古怪神情却又一闪而逝的脸、或者彻底发泄所有愤怒的情绪后那种体内空掉的虚无感……以上皆可随意拼贴，但是统一的特征是杂乱无章。

现在，我正被众多全身黑衣、胸部套上厚实防弹衣的警察架着走出法院。

一打开走道尽头那扇玻璃大门，外头的记者纷纷拿麦克风堵着我的下巴与脸颊旁，似乎都已经做足功课帮我把散落的拼图拼好、理清全部的事件之后，仔细地从头询问：

这起震惊社会的“第五号房”案件，究竟是怎么开始、发生的?

犯下这重大刑案的初始动机，烧尽整座森林的星星之火，究竟从哪里点燃的？

“事件的起因，是因为一盏快要熄灭的烂街灯！”我清清喉咙，假装镇定地回答。

“什么，你说什么？”记者那扭曲疑惑的脸在人群中看起来非常滑稽。

“是因为街灯，我家外头那盏该死的、闪几下就坏掉的街灯！”

我突然疯狂地大喊起来，伸手作势去抓那记者的衣领；接着，我感到后脑勺一阵爆裂的剧痛，眼前一片漆黑，昏厥了过去。

当我从昏迷中缓慢地清醒后，睁开眼睛，后脑勺那巨大的痛点便蔓延到全身，令我痛苦地呻吟了起来。

等到视线勉强恢复正常，我开始转头确认自己身处的环境。不出意料，监狱就是这么酸臭的地方：到处弥漫着尿骚、馊水与铁锈的混合气味，不到五坪①的小空间里，仅有一张沾着褐色的低矮床垫与砌在墙壁上的简陋便池。我眨眼看着四周，忍受着脑后的剧痛，突然发现眼前一闪一灭，好像有人正恶作剧地玩弄着上方的灯泡。

我抬头注视着那闪晃着光线、即将完全黯灭的灯泡，感觉体内有股狂热的气体喷发上来：

“去你妈的，我要光线充足的灯泡！”

① 日式计量单位，1 坪约合 3.3 平方米。

第二章

迅速被警方逮捕、由最高法庭确认罪刑，接着在走出法院时被打昏，之后我被移送到路得岛的碉堡监狱。

头发全部被剃光，胡子往鬓角延伸，乱七八糟地横长着。这里没有可以映射形象的任何东西，所以这几天我从未见过自己的模样，仅能用手的触感来回确认着脸上的五官配置。我应该瘦了好几公斤，可以看见胸腔两边突出的骨头，还有竹竿一样关节分明的双腿；也因为自从入狱后无法入眠，严重影响本来就很差的食欲。

入狱以来我没有真正入眠过。

不是适应简陋环境的能力太差，而是对永夜般的漆黑不能习惯。时间感在这里似乎被截断了。

我的时间观念本来是以生活作息来区分，由吃饭、洗澡、刷牙、运动、工作、睡眠之类的行动清楚区别，一旦失去了具体且惯性的行为模式，仿佛只能无止境地蹲在狭小的角落，根本无法确认时间的流逝。

但是我没有因此感到心慌或是无助，相反，我甚至有些自得其乐。

我原本最痛恨的就是傍晚时分，那种奇怪的要亮不亮的阴沉时光，既不能算是白天，也不能算是夜晚，每天都要渡过那暧昧不明的天色，让我非常不能释怀。

所以现在，即使我无法入睡，失去所有的时间感，但是眼前望出去却是仿佛直到永恒的漆黑与静默，我的心情便可以维持平静，甚至带有一些快活。

头十天，我一直待在这黑暗的单人牢房，寒冷阴暗且臭气逼人。一开始常常下意识地会捂住鼻子，久了也就开始习惯，甚至感觉呼出的气味都一样臭。

心理辅导师保罗医生在第三天来看我，说之后要进行团体心理辅导治疗，提醒我将会接触到其他犯人，必须先有心理准备。后来我才知道，那根本不是什么具有辅导性质的治疗课程，而是藉由这个辅导程序，让保罗与其他医生评估谁有危险性而必须继续待在独居房，谁又可以移送到大型集体牢房中。

“怎么样？目前为止还习惯吗？”保罗的声音突然在漆黑中响起时，我吓了一跳，整个身子贴向蹲据着的角落墙上；后来他们转开了牢房前头走廊上的灯，顿时一片明亮，让我睁不开眼睛。

大约过了十几秒后，我眯着眼，逐渐看清楚了前面挺直站着的人。保罗医生相当高大，穿了套细节处十分吻合身型的高级灰色西装，我几乎只到他的肩膀下方。他戴着一副金边眼镜，拥有一种与体型很不搭调的阴柔气质，但是眼神锐利，从亮光下终于适应后看见那双眼睛，几乎让我以为自己已经被他看穿。

“还好，这里挺不赖的。”我声音干干地回答他。

“不赖？”他挑了挑眉，嘴角微微地牵动了一下，“这是我在这里工作多年来第一次听见的形容词！看起来你似乎很习惯被关？”

“被关在这儿我倒没有意见。我想我习惯黑暗，甚至喜欢黑暗。”

“这样啊，的确很稀有，我没听过有人喜欢黑暗……啧啧，所以你也就以为别人跟你相同？”他丝毫不畏惧地向前走近了几步，把脸地靠贴在铁杆上。我感觉他呼出的气息混进了酸臭的牢房中。

他在提我的案子，这狡猾的家伙提及我所犯下的“第五号房”命案。

“也不是喜欢黑暗，应该说我喜欢彻底的白或黑，不是全亮就是全黑，不要暧昧不清！”我说到这里，感觉自己脖子上的青筋都爆出来了。

“喔，不要动怒啊，那个被你吓到的记者，回去躺了好几天才能下床呢！”

保罗对我眨了眨眼，坐到放置在走廊中央的椅子上。接着他告诉我，明天将要举行团体治疗，要求我必须平静面对，答话时要口齿清晰。

“应该不难吧？”

我点点头表示愿意配合，无力地退回到角落，让疲惫的身体靠着墙。我感觉前所未有的疲累，或许是食欲降低缺乏营养，又或许是太久没有晒到阳光，身体的关节与肌肉失去力量，让我连举手过头都感到困难。

保罗看见我往后退时站起身，把手插回裤子的口袋里，对我点点头后走了出去。

第二天，我被警卫从牢房中拖出来走了很久。

那期间我几乎一直闭上眼睛，因为已经不适应光线，所以任何微弱的光都让我眼睛酸疼，泪流不止。睁开眼后看见一个普通教室大小的长方形空间，灰黑色的墙壁布满了斑驳痕迹，中央几张椅子围成圆圈，角落里放置了三台间隔有序的摄影机。他们把我压在椅圈中央的位置上，接着把我的双手反铐在椅背上。

没过多久，保罗先走进来，后头跟了几个与他穿一样西装的男人。年纪差不多都四十出头，满脸写着长期受高等教育的那种骄傲、目中无人的模样，下巴抬高，嘴角牵动着轻蔑的笑意。最后进来的是跟我穿一样浅蓝囚服的犯人，两个。所以加上我只有三个犯人，其他全都是他们这些道貌岸然的心理学家。

他们把我们三人安排在中间位置，三人形成一个三角形，彼此可以清楚地看见对方。我环顾四周，在靠近天花板的地方有两扇小窗，从外头透进两道金黄色的微光，光影中飞舞着细小的灰尘，薄透的光线稍微减轻了里头的压迫感。

那两个犯人与我一样，头发被剃光，留着杂乱的胡子，看起来似乎很害怕。他们的身体猛打着哆嗦，脸色白得像重症毒瘾者。现在四周非常安静，大家都屏住呼吸好像在等待什么，仅有些许衣服的摩擦声，还有移动时脚上铁链撞击的脆响。

一旦头发被剃光，穿上相同的刑服，外貌居然可以如此相像……我观察着另两个犯人，在心里想着各种念头。

“人都到齐了，来，我想先从伊凡开始。

“请伊凡简单地自我介绍，再告诉我们作案的动机。”保罗往三角形的左边望去，那个犯人闭着眼睛，嘴里喃喃自语着。

“喔，我是伊凡。”他睁开眼睛，挺直了胸，用沙哑的声音述说。

他原本是在税务局上班的公务员，后来因为长期压抑对上司的不满，于是变得有点神经质且愤世嫉俗，每天严重失眠，必须长期服用药物。

后来他受不了折磨而递出离职书的那天，上司不巧又说了些难听的话，让他决心把所有的怨气化成行动。

他在上司下班时跟踪了他，等到转进没人的巷弄时，便向前敲昏了那位可怜的上司，拖上他开的那台家用休旅车，开始长达一个多星期的绑架案。

伊凡没有多讲过程，但是我光看他发抖的样子就知道，这老实人绑了上司后自己一定很后悔，也不知道该如何对待自己发了疯的杰作，于是就把上司丢在家中储存食物的地窖，像私藏了个秘密般，根本不敢下去看望。

等到警方依循线索查到他家时，那上司早已死了，全身爬满了肥大饥饿的白蛆。

另一个叫杜佛尼的家伙，则是犯了连环绑架案。

他有奇怪的癖好，喜欢大约十岁的年轻男孩。他习惯躲在校园外头的巷子内，用时下流行的游戏卡吸引一些落单、被同学排挤而孤身一人的男孩。他的手法都相同，不需要费力把他们打昏，只要说家里还有更稀有的游戏卡，男孩们就像蜜蜂看见花一样地鬼迷心窍，自动跟着他回家。

然后呢？杜佛尼说到这里，嘴巴闭起来了，保罗医生用威严的语气要他继续说，他却把哆嗦的身体平靠在椅子后头，耸了耸肩。

其他的医生认真地在资料上作着笔记，沙沙的写字声贯穿了这短暂的僵持。

“说下去。”保罗医生用强硬的口气说。

“噢，”杜佛尼跺了跺脚，恢复精神，看起来不是不想说，只是装模作样地想吸引更多的注意。

“不要误会，我没有恋童癖！只是想在他们身上取得我需要的东西，就是那一颗颗小小的牙齿！你们无法体会，用牙齿作成的各种手工艺品，比起贝壳，那庸俗如塑胶的贝壳，漂亮太多了，在阳光下会透出更晶莹饱满的色泽，简直就是上帝的杰作！”

为了满足杜佛尼的变态喜好，他先有计划地让男孩们缺乏营养，从体内损耗他们的钙质和蛋白质，把他们丢到漆黑的空间好几个星期，这期间只供应干冷的面包与少量的水，然后等待他们耗弱到即将死去之际，再轻松地动手取出那些完整的、他所谓上帝杰作的牙齿。

杜佛尼说完，全部的人便把目光看向我。

轮到我了吗？该轮到我说这件现在想起来仍觉得骄傲到无法言喻的案子了吗？我最喜欢这种时候了，也就是所谓集体沉默的等候时刻。大家无声地瞪大眼睛，喉头间分别传出清晰的吞口水声，然后下意识地把手指头缩紧。期待越大，紧缩的程度也越大，就好像几只强有力的伸缩弹簧。

我一向都喜欢期待，我对别人的或是别人对我的；然而最美妙的是那些被囚禁者无望的期待，空洞又闪着剔透光芒的双眼，像是没有尽头的黑洞，让我着迷不已。

听完眼前这两人幼稚无条理的内容，我疑惑他们对绑架的定义。绑架这个动作仅需要几小时，甚至几分钟就可以完成，之后才是重头戏，才是所谓"绑架"这个行为的精华。

当然起因可以是任何原由：冲动愤怒、有目的性、爱慕、收集标本、有怪异癖好的用各种方式把人抓来囚禁；接着，居然连自己都不晓得该怎么办地束手无策，那么，岂不是完全浪费了自己可以成为另一个人、成为那无助受害者的上帝的机会？

事情是从家门口那盏破败的街灯开始的。除了那盏闪着暧昧光线的灯泡，还有那封匿名信，让我决定从暧昧不明的人生泥泞中，奋力跨出去。

信封在多年后已经从纯白无任何标识的标准信封，换成底色带有浅粉红色系的玫瑰图案。我出汗的手捏着那封信，非常久。

这个人怎么找到这地址的？

我在心里揣测着。可能是因为父母亲在法律上不算正式离婚，登记住处时也会顺带把行踪不明的母亲写进去，所以经过多年，这个人不死心地找到了现在居住的地方。我把信拆开来，从头到尾看了一遍。一样娟秀工整的字体，一样杂乱无序地写着生活琐事，描述那些小到不能再小的细节。

过了那么多年，信里写出想走入婚姻的现况与心情，并且……我揉揉眼睛，不可置信地把信拿到眼前。

“我从工作单位提出退休，决定专心地作个家庭主妇。”

什么跟什么啊，他居然是个女人哪！我睁大眼睛把信继续看下去。

“以前的你，可能会不敢相信我就此甘愿屈就生活，决定走向婚姻之途。我一直自称自己是个男人，事业企图心比谁都来得强烈，但是年纪到了，在几次夜深人静的片刻也终于感觉孤独。在外面奔波的日子异常艰辛，还是像你这样好，很早就选择结婚、生小孩，过得比较轻松自在……”

我睁大眼睛望着底下的署名：你知道我是谁。

我把信重复看了好几次，甚至已经把句子含在嘴里仔细地默读着。头上的街灯闪烁了几下后终于决定熄灭，那片突然涌上的漆黑把我完整地团团围住。我举起双手在眼前晃了晃，被黯黑包围的空间里，好像所有的一切都在空气中渐渐地沉淀降落下来。

我闭上眼睛，有种自己不再是自己的感觉。

头脑沉甸甸的，四肢摆动的感觉也很不自然，陌生的酸疼此刻缓缓渗入肌肉与关节。我颓然地把信放下，又被瞬间升起的愤怒情绪搅得很混乱，头脑沉重得像要炸开来似的，便一股冲动把手上的信撕个粉碎，让碎片纷乱地散在四周。

这是什么奇怪的世界？为什么所有的事情都暧昧不明呢？不管人生、情感、家庭、工作甚至身体的接触都那样暧昧，简直在考验我的极限啊!

我颓丧地坐在满布碎纸的地上，闭起眼睛，许多画面一格格地由内心深处缓慢地向前推挤，再推挤，许多事件的过程都已失去了细节，我只看见一个满脸哀伤的自己，置身在每个暧昧点上，尴尬无奈，还有被那众多不知所措折磨的表情。

我缓慢地把手撑在地上爬起了身，在心中对自己大喊：我绝对，再也不容许任何暧昧在我的人生中发生!

把父亲送到养老院的那天是标准的秋末。

大敞的窗户不断吹进强烈的风，间歇的雨势让窗户底下的地板积成一个圆形水渍。珍妮知道我的计划后，几乎不跟我说话，连待在家里两人眼神不经意交会时，她也会硬生生把视线移开，好像我是个浑身沾满毒素的怪物。

当我推着父亲的轮椅从卧室到客厅门口时，她正趴在地上擦着那块淋湿的地板。花色洋装所撑开的圆形弧度正对着我与父亲，随着双手的擦拭摇摆起规律的节奏。这画面很滑稽，我有点想笑，但是她侧身过来狠狠瞪我一眼之后，我马上收敛起笑容，轻轻咳了一声，假装镇定。

“你很不孝。”珍妮站起来，冷冷地说了这句话。

“不用担心，疗养院有更多专业人士照顾父亲。”我双手一摊，表明自己的立场。

“我从没想到你是这种人。”她转身走过我与父亲旁边，眼睛愤恨地朝上瞪着，却迅速伸出手，握了握父亲摊在轮椅上的右手臂。

我不晓得这个动作代表什么，但是看在眼里却拥有各种意涵。

我想她是与父亲培养出感情了吧，说不定每天洗澡是她最期待的时刻：两人半裸着身体一起待在狭小的空间中，被暖烘烘的肥皂香气包围，彼此的肌肤舒服地来回碰撞贴合，从其中蔓延出来的温润暧昧感，一定让她相当着迷吧。

我在心里骂了句脏话，加重双臂的力道把轮椅推向外头，接着上了疗养院开来接的小型客车中。这期间我仅跟驾驶座上那看起来不怎么喜欢说话的司机打了声招呼，望了望后座表情痴呆的父亲，便把头转向车窗，任由沉默无声的气氛包围我们。

灰白色的云朵遮盖了天空，空气中充满了潮湿的气味；随着客车往山坡上开，路边较低矮的房子逐渐变得稀疏，取而代之的是彼此间隔较大的气派住宅。这些住宅几乎都以欧式建筑居多，由色泽低调的砖瓦墙围起，望上去有股和煦、温厚之感，而三角状尖耸的屋顶，则以突兀的姿态穿刺了宁静的氛围。

我平静地用视线追逐着它们，随着缓慢的前进，房屋越来越少，浓郁的树叶在平坦的柏油路上纷纷投下漆黑的影子，吹进来的风稍为变得沁凉了些。

客车在路的尽头每转一次弯，就可以看见远方带雾气的蓝色海平面。我的记忆开始回到这个即将被送走、只要不主动过去就永远不会再相见的父亲。

在我很小的时候，发觉每个同学来学校，都期待放学时清脆的铃声，接着就是奔回家的雀跃时刻。但是这种心情，我似乎从未有过。一早出门到学校上课，随着时间过去越来越接近黄昏，也就是所谓的放学时间，我的心就开始慢慢地紧缩起来。

这绝不是种抽象感觉，而是真实的紧缩，心脏附近的血管从倒数第二节就开始束紧，呼吸渐渐变得不顺畅，之后整个胸腔都要吃力地承受严重的闷痛。这让我从教室门口走出校门，一直到回家的路上，脸色都相当青绿难看。

同学们因此给我取了个绰号：昆虫。

我曾经问过这绰号的由来。他们说我的脸看起来就是如此，毫无变化的青绿，纠结的眉毛与眼睛、鼻子皱在一块，就像那些长相古怪的昆虫。

那时候我与父亲还住在老家，离现在这尴尬三不管的新家有一段距离。老家位于小镇的南方郊区，从镇中心过去先要经过几条大道与巷弄，随着渐渐稀疏的住宅区以及栉比鳞次的偏远工厂，才会在尽头处看见那地点清幽的白色平房。

直到我决定与珍妮结婚，才搬离偏远老家。

那时候，父亲每天都在门口等候我回家，第一件事就是拉着我去他的收藏室。

那是位于老家地下室的一间地窖。必须从房子的后门出去，再从后门右边的一扇小门进入底下。里头的空间几乎与地上房子的面积一样大；虽然早已经装好了通电系统、自来水管、水槽，还有各种简易设备，但是因为终年无法晒到阳光，所以总是充满了浓厚的霉味，与湿潮如冬季般的寒冷气温。

里面的墙已经漆上了工整的白石灰，地窖的天花板略矮，呈现拱形，让人联想到教堂的地下室。

这是父亲的收藏室，里头充满了稀奇古怪的收藏。

父亲在一家大型食品连锁公司担任主管，据他形容，工作的内容极为无聊，每天根本不用动脑子，只要本能地处理桌上文件，签几个名字，打几通电话，挂着相同笑容面对其他同事与高层长官，就这样安然度过好几年。

或许因为工作无趣，母亲也长期缺席，父亲开始往其他方面发泄精力。

最早开始他先收集蝴蝶，下手处是郊区草地上各式的美丽蝴蝶。先是普通常见的品种，之后晋级到稀有品种。接下来随着他的胃口越养越大，收藏的标本从昆虫换到了小型动物：天竺鼠、松鼠、兔子、猫头鹰、鸽子……

我对尸体标本毫无兴趣，对父亲兴冲冲地拉着我甚至强迫跟我分享感到相当反感；好几次我在地窖前呕吐了起来，但是他根本不当一回事，站在旁边耐心等我吐完，面无表情地递了几张卫生纸给我，确认那反搅的胃部已经尽空，不会再有任何呕吐物弄脏收藏室，然后半推半拉地强迫我进去观看他今天的收获。

地窖里陈列着各种被剖肚挖肠的尸首。这是我小时候，认定为全世界最恐怖与阴森的地方。

我曾经每天设法延迟回家：绕道而行、去街角的书店翻看漫画书、去同学家以及去附近的河边待上几个小时……但是这些方式皆无法持久，从体内泛出的本能饥饿感是最先击溃我的敌人。当时我所体会到的饥饿感确实非常吓人，它会让我全身发冷，头晕胃痛，甚至在脑中产生奇怪的幻觉。

除了饥饿，我也十分清楚，如果不回家，父亲就会像石柱般恒久伫立在门口，盼望着我的身影出现在远方，期待的眼神让我于心不忍。所以不管思绪飘到哪，心里有多么抗拒，还是绕着圆圈般地回到原点，想起父亲的眼神；于是，总在这两种挫折的笼罩中，颓丧地踏上回家的路。

在这个痛苦的差事中，只有一件事让我感到稍微舒服，不那么恶心难耐——那就是制作标本的过程。

那一次是在我放学前几小时，他刚在草原中捕捉到一只拥有深红带黑点翅膀、如手掌般大小的蝴蝶。等到我回家时，刚好是他要开始着手制作标本，于是我便发现了这痛苦差事中唯一可以忍耐的事。

父亲制作蝴蝶标本时有个特殊的习惯，他不像其他人那样先用乙醚弄昏它们，而是如果时间足够，便直接进入标本室，以无比谨慎的态度，异常巧妙地控制手腕与指头的力量，完成他的活体标本。

我看着父亲站在工作台前，先用左手捏着仍拍动翅膀的蝴蝶的腹部，使其背部朝上，再使用细长的昆虫针从胸部中央由上向下垂直插入，用力穿过胸部。他仔细地让蝴蝶背部至针头的部分留有一定距离，以便将来拿取标本。

接着，他将标本垂直插入展翅板的凹槽中，使昆虫针及蝴蝶的腹部与展翅板垂直，翅膀则刚好平放在展翅板上。

“怎么样？很美吧？”父亲转头对我说。我望着蝴蝶翅膀的璘粉散落在桌面所微微发出的光，感到相当不可思议。

父亲说完后，嘴巴再度闭紧呈一条线，使用镊子的末端将前翅向上提，全程小心翼翼地避免伤及鳞片，直到前翅后缘与身体呈九十度，取出辛格拉纸盖在翅上，以大头针固定于翅膀周围。

过程熟练，干净利落。

我甚至听见在昆虫针笔直刺入蝴蝶的胸腔时那种稍纵即逝、犹如叹息的生命覆灭声。那声音好听极了，噗的一声，就这么干脆地从生瞬间跨越到死。

“圣心疗养院到了。”驾驶员走下车把车门拉开。

“喔，真是谢谢你！”我回过神，踏下车门，与驾驶员一起把父亲的轮椅抬下车，然后推着他走进疗养院。

这间历史悠久、古老破旧的疗养院位于山顶，从镇中心开车过来大约需要两个小时。

我之前决心送走父亲时，曾上网仔细查过这个镇上的所有疗养院。当然不乏设备新颖、医疗器材丰富的院所，但我只中意这家。

尽管知道这里的环境肮脏陈旧，不论清洁与照顾都很随便草率，在网络上的评语也极差；而父亲除了能正常呼吸、作简单的面部表情及能勉强说出简短的字句之外，其他的都需要别人代劳。

但我还是毅然把父亲送过去，并且预付了一年的费用；原因没有别的，那就是我在尽力避免珍妮与父亲暧昧的肌肤接触，企图解决人生中所有暧昧的问题；还有，圣心疗养院真的够遥远，足够排除任何继续见到父亲、想起那些不堪回忆的机会。

接下来要解决的，便是我的工作。

自从下定决心要让自己的人生远离任何暧昧情况后，隔天到公司，我便先到人事室打听，询问要挤进母公司需要什么样的专长与准备。

“很多人询问过这问题，就是没有人成功。”

那位爱穿低胸紧身洋装、满脸浓妆的人事主任艾莉丝不耐地回答我。她从未对人有好脸色，除了对那些长官上司堆满笑容、挤出她雄伟的胸部之外，与其他的人连看都不看一眼。

我冷冷地俯视盯着她。艾莉丝属于那种风骚妖娆的女人，模样大约四十出头，仍喜欢像二十岁的少女一样打扮，那些过分晶亮的饰品让她看起来像一棵怪异累赘的圣诞树；过分花俏且短的洋装只要一弯腰，就可以看见腿臀交接处令人怵目惊心的两道弯月形皱褶。

我几乎不用猜就可以嗅到浓厚腥膻的费尔蒙气味。她一定是缺乏约会的对象，所以总是如此不耐而愤世嫉俗。

“艾莉丝，我一直很想告诉你一件事，但是……我没有勇气……”我装出有些害羞尴尬的样子，弯下身子，把厚实的胸膛凑近她。

“什么?”她从堆积如山的文件中惊讶地抬头。那嘟起的红色嘴唇真是可笑极了，让我想到熟透了的热狗。

“我……我真的一进来这公司就觉得，你是全公司最性感的女人……你的魅力简直让我看一眼头就昏了，根本无法专心工作!”

“你……你怎么会那么大胆!”艾莉丝整张脸红了起来，衬着她夸张的腮红，我没有办法不联想到动物园里的猩猩屁股。

我努力克制想要大笑的情绪，装模作样地把身子再靠近她，尽力摆出着迷的神情:

“我其实一直想找机会问你，我是否有这个荣幸约你下班后去喝咖啡?”我暧昧地对她眨眨眼睛。

老实说我什么都不会，但是对于暧昧这件事却最有心得。

我想，既然老天爷欠我一个黑白分明的人生，那么就把他习惯加诸在我身上的使劲加倍用在之后的人生中。经过这次暧昧的调情，其后的细节我想也不用多作描述。我们一到咖啡馆坐定后，两人的脚已经在桌下勾缠得难分难舍，在很短的时间内喝完咖啡，马上就勾肩搭背地进了汽车旅馆。

每个星期固定约会过几次后，艾莉丝果然不负我的期望，她详尽地告诉我需要作什么准备，还替我抄写了几份备忘录，提示我要特意巴结哪几个重要的上司。

这段时间里，我开始比其他人晚下班，拼命搜集资料，报名关于电子行业培训的补习班，每天花很多时间钻进那不熟悉的领域。而艾莉丝则负责帮我密切留意母公司里的职缺，终于，在一个招收电子行业少数缺额的考试里，成功地挤进了母公司。

每天早上起床，我换上公司新发的一套深灰色西装，在镜子面前反复照着，心里有一种全新的感觉。镜子里的面孔已焕然一新，灰暗的脸色也恢复了一丝光彩，怯弱的眼神终于有了自信;的确，我从现在开始，一切将会往更确切明朗的地方行去，绝对不允许任何暧昧在我的生活里出现了。

当然，我对着镜子里头的自己撇嘴笑了。除了艾莉丝，这个尽管长相丑陋却在床上对我言听计从的女人——我自己找来的暧昧不算在内。

这样完美的生活大约持续了一个多月，某天早晨，我一边惯性地在镜子前拨弄头发，一边计划着下个月的薪水要拿去买上次杂志上看见的新型车款时，听见客厅的电话响起。铃声清脆地把我的思绪打断。

“珍妮，珍妮电话响了！”我的眼睛仍盯着镜子，嘴里大喊。

“我在上厕所，你去接啦。”她含糊的声音闷闷地从远方传来。

我拉了拉领口上的领带，转身走出房间。

“哈啰，请问……请问萝妮女士在吗？”低沉而沙哑的声音从电话中传出来。

“请问您是哪里？”我非常惊讶，这个名字很久没有听见了。

这是母亲的名字，最后一次出现是在报纸上的失踪名单中，从此这个名字就犹如人间蒸发般不存在，也甚少在我的记忆中出现。

“是这样的，我之前寄了很多信给她，但是从来没有收到回信，想来询问一下是不是弄错地址，她仍住在这里吗，还是搬走了？”

是她！我感觉自己全身的鸡皮疙瘩都竖起来了。

就是这个人，把事情压倒性地往模糊地带推去，从她那一封封暧昧不明的信开始，父母亲的婚姻就起了裂痕，而母亲也意外地搭上了失事航班，消失踪影，全都是因为这个人！

“哈啰，你还在听吗？不好意思，我是不是打错电话了？”

“喔，我是萝妮的儿子。您的信有收到，我想我必须跟您坦白说，关于我母亲的情况有些复杂……我希望能与您见个面，再把详细经过告诉您。”

于是我们约在我下班之后，在镇上一家大型的连锁咖啡馆见面。

这天上班非常不顺利。

我先在休息时间打翻了秘书刚煮好的整壶咖啡。浓厚的咖啡味溢满了整个空间，褐色的液体泼溅到了我的白色衬衫上，形成一圈圈丑陋的印渍；弄错了几张订单的日期和地址，搞坏了影印室里的一台机器：频繁闪着红点的影印机没过多久就冒出了一阵烧焦的白色烟雾。最后，把主管交代我的文件遗忘在家里忘了带出门。

主管表面上说没关系，明天记得放在他桌上就好，但我几乎可以看见他背过身后的不耐表情。

怎么回事？我沮丧地坐在办公桌前，把头埋在双臂中，心情烦闷，几乎就要窒息了。

那通电话渗透到我的思绪中，来公司的路上我还一再告诉自己不要多想，千万要稳定住自己的情绪，一切等下班后见了面再说。但是原来没有那么简单。

许多过往积压在内心角落，随着时间流逝，你以为会遗忘，会拥有另一种看待的角度，其实不然；或许在那些时光中你从未把它挖掘出来，没有认真分析里头的内容物，以至于当它后来唐突现身，那原本完整的心情也跟着这意外瞬间呈现分裂，甚至更加严重。

终于捱到了下班时间，我抱着公文包跑出公司，一径地往那家咖啡馆冲去。当我扶在咖啡馆旁的白墙上喘气、小心翼翼地往透明落地窗向内望时，女人已经坐在她在电话里说过的，吧台最右边的位置。

我睁大眼睛把脸贴在玻璃上。

她给人的第一眼感觉很好。尽管背对着，但那斜侧边优雅地翘着修长的腿，鲜艳的豆蔻色指甲正停在摊开的报纸边缘，优美的手指弧度让人联想到细长的红酒高脚杯。我有点手足无措，深深呼吸了一口气，退后几步，狼狈低头整理自己的仪容，拉了拉自己的领带，提起精神走进咖啡馆。

“您好，我是萝妮的儿子塔德。”我走到她身边的位置，礼貌地打了招呼。

“噢，你好！”女人抬头望了我一眼，不疾不徐地放下报纸，伸出手来轻轻地握了我的手一下，随即放开。

她是个看起来大约才三十岁的女人（但如果与我母亲同年，今年应该四十多岁了），穿着剪裁合身的浅蓝色套装，锁骨挂着一条细长的金色项链。随意把头发扎成马尾，在耳际边垂下卷曲的几绺发丝，使她那张心形脸蛋有种说不出来的朦胧美。

我很惊讶她长得如此动人。

在之前不下数百次的想象中，我以为应该是个不讨人喜欢的古怪妇人，顶着张晦暗的脸色，肥胖酸臭的身躯终年套着件宽大的花洋装；因无处可发泄自己的不幸和无趣生活，所以才会如此有耐性地长时间写着匿名信。

“我是柯薇亚，很高兴见到你。”她像调焦距般地微眯起眼睛打量我，接着露出一个灿烂的笑容。

“有关那些信，我只是很想知道萝妮究竟怎么了？这些年都没有她的消息。”她没有多说任何客套话，急切地直接进入话题。

“有关我母亲……很不幸地告诉您，她在好几年前的飞机失事中失踪了。”

“嗯，”女人一点也不惊讶地点点头，眼神露出一丝无奈：“她后来没有回过信，我想象过各种可能，包含意外。”

“这并不代表我母亲已经过世。我想所谓的失踪，什么都有可能发生！”我急忙慌张地解释着。并不是担心她误解，而是这解释深植在我心中；我想，我只是藉此告诉自己，母亲没有过世，没有远离这个世界，一切其实没有那么严重……我对此还怀有一丝期盼。

“也许吧。谢谢你特地过来告知我，我想我就不打扰了。”女人听见母亲失踪的消息之后，便开始收拾桌面上的东西，接着很干脆地背起包包，起身走出咖啡馆。

我愣愣地看着她敏捷的动作，眼神盯着那远去的修长背影消失在道路的尽头尾端。

我什么都还未弄清楚，积压多年的疑惑就这么突然降临，然后瞬间消失。

当天晚上躺在床上时，我认真地思考了许久，却什么结论都没有。然而，就在隔天与艾莉丝偷情后，我冲完澡躺在床上，看着她努力套上那件过紧洋装的背影时，女人的脸又刷地瞬间涌上心头。我对她简单扼要地说起了整件事。

“所以你什么都没有问她?”艾莉丝嘟起嘴巴疑惑地望着我。

“没有，根本没时间，一切都非常突然，而我的反应真的太慢了!”昨天我只是感觉很唐突，强烈的冲击感从早晨的电话开始，魂不守舍的工作时间，接着跳出一个与想象中反差过大的美丽妇人，然后，一切画上句点。

那持久未消的冲击感，从终于对艾莉丝说出后，渐渐和缓下来，一些奇异的情绪也纷纷冒了出来。我想我真的太笨了，怎么就错过了一个解决多年来疑惑的机会呢?我坐在床沿边，把头与脸苦恼地埋在双手中。

“哎，你在自责吗?不要这样，说不定还有机会遇见那个女人，如果那样就一定要好好把握。”艾莉丝走过来抱住我，熟悉的香水味钻进了我的嗅觉中；这让我的情绪逐渐平静下来，重新打起精神。

没有想到艾莉丝随口安慰的话，过了两个月，居然变成了事实。

我记得事情发生的那个时刻。我已经下了班，正站在公司楼下与另两个同事说话——安迪与魏恩。他们两人是那种每个人身边都会出现的无趣朋友，话题围绕在网络交友、电玩游戏、大胸女人、近期的棒球赛事和狗屁生机饮食上。

我本来想打个招呼就离开，但是两人拖住了我，先是暧昧地涨红着脸笑了一会，彼此幼稚地在推来推去，后来终于进入主题，询问起关于艾莉丝的事情。

原来安迪想追求她。我盯着他黏在肩膀上的油腻头发，内心一阵作恶。

“你是说人事室那个艾莉丝？拜托别闹了！”我了解他们想说的事情后，马上放弃离开的念头。

依照他们的询问来判断，应该还没有人知道我与艾莉丝之间的奸情，没有人对已婚的我起疑，只是以为我们的私交很好。

“我觉得她很迷人。”安迪口气坚定地说。

“但是你不觉得她年纪太大了吗？还有那身恐怖的打扮，啧啧……简直就像……”

正当我打算用反讽法让他打消念头时，柯薇亚那套浅蓝色的套装正缓慢地从安迪肥胖的身后走过。她正要进入左转的巷子，而我的位置刚好清楚地瞥见她的侧脸。

我们正在谈论艾莉丝，而她说过的话马上在我心里像警铃般骤然响起。

女人飘然经过的身影反射余晖，带着强烈耀眼的光，我的心跳霎时震天作响；于是我像发了疯似的，连说再见的时间都没有，侧身撇下同事惊讶的神情，奋力拔腿冲向左边巷子。

天色渐渐黯淡了下来，远方的夕阳隐没在尽头处的树丛下方。四周汇聚的嘈杂声缓缓如细小波浪的虫鸣，接连有序地袭上漆黑的夜晚。

我不知道在弯曲的街道中走了多久。幸运的是，要跟踪柯薇亚非常容易。

她步伐零碎、速度缓慢，踩着高跟鞋的脚步忽左忽右，但方向非常明确，抓着右肩上的棕色皮包肩带，低头毫不犹豫地一径往前方走去。先步出人行道，再笔直穿越过几条大路，进入后方的广场。

我小心翼翼地控制着两人中间约十公尺的距离，低着头，望过去只见柯薇亚在走动时摇摆的裙摆与夕暮中皮包摆荡的弧度。前方的她正穿越大马路上的行人、各式交通标志、停在红灯前及路边的车辆、一整条商店街，步伐维持如一的速度继续往前走着。

她究竟要去哪里？我望着遥远的尽头在心里想。

黄色夕暮一刻一刻地往更阴郁的地方移动过去。在分秒流逝中，她持续坚定地往前走，飘然地经过人潮汹涌的镇中心，再笔直跨越城镇底部的一大片树林。一路上，柯薇亚没有迟疑，匀速前行。既没有回头也没有停下脚步，没有要搭乘任何交通工具的迹象，甚至没有伸手去调整皮包肩带，就这么一味地走着。

夜晚降临，我跟着她来到了城南郊区。

在昏黄的月色下，她直直穿越前方整排屋舍，然后侧过身，转弯走进一片草原，到达我熟悉的地方——我的老家。

我蹲在房子外头的草丛边，看着柯薇亚从包里掏出钥匙，插入转开，跨步走了进去，然后关起大门。我确定她真的走进去后，便从草丛中起身，走到白色的平房外头，抬头眯着眼睛，看着眼前已经斑驳褪色的老房子。

她怎么会回来这里？

那些匿名信曾经寄到两个家中，她当然有两个家的地址，只是她为什么现在会来这里？甚至还有钥匙？而且看那熟练利落的动作，她一定来过许多次。

我费力地调整自己的呼吸。

只有风悄悄掠过树丛顶端的沙沙响声，远方城镇的声音与气味皆已远逝，涌入的是陌生的野生气息；除此，这里真是安静无声，连印象中夜晚的虫鸣也皆被革除在外；吸进肺部的空气格外沁凉。头顶的月亮往地上投射巨大的黑影。

站在门口没多久，我决心进去一探究竟。于是从包的夹层中掏出早已生锈的老家钥匙，打开这个封闭在记忆里许久的大门。

我们搬到新家时，曾在各个地方张贴出售老家的广告，但乏人问津，理由多半是地段过于偏僻、交通不便；而真正来看过房子的则嫌弃里头过于晦暗，始终有股挥之不去的腐臭味。

老家就这样被我们随之而来的新生活挤压到从未被想起的角落。

一进到屋子内，我勉强辨认着里头的空间。

幽暗的长廊中，凝结着一股寒冷幽静的气息。外面的风声与些许的细微杂音不知何时早已从听觉中褪去。长廊尽头的上方悬挂着一盏简陋的油灯，所有的照明都仰赖着油灯里正燃烧着炙烈的烛光。

我暗自告诉自己要努力记起曾经熟悉的老家。

长廊的右边是一整排窗户，从挑高的天花板连延而下，是旧式双层悬窗，直至长廊的最底端；而左边则等距间隔着统一外观的房门，白色大门带有花朵雕饰。

这些门现在全紧紧合上。摇晃的烛光，于门上投下暧昧的阴影。

我侧耳倾听，空荡荡的，没有任何声响。柯薇亚去哪了呢?

我把脚步放轻，往屋内探去，然而什么都没有发现。仔细地绕过屋子内第二圈时，我想起了父亲的地下收藏室。

第三章

保罗医生后来评估我只能待在单人牢房中。

重新确定要待回原来的牢房后，我变得能够入眠，甚至得到几夜甜美的好眠。原本我很少作梦，有一天却梦见母亲。

梦里脸孔模糊的母亲牵着年幼的我，两人身处人潮拥挤正在举行每周一回大甩卖的超市里。

汇聚的声潮来回席卷着内部空间。我感觉脚下踩着的似乎不是坚硬的地板，而是各种不同质地、软绵的衣物裙摆。抬高的下巴，小小的视线，望见的全都是流转而逝的各种颜色与形状。

母亲似乎明白我不安的心情，从头到尾都用出汗的手紧紧握着我，不时弯下腰在我耳边说着，就快要好了，我们就要挤出去喽，那些稍微让人感到放心的话。

走出超市时，我的手上多了一根棉花糖。我一手牵着母亲，一手紧握着棉花糖，一高一矮的两人离开超市，往前方的街道走去。

一路上，我没有抬起头，专心地舔着手上的棉花糖，等到浅色木棍露出，已经没有糖可以吃的时候，才猛然抬头发现竟与母亲走入了一座森林里。我不知道竟然走了那样远，专注吃糖时丝毫感觉不到变化的距离与时间。我想开口询问母亲，才感到那出汗的温热的手温早已消失，母亲远远的背影正伫立在前方森林的尽头。

我惊慌地抛下木棍，努力撩开蔓延到身上的森林气味，往母亲的背影奔去；但是随着脚步的加速，两人的距离却没有拉近，始终维持着一大段遥远——能勉强看见身影，却无法靠近。

灰白如初曙的浓雾把我们隔开，鸟声虫鸣从四周往我聚拢过来。我发现不只失去母亲的踪影，也开始失去回家的路。

我在这个时候从梦中惊醒。

抹了抹身上的冷汗，我发觉梦境真是面诚实的镜子；所有内心最害怕的事情，都会在这里一一现出原形。

“喂，醒醒！有人找你。”我眯着眼睛，发觉牢房门大敞着，狱警粗鲁地把我从里头拖了出来。

会客室远离迷宫般曲折的牢房，位于一楼大厅后方。我被丢进一间没有窗子的房间，里面仅有一张桌子和两张椅子。狱警粗鲁地把我反手铐在椅子上，手腕忍受着不舒服的疼痛。没过多久，左边的门突然打开，走进一个穿着老气套装的女人。

一看就知道是某机关的政府官员；脑后方扎着简单的马尾，黑色裙摆及膝，衬衫扣子全紧紧扣起，全身散发着一种呆板又严肃的气质。长相还算秀气，立体的五官犀利的神情，微皱的眉头，紧缩的肩膀，看起来既紧张又焦虑。

她的长相似乎有点熟悉，但是想不起来在哪里见过。

“在这里还习惯吗？”她把手中的资料放到桌上，拉开对面的椅子坐下。

“这问题很多人问过了，换个新鲜的。”我带点挑衅的意味盯着她。

“这样啊，”女人意味深长地看了我一眼，“那我们就直接进入正题吧。我是隶属政府机关的刑事警官，你可以叫我温蒂，我是来这里跟你谈谈你所犯下的‘第五号房’案件。”

“有什么好谈的？你们的报告上不是都有？”

温蒂的表情和缓了下来：“我手边是有详细的报告，但是有一个疑点尚未被理清。”

“什么疑点？”

温蒂微张开嘴，本来想回答，但是她似乎又想到什么而闭上嘴巴。

她在几秒钟内冒出的念头非常多，但有一个念头浇熄了她的冲动。

保罗医生说过：眼前这个犯人不是普通人，他的心理状态应该有很大的问题。路得岛碉堡监狱早已动用了各种方式要他说出真相。

路得岛监狱早已放弃传统方式的严刑拷打。用那些残暴方式逼出来的话，犯人有时根本是因为忍受不了皮肉之苦而胡乱掰出各种拖延时间的答案。

他们花了很长的时间制作出一套烘咖啡豆机那样小的发电机；右边由透明亚克力包裹住球状内件，从中延长出一个小曲柄，只要轻松转动它，就会产生骇人的静电。

犯人脱光鞋袜，被固定在冰冷的金属板上，一旦转动曲柄，犯人就会感到像被千万枝细小的针尖锐地来回刺穿毛孔，尤其是头皮，犯人甚至可以瞬间清楚地知道自己的头皮上布满了几百万根毛囊。

这有助于他们思考，正确回答出我们想要的答案——这是典狱长乐迪欧使用这台导电机的理由。他肯定机器产生的效果，甚至喜欢昵称它为：可爱迷人的小风球！

他们当然直接让塔德上了这个风球，甚至等他昏迷后清醒了，再拖上去加大电量，但是效果却相当糟糕；他什么都不肯说，只在晕迷之际从嘴里蹦出许多不堪入耳的脏话。

第三次塔德昏迷了好几个小时，用了各种方法都无法让他清醒，在旁边的保罗医生才发觉不对劲。

他说服典狱长先暂缓拷问，给他点时间评估犯人的心理状态。

于是趁着塔德昏迷时，保罗用最新研究的脑磁波来侦测他的大脑状态。

根据法拉第定律——电生磁，当脑神经活化时，所产生的电讯号会引发磁场变化，所侦测到的讯号强度即为脑磁波，也就是记录大脑活动时的电波变化。人人身上都有磁场，思考时磁场会发生改变，形成一种生物电流，通过磁场产生“脑电波”，通过能量守恒，思考的约束力越强，所形成的电波也就越强。

经过几小时的精密侦测后，保罗沮丧地明白，塔德的脑波在电波图上呈现极不正常的波动，他似乎把命案的最后疑点像画重点般地圈了荧光记号，理性地储存在大脑的另个角落，跟其他记忆截断得相当彻底，而这个角落只能由他自己的意志启动，或者由什么特殊的口令与动作来勾起他打开的意愿；否则，用任何恐怖酷刑拷打都没用，他完全像个失忆的人，根本想不起。

风球实验就是最好的例证。

塔德醒来后根本不记得发生过任何事，连一般犯人会有的呕吐、头痛、四肢僵硬、全身发冷等副作用，他也完全没有；询问他记得发生过什么吗？他回答：“没有，一直蹲坐在一片漆黑的角落。”

温蒂是在两天前临时接到命令来到监狱的。

他们先让她看侧拍的记录影片，然后跟保罗医生充分沟通。就在她终于明白这一切复杂的程序只是要让她清楚那个即将面对的犯人有多怪异时，她不禁疑惑起自己为何会被派来。

“究竟是什么疑点？”

我原本想用双手用力捶向桌面，来唤醒眼前突然闭上嘴巴、看起来头脑不太灵光的女人；但是双臂一使力就被手铐紧扣。

他妈的！我痛苦地骂了声脏话，改用双脚用力踹向桌脚。

“哦，”她回过神来，双眼迅速眨了几下，“我看过你与其他医生以及两位绑匪的团体治疗影片，但我想听你亲口叙述跟踪柯薇亚之后在收藏室发生的事。”

“还嫌那天拍得不够清楚?”我挑眉咂了咂嘴。

“是你说得不清楚，我想再听你说一次。”温蒂坚定地要求。

本来我很不耐烦跟她耗时间，但是我明白，这是没选择的事。这些心理医生、警察、长官、律师……各种顶着头衔的人来到这跟你对话，就必须要清楚地回答，要不就摇头说不知道。反抗或闭嘴只会让之后的日子更难受。

我思考了一会，眼前的女人又露出那种期待的目光……我对这种目光最没辄。其实我自己也喜欢说，一个人的时候常沉浸在那个记忆里；我想我在这个案子中有着浓烈到连自己也感到惊讶的表演欲望。

“交换个条件怎么样？如果你跟我配合，那么这段时间就不用跟其他犯人一样接受劳动。”温蒂对我眨眨眼睛。

我在老家屋内没有发现柯薇亚，便绕出来转到后门右边的小门口。

我的猜想果然没错，门没有完全合上，从底下透出淡淡的烛火摇曳光影，空气中甚至还留有一丝香水气味。我放轻脚步往地窖走去，躲藏在那座白色石墙后面，偷偷监视着里头的动静。

没看见柯薇亚的人影，但我已经被重新装潢的收藏室惊吓得说不出话来。

这里不知何时已经从废弃发臭的恐怖尸体室变成清爽干净的独立

房间。

挑高的地窖空间，正中央的天花板上悬挂着一盏由七条金属固定、从上而下结串编织的菱形水晶灯，灯泡所散发出的晕黄光线照亮了这方正宽阔的空间。

空间的四面墙皆打造成与天花板齐高、规矩地沿着墙壁排列的深色柜子。

父亲以前用来制作标本的工具全都不见踪影，所有的标本如今被放在靠墙的架子上方。那些浸泡在福尔马林中载浮载沉的动物标本一个个如硕大晕黄的水晶灯，如装饰品般被好好地收置在柜子上。

潮湿的霉味已经被角落的除湿机烘干；后方的墙面则挂了几张小型的静物画，还有一幅进入秋季末期、满是褐色枯叶的山丘风景油画。

摆在中央的桃木桌上放着一盆雪白的大开百合花，花香正与空间内的各种气味混合在一起。木质地板上则铺满图案繁复的波斯地毯；地毯四边到处是磨损后露出毛边的粗糙编织纹路。整体空间飘散着典雅的气质，还有恰当摆放的床、斗柜、桌子和椅子。

我望着四周的惊人改变，已经忘记了自己前来的目的，瞠目结舌，头脑一片空白，呆滞地站在地窖中央。

我依稀记得挂在老家窗上的破损窗帘与积了大量灰尘的地板、桌面、沙发，连呼吸到肺里的空气也是粗大粒子的霉味灰尘。熟悉的记忆消失，眼前巨大的改变像早已与空间融为一体，成为一幅年代久远的古典画作。

我站在那里，没多久，从里头隔屏中走出的柯薇亚看见我，如同我见到她一样，两人同时倒退几步，发出短促惊吓的尖叫。

“你在这里做什么？”我回神粗声地问她。我没忘这是我的老家，而父亲是这里的产权人。

她低下头没有回答，脸上浮起一丝涨红的羞愧。

现在的她看起来与先前不同。那个与我在明亮的咖啡馆中见面的女人，全身散发着一种沉熟稳重、历练十足、甚至与人疏离的冷漠职业女强人形象；而现在，她正穿着一件宽松的连身棉质洋装，非常居家，就像电影里标准母亲的打扮，让我不禁产生一丝困惑。

这困惑的情绪瞬间占满了我的心，是一种既单纯又复杂的想象，直到很久后我才渐渐明白：老家长久缺乏的就是母亲，一个温柔的女主人。而她这副打扮出现在此地，在我空洞的回忆中，直接且强烈地扭曲了我的心态和一切可称之为理性的东西。

于是在短瞬间我变得非常迷惑，迷惑于眼前所有的事物；不管是柯薇亚或是家具，变得像是透明的海浪般，在我的视线里翻涌出一条条波纹。我感觉自己的心脏发出干干的声响，呼吸急促，全身发出细微的颤抖……

眼前呈现的好像我长久以来的美梦成真，但它不是梦，而是活生生地把我包围在其中。

“我在这里整理，只是……只是觉得让这里荒废掉了很可惜。”

“多久了？”我深深呼吸一口气，强烈古怪的心情不停地在心里膨胀。

“从去年夏天开始。”

“你一个人在这里住？还是……”

“一个人，一直到这里装潢得差不多。我有时会因为整理得过晚而错过回去的地铁，只好在这里过夜。”

“喜欢这里吗？”

“还好，整理过后比较能够接受。”

我们的对话到此结束。四周一点杂音都没有。除了镶在墙壁上的小型座式时钟不时发出滴答响音外，只剩下角落里的空调响着细微规律的鼓风声。

之后发生的事情，我想要是柯薇亚，之后回想起来，一定印象相当深刻，甚至一辈子都忘不了。

异常渴望的情绪已经全然地占据了我的心，在我眼前的她，已经不是那位陌生的柯薇亚，而是我长久以来朝思暮想的母亲。

我已完全丧失了所有理智，那些透明的波纹满布在瞳孔里，在喘不过气来的胸口中；我感到再不那么做我就要疯了……唐突地走过去，蹲下来抱住她的大腿，就像小孩子跟母亲撒娇那样，打开双臂圈拢住她僵直的双腿，脸颊靠在她的膝盖上，然后抬头露出我自认为最可爱的笑脸，再捏着嗓子装出孩童似的声音：

“妈咪，我要去睡了，您可不可以给我一个晚安吻？”

柯薇亚表情僵硬，瞪大眼睛，简直像看见什么恐怖的东西一样，不敢相信一个成年男人会突然做这样的事情。

她当然没有弯腰在我脸颊上轻轻一吻，而全身硬挺如同一尊蜡像，脸上凝结着恐惧的表情；反倒是我站起身，嘟嘴在她脸上用力吻了一下，用甜甜的声音跟她道晚安，甚至还幼稚地挥了好几下手，接着转身走出地窖，把门牢牢反锁上。

隔天我从家里床上起身时，手臂碰到了珍妮的肩颈，她轻微地吐出一个气。我俯下身看她，她的头发松软地披在锁骨旁，露出的肩颈散着淡淡的乳液香味。我轻轻地把手放在她的长发上，让发丝穿过指间。

这么做不为别的，只是想再一次确认自己现在身处何处，以及自己的身份。

“你昨晚去哪了？为什么那么晚回家？”珍妮闭紧眼睛，拉起棉被紧紧捂在下巴底下。

“和安迪与魏恩去了公司附近新开的酒吧。”

“真的吗?”尾音质疑地拉长。

“真的!安迪想追人事室的主任艾莉丝,让我们两人帮他出主意。”

“可是你身上没有酒味喔!”

“拜托我是司机,要送他们两人回家,当然滴酒不沾。好老婆,我这次忘了打电话跟你报备是我的错,下次我一定会记得。”我俯身轻轻啄了一下她的额头。

“下班记得帮我买玉米片和甜椒!”珍妮的声音显得满意了,又转身沉沉睡去。

我下床后进去浴室盥洗,对着镜子刮净下巴的胡子,换上笔挺的西装制服。一切回到正常轨道上。

这天刚好是每星期一次与艾莉丝午间约会,但是我提前传了短讯给她,告诉她我头痛,而且好像有点发烧。她在这之间找了几个理由藉故来我的办公室,手里拿着几本不重要的资料簿晃了几圈。我盯着她高耸的胸部与屁股,后悔了几秒,但随即把悔意抛开,因为我知道我有更重要的事要做。

我利用本该与艾莉丝约会的时间去超市,买了珍妮要的东西,也顺便买了许多吃食,专挑那些可以储存许久的罐头与杂粮,甚至还买了一些一次性纸内裤与内衣。

老实说,我不晓得下一步应该怎么做。

我两手抱着装满东西的纸袋,站在大敞的车厢后头,一一把东西放进去。刺眼的阳光透过大楼的玻璃门反射到我的脸上,我盯着那几只纸袋的皱褶边缘看,茫然感包围了我。

我现在到底在做什么?把一个女人囚禁在地窖中?然后呢?我究竟

在想什么啊？我有点沮丧地蹲靠在车子边，抓了抓头。

一思索到自己荒谬的行为，柯薇亚母亲般的形象便在脑海里浮现。

一靠近便可闻见的身体乳液气息，松软的发丝与慵懒的棉质睡衣，朦胧的双眼，模糊的嗓音淡淡地在意识中生根。

我后来发现，当我开始质疑自己的行为时，那些一生中所欠缺且极渴望的母亲的形象就会在脑中放大，似乎在柯薇亚现身于老家地窖中的那一秒，在我们两人惊吓地望见对方的那一秒钟，就已经自发地埋下了深刻的、无法更改的母亲的形象。

而柯薇亚，这个长久以来写着匿名信间接破坏我的童年与家庭并与失踪的母亲不知有何深刻交情的女人，是最适合补偿我所欠缺的母爱的最佳人选。

我在下班的时候绕到老家，确认四周仍安静无声，没有任何人影与声响，心里不禁赞美起这栋老屋。小时候总是抱怨位置偏僻，太过寂静无趣，根本没有同学愿意来家里作客，长大后才明白父亲的过人眼光。这里安静偏远，提供想要进行秘密行为的人一个完美的庇护所。

搬离多年后，我第一次用全新的眼光打量着在心底逐渐陌生的老家。

这里坐落在城镇最南方夹在两片低缓丘陵中间的郊区。

前面有一整排样式统一的白色平房，经过时光的侵蚀，建筑早已蒙上一层混浊的污渍。从远方的镇上眺望此处，视线会先被朦胧雾气与云层遮掩，只能隐约望见树端间的瓦砾屋檐，让人不自觉地想起遥远记忆中那些已远逝的童话故事。

很早以前从远方来到这里的一位异地商人，因看中丘陵的良好地理位置——不算过分远离城市，但确实隔绝了喧嚣。低矮的丘陵东西纵走，每天清晨，能收获阳光中最光华透亮的时刻。商人便开始在此大量买地建设，决心于此镇定居与投资。

刚建好的那段时期，南方郊区成为镇上唯一的清幽区域。有些人投下大量的金钱购入房产，装潢成可租赁的别墅。也有些人特意从镇上搬来此地定居。

但是随着时间流逝，经济萧条与社会变动，据闻还有些个人因素及那地区发生的其他一些事，许多原本在此居住的富商陆续搬离此地，撤走原本的投资，使得这区块开始呈现疏于照料的萧条感。

尤其在入冬，从枯槁灰涩的树叶空隙望过去，黯淡的光彩更让人感觉荒凉。

没有镇民愿意在傍晚接近郊区。我曾经问过其他地区的人对此地的看法，他们皆无法具体形容，表达不出心里细微的感触；自从大多数的居民搬离后，郊区便沾染上了无法抹灭的阴森感，以及一种隐晦的、不同于其他地区的荒凉。

去往南方郊区，需沿着繁华的区域行至偏僻的乡间小路。

首先必须绕过镇中心的中央广场，再经过旁边错落的住宅区、学校、医院、旅馆、商店街以及集中的行政区域，往南方前进。越往前走，与公寓住宅离得越来越远，没多久，就只能见到几栋孤立黯淡的房舍间歇出现在光秃秃的柏油路两侧。

整条柏油路的尽头，便隐藏着此处郊区。而进入此区前，必须经过一大片树林。

树林不似深山中的阴森林子，但是浓密苍翠，完美地隐藏所有想要藏匿起来的秘密。梧桐、榄仁、木棉、黄槐、七里香这些修长高耸的树木，让隐藏在后头的平房更显得破碎。

这就是我的老家，一座被所有人遗忘的白色平房。

一靠近这里，印象最深刻的就是父亲背光站在工作台前弯腰专注于标本的身影，那已经成为了某种深刻的烙印，浓缩成我苍白的童年。

那时候他可以站着工作好几个小时，同时也要求我必须坐在旁边陪他。印象中，我曾因为过程里那无法忽视的无趣与厌恶，便开始趁他不注意时，把眼睛撇开，然后随口抛出许多奇怪的问题，企图填补这空白又乏味的时光。

“为什么我们会住在这里？离镇上这么远？”这是我曾经提出无数次的无聊问题之一。我不是真在意答案，而是想要在过分寂静的空间中听见一些声响。

“住这里的原因啊……”父亲停下动作，侧身看了我一眼。

“这理由说起来很奇怪。当时在找房子时，房屋中介商听过我要求环境静谧后，便开车带我来到这里。我记得那个名叫迈尔斯的中年业务员跟我十分投缘，我们在看房之际，随口聊了许多。

“他不像那些油腔滑调只想从你口袋捞钱的商人。迈尔斯的态度谨慎诚恳，柔和的眼神让我安心不少。他耐心地领着我，仔细看过周遭的环境。白色的平房上堆积着陈旧的石砖，绝世独立地矗立在草原后头。草原延伸到山脚的北边，西面则是一片遮蔽住此处的高大树林，狭窄的道路就在树林两侧。

“我原本就在考虑规划，拥有一间独立制作标本工作室。”

“迈尔斯听见我提出的要求后，便很懂我似的慎重点了点头。”

说到这里，我永远忘不了父亲的眼神，那深邃神秘的发亮瞳孔，似乎藏了一片在阴影下方的静止潭水，在那里什么波纹都没有，绝对寂静无声；再继续往里凝视，那如映在水面上的眼神，直直地望穿了我——或者透过我，看见了更多连我都不知道的事情。

他专注地望着我的脸，很久，之后低下头，默默地领我来到房子后面，掏出钥匙打开地窖。

我们沿着漆黑的楼梯往下走，潮湿的气味早已覆盖整个空间。他一边领着我往下探，一边告诉我关于这间房子与这个地窖的由来。

那是一个悲伤而动人的故事：关于打造这里的商人胡赛因，还有他的老仆人迦尼的真实经历。我第一次听这个故事就深深地被吸引，所以当我与他走出地窖后，毫不犹豫地便付了房子的订金，决定买下这里。”

“是什么样的故事？”

“一个关于赎罪的故事。”

这是父亲唯一百说不厌的故事。

我听他说过多次。每当他双眼闪烁光芒，着迷地述说故事时，我一开始很好奇，那不会影响标本的制作吗？后来发现这担心根本是多余的，这个故事已生根于父亲的心底，在父亲的体内与生命中成长茁壮，彼此纠结成同一个个体。

我有时甚至觉得，这个关于胡赛因与迦尼的赎罪故事才是父亲最热爱的标本，恒久不衰的唯一珍藏。

父亲对制作各类型标本的热情一直到他中风后才真正停止。我曾想象过，或许我终究会像父亲一样收藏些什么来唤醒对生命的热爱，来封存住那刹时间令我感到心醉神迷的美好标本。

然而，会是什么？什么样的美才能留住我的目光？我虽然还不清楚，却已经能感受到那仿若遥远预言般的大门已经悄悄地等待在前方的尽头。

我回过神来，掏出钥匙打开收藏室的门，抱着纸袋走下去后，发现柯薇亚正躺在床上睡觉。我没有吵醒她，轻轻地把东西搁在旁边的桌子上，然后坐在床沿边盯着她的睡容。

她真的很美。闭上的双眼，长且浓的睫毛阴影正洒在眼眶下方。鼻梁骄傲地高耸着，形状优美的嘴巴则微微地开了一条缝，好像正着无声隐秘地微笑。我盯着她许久，心想，如果拥有这样美丽的母亲，在学校的家长会上应该可以很骄傲。

“塔德，你母亲真美，哪像我妈那样像个老太婆！”

“哇，你母亲的头发可以借我摸一下吗？一下就好……我用全部的游戏卡跟你交换！”

“我可以牵你母亲的手吗？”

“我好羡慕你，我也好想拥有这样美丽的母亲！”

…………

所有被人嘲笑、讽刺没有母亲的锥心回忆，现在因为柯薇亚的出现，一一自动在脑子里转化成一幕幕动人的电影情节，闪着炫目光芒的画面，自动更改我连想都不愿再回想的记忆。

直到她慢慢醒来，那双微张的眼睛望着我，我想我沉浸于想象中的脸可能颇为难看，她突然全身打了个剧烈的寒颤，满脸惊恐，迅速退缩到靠床的墙壁旁，两颊的肌肉则不断抽动着。

“妈咪您醒来了啊！睡得好不好？肚子饿了吧，我买了东西给您喔！”

我兴奋地从床上跃下，走到纸袋旁，把东西全部拿了出来，声音高昂地像在邀功似的：有高级鹅肝酱、海鱼罐头、吐司、蓝莓果酱、牛奶，还有一瓶勃艮地的红酒。

“你……你决定把我关在这里？”柯薇亚在我介绍完所有食物后，惊恐的表情稍微放松，取而代之的是疑惑，无法理解地歪着头，小心翼翼地吐出这句问话。

“不，妈咪怎么会这样想？一家人本来就应该住在一起啊，所以妈咪当然要待在我身边喽！”我又回到床边，她害怕地缩起身子，把身体紧靠在床角。

我压低身子到她的腿边，先温柔轻缓地如同抚摸一只小猫般的，抚摸了她凌乱的头发，接着再躺平身子，把我的头枕在她的大腿上；这动作就像我长久以来一直幻想的画面。

她没有反抗，也不敢动弹，身体笔直地僵硬不动。她剧烈的颤抖夹杂着体温，紧紧地贴在我的脸上。因为靠近，我感觉这一刻似乎静止了下来，熟悉的世界开始缓慢地崩解。

“妈咪，你今天好吗？我不在的这段时间你在做了什么？”我捏起嗓子，试图装出孩童稚嫩的声音。

柯薇亚没有回答，枕在下方的腿仍剧烈地颤抖着。

“妈咪，有没有听见我在问你？”

我用手把自己的身体撑起，盯着她苍白无血丝的脸。她那双大眼睛的深褐色瞳孔里，正映着我扭曲愤怒的表情。

“你耳聋了吗？”我把声音提高，“我要你回答我！”我怒吼，举起右手臂作势要甩她耳光。

她听见怒吼，眼睛睁得更大了，倒吸了一口气；然而看见我举起的手臂后，马上流下泪来。就在我们僵持的这几分钟里，我看见柯薇亚的脸流转了各种细微的表情，接着非常勉强地挤出一个比哭还难看的笑，上扬的嘴角挂着泪珠，用极细小的声音说：

“我没事。”

我满意地放下手臂，对着她咧嘴笑。柯薇亚终于弄懂了我的意思。

我绝对不想伤害她，或者做出更下流、卑鄙的事……女人们像可怜的被害者那样预想与幻想的，我连想都没有想过；但前提是我希望她配合，希望她配合我对她做的所有事情，包括重新创造一个我从未得到浓厚母爱的童年。

只要她愿意陪我演这场戏，弥补我内心的所有空乏，我就绝对不会伤害她。

她怯弱地用眼神询问我，等我点头答应后，缓慢地从床上爬起身，向前摸索打开桌上的吃食，像只饿了太久的动物般把头埋进食物里。我在心里修正了自己刚刚的说法。

不是希望，是需要，我确切需要一个如柯薇亚般美丽的母亲。

这天我没有再多对她要求什么，静静地坐在一旁盯看她吃东西的模样。

此时她很饿。我很理解极度饥饿时的匮乏感，那会让人丧失理智，被浑身涌出的无力无助感团团包围，让人忘掉自己本来的面貌。我看着她动作粗鲁地撕开包装，狼狈地用双手抓起食物塞入嘴中，但仍高雅得让人着迷。

上帝真是不公平；我一边盯着她，一边想。长相好看的人做什么样的动作都好看，即使动作野蛮，仍会从中流露出一股率性天真的气质；然而长相粗鄙的人，再怎么小心翼翼地拿汤匙喝汤，再慢条斯理地切牛肉，那观感却仍带着无法言喻的不洁感。

我趁着她吃东西时，从上到下仔细环顾了整个房间，在心里列出应该增添的物品清单。

如果需要她陪我演出这真实情境的幻梦，那么就不应该亏待她。以她干练优雅的模样，应该喜欢看书、画册、时尚杂志与散文游记，也该添购些我不在时足以打发时间的东西。

在离去前，我如昨晚一样地蹲下身体，紧紧环抱住她的大腿，撒娇地跟她讨晚安吻。这次她只是发愣了一下，没有拒绝。

然而，当她弯下腰，冰冷发颤的唇从我脸庞轻轻掠过时，我感到心脏都要跳出来般地欣喜若狂，就像实现长久以来幻想过无数次的梦想，虽然不到一秒，但却感到全身舒畅，好像登上了难以攀跃的高山顶峰。

隔几天后，我买了很多东西到地窖去，甚至去女性精品店花钱买了好几套我心目中母亲应该穿的、适合在家里打扫与做事但仍不失优雅与高贵气质的家居服。

售货小姐看见我进去时，脸上维持着好奇与憋住笑的模样，我想应该从没有单身的男性进来店里认真地东挑西选。我骗她说我在替我母亲工作，母亲是个女强人，没有自己的时间，连坐地铁都要盯着电脑荧幕，所以我替她来选购一些在家里穿着舒适、如果临时有客人来也不会感到失礼的居家服。

她看起来似乎不大相信，随意地点点头，不耐烦我如此认真对她说那么多的理由。或许她打从心里认为我有变装僻，只是找些烂借口掩饰自己古怪的行径。

结账时，售货员看见我都挑最小尺寸且价格昂贵的衣服，便松口气般地大大地称赞了我的眼光。我心里感觉非常骄傲，柯薇亚是个体面的母亲，而我作为儿子，确实脸上有光。

柯薇亚今天看起来比昨天气色好，或许是吃过有营养的食物，脸颊红润了许多。

她看见我又如同邀功般地把所有东西一一倒出来时，黯淡的眼神亮了那么一下，但仅如流星般一闪而逝，那熟悉的忧郁神情马上又回到她的脸上。

或许她终于明白，地窖里的东西越是齐全，就代表自己就会被关在这里越久。

“妈咪，你不开心吗？我买了好多好多东西给你！”

她点了点头，没有回答。我歪头看着她，打算换个话题。

“妈咪，今天做了什么？”我坐到床沿，把头靠在她的肩上。

“没什么。”她摇头。

"那么妈咪陪我做功课好不好？好烦啊，老师今天出了好多功课啊！"我站起身拿过公事包，从里头倒出写满数字的电子业务订单，那是主管安排我完成的文件，已经拖了好长一段时间。

"好。"她轻轻地吐了这句话，移动身体坐到我旁边。

这天的进展非常顺利，在母亲慈爱的关注下，我埋首拼命地把订单全部统整了一遍，甚至进度超前地给每个厂商列出详尽的细目。就在我终于吁了一口气、放松下紧绷的身子高兴地表明自己已经完成功课、侧身过去抱住她撒娇后，她的脸又苍白了起来。

"我可以问你一个问题吗？"她小心翼翼地看着我。

"怎么了吗？"

"我们这样……我是说我们母子要在这里多久？"

"妈咪怎么会这样问呢？这是我们的家，我们应该永远住在这里的，不是吗？"

"所以我不可能回到原来的生活，甚至不可能走出地窖晒阳光了？"

"简单的回答是，没错，但是当然也有例外！哪有母子两人始终在家里呢？所以也会需要你牵着我共同创造一个可以出去逛街或者散步的快乐回忆啊！"

"那么除了创造你所谓的什么回忆，我有没有可能……"

"回到原来生活？"我替她接下去。

"嗯，不要误会，我的意思是我也很喜欢你，把你当儿子看，但是我仍有自己的生活……"

"不对，这回答有问题！在这里你是我的母亲，你要慢慢遗忘原本的家庭，把我当成你的一部分，要如同母亲疼爱小孩般宠爱我。"

我斜眼看着她，她现在似乎已经相当清楚我在做什么了。

我不是那种全然投身于梦境中的精神病患，我的需求清楚明白，而身在这戏剧般的弥补戏码里，她也清楚我并非固执地认定自己是个孩童。我的头脑仍旧清晰，她可以问所有她想知道的问题，但我的角色随着问句与场景而变化。我可以装傻装不懂，装各种我想装的模样，端看自己的心情转变。

这让她知道自己的处境更加艰难。

因为我毕竟是个成年男子。如果我真是个精神病患，把自己的心智年龄强硬缩小成孩童，那一切或许还好过一些，她可以哄骗我，可以用计谋让我打开大门。但是我没有病入膏肓，我仍清楚地知道：在这里，我便拥有对她的全部操控权。

柯薇亚听见我的回答后，没有抗议，也没再继续发问，只是抿着嘴流下眼泪。样子真是楚楚动人，让我想到电影中许多因为孩子做错事而流下痛楚眼泪的母亲。

她应该从未被人恐吓或威胁过，看她的样子就明白，她非常惧怕我像上次那样举手作势打她，那好像比什么都要令她害怕。我想象她在以前的生活中应该是一个一切顺遂、养尊处优的公主。我仍记得她写的匿名信内容，永远都是不着边际、充满幻想与对优渥生活的描述。

她从未冒险或吃过苦，而这就是我的优势。而她一旦陷入无法理解的困境，就会如同沾上蜘蛛网的无助昆虫，无法自救。

她无声地流着眼泪，过了一会，又深呼吸地调整心情，紧闭眼睛，似乎在用力思考着什么。我当时因为时间过晚，没有办法顾及她的想法，于是匆匆地要她吻我一下，便赶着回家。

这几天我密切注意着报纸与新闻，看看有没有刊登出柯薇亚失踪的消息。

我把车停到公司停车场中，走出来在街角的摊贩买了所有的日报，像抱着一大束捧花般地进办公室去读。提早到达公司，就是希望趁大家没来的时间好好阅读，看看有没有相关消息。我先从第一份报纸的头条时事读起，接着看社会新闻。

上面写满了荒谬怪诞的新闻：一只藏敖从自家门口冲出，严重咬伤清晨跑步的女子；长期吃速食食品会导致心血管疾病，增加脑中风几率；某医学实验证实了人体的脂肪……

“你怎么那么早来？”办公室的门突然被推开，艾莉丝表情冷漠地站在门口。

她先是盯着我，随后把目光移到桌上如同被小偷光顾过的混乱情形。没看过的报纸四处堆放着，已看过的则一张张散落在周围，几乎把地板铺满。

“我……”我的脑子转不过来，紧张地胡乱想着藉口，“我希望提升业绩，所以想额外关心时下的经济状况。”

“是这样吗？你也太夸张了吧，把全部报纸都买来了。”艾莉丝边叨念着边走过来帮我收拾。她似乎没有怀疑我的说法，报纸上的彩色图片正吸引着她的目光，她开始边整理边看起这些报纸。

我没有阻止她，于是我们两人分坐在办公室一角，各自看着手上的报纸。

“欸，这图片上的女人真美！”她啧了啧嘴，口气有点羡慕，“这女人长得好像某个明星喔！这则报导是她失踪多日、警方已经派人搜索。”

“什么？”我的心跳加快，站起来走到她身边，假装镇定地靠近报纸。

消息被放在社会新闻的右下角一个非常不起眼的位置。

已从证券交易所退休的主管柯薇亚，目前被邻居通报失踪。

年约四十三岁的柯薇亚，于前年从交易所退休后，独自居住在西北区二十七号的大楼中。据邻居钱斯太太表示，认识柯薇亚多年，她的个性内向善良，沉默寡言，不曾与任何人有较密切的往来；没有结婚，也没有家人，一个人过着半隐居的生活。

钱斯太太说因为她们的背景类似，两人形同姊妹，每星期都会在固定时间交换食谱，或者一起上餐馆用餐。几日前找不着柯薇亚，她以为她独自出去旅行（这情况曾经发生过几次），但是后来时间过久了，觉得不对劲，因此决定通报警方。

警方呼吁，曾在前几个星期见过柯薇亚（旁边放了张大头照，里头的柯薇亚相当年轻，应该是二十几岁时的照片，脸上带着淡淡的笑，模样看起来聪慧迷人）的人，或者知道关于失踪的任何消息，请尽速与警方连络。

“这女人失踪了呀，没有家人的她真是可怜，”艾莉丝又啧了嘴，“已经四十三岁了，放了张二十几岁的照片要人怎么辨认呢?”她把报纸移近自己的脸，仔细地盯着照片看了一会，又失去兴趣地丢到一旁，拿起别张报纸。

“对啊，可能年纪大了不喜欢拍照吧。”我声音沉稳地回答，但已经感觉自己的背脊流下了大量的冷汗。

如果报纸上所写属实，柯薇亚在最后一封匿名信上写她决定走入婚姻或许只是起了这个念头，实际上还没有成家。警方已经注意到她的失踪，目前看来，报上的邻居钱斯太太似乎也不知道柯薇亚的秘密：定时会独自来到南方郊区的老家整理。我呼吸急促地思考着。

这报导对我也有一个好处，无疑地给我打了一剂强心针：大量失踪人口案件在各地上演，除非家人不断去打扰与催促，否则警方绝对会把这案子丢在一旁，任其淹没在茫茫案件中。

“你最近怪怪的!”

正当我绞尽脑汁思索时，艾莉丝已经把报纸放下，回头望了望紧阖的大门，然后坐上我的大腿。

“没有，我只是觉得自己对工作不够尽心，所以才会想在工作上多花点心力。”

“不对，我觉得你是不是有别的女人，对我没兴趣了？”她把脸靠近我，我闻到一股化妆品的脂粉味。

“没有的事！那、那我们今天下午偷空去约会？”我闭眼吻了她那浓妆过度的脸。她看起来终于心满意足，跳下我的大腿走出办公室。

这天下午，我在床上非常尽力地满足艾莉丝。直到与她在旅馆中办完事，两人穿好衣服准备回去公司时，她突然像想起什么，转头对我说：

“对了，你之前跟我提过，就是写匿名信的那个女人，后来呢？你有再遇见她吗？”

我那时正低头整理自己的领带，感觉手指头僵硬了起来。我低着头，心里想着：对呀，我曾经告诉过艾莉丝这件事，还是她要我把握机会的，自己怎么就忘了？

“没有，我之后因为事情多就忘记了。拜托，整个城镇那么多人，我想再遇见的机会微乎其微！”

“也是，”艾莉丝走过来帮我把领带打好，对我露出一个甜腻的笑容，“除非她自己找上门来。”

或许是因为看了报纸的消息，情绪中多了些许的心虚与内疚，于是在下班后，我便把车直接开回家，不打算去老家。

我盘算着那些罐头和杂粮食物应该可以撑上一阵子，其他日常用品也足够，便决定在家里好好陪珍妮。我带着点补偿的心理，不要她麻烦地张罗晚餐，而是两人连续几天下馆子，吃了几家杂志上介绍的地道印度菜与意大利菜，又去看了几场时下最红的电影。

她像个小女孩似的，显得相当开心，脸上红润地持续着娇媚的笑，好像已经很久没有这样开心过。在回家的路上，经过镇上那间最大的精品店时，她站在橱窗前盯着里头的商品目不转睛。以前我总会嫌弃她的品味与眼光，在这种时候老是语气冷漠地讽刺她看上的商品都很廉价，但是今天不一样，我二话不说地替她选购的洋装刷了卡。

她心满意足地提着袋子，满脸笑意，亲昵地勾着我的手臂，两人踏上回家的路。

我低头看着银色月光把自己与珍妮的步伐和身体拖映到旁边的石墙上，变成两条黑色的、拉长又变形的黯淡影子。

我转头偷偷看了珍妮一眼，心里想，我对你的感情其实已经逐渐冷淡了。

应该说，结婚这件事不是个名词或动词，而是代表一个完整的世界——让我真正成为一个男人，步上正常轨道。我熟悉她身上散发淡淡花香的头发气味，知道她早晨一定要洗澡，一星期换一次牙刷，会仔细地捡拾掉落在洗面池中的头发，出门或是在家只习惯穿连身的洋装，喜好会发出光泽的晶亮饰品，还有只要一生气，不管多克制自己的情绪，那单眼皮的眼角就会出现几道细长的皱纹。

简单来说，我的人生因为与她结合而顺利地到了下个阶段。就工作与婚姻来说，是什么也没得挑剔的完美人生；但是我仍无法满足，这已经不是珍妮的问题，跟她毫无关系。

我还记得刚结婚时，我们两人安排了一趟约一星期的蜜月旅行。回来后我盯着其中一张珍妮帮我独照的照片看了很久。

照片里的我正迎着金灿灿的阳光，眼睛眯成一条细缝，坐在开满繁花的公园中央那座宽敞的石椅上，没有什么表情，嘴角牵动着暧昧的笑意。

“你在拍这张照片时正想些什么?”珍妮指着照片中的我的脸，疑惑地问我。

“没什么，可能阳光太大了吧!”

“是啊！那天真的好热啊。”她转过头，继续整理其他照片。

但是那张照片却让我心痛。

我把照片握在手中，仔细端详着，心里想：你可能永远都不会明白吧。

里头的我，不过是个稀薄的影子或是影子的某个部分而已。真正的我则在过往某个遥远的场景中、在许久以前、在母亲的离开与失踪、还有许多磨损我的暧昧情景的夹缝里；在所有无人理解的孤寂之中。

我明白我已经丧失了很多东西，在连自己都不清楚的地方。

这几天由于我的刻意陪伴，珍妮看起来心情很好。

两人兴高采烈地逛街吃饭，晚上回到家则窝在火炉边聊了许多话。我们随口聊到一部电影的情节，那是描述关于亲情的电影；然后她突然在我发表意见时安静了下来，脸上露出奇怪的、脸颊都笑开的特别温暖的笑容；等到我说完，她不疾不徐地告诉我，结婚好几年了，现在的她想要生小孩，生一个我们的小孩。

我本来带着微笑的脸逐渐僵硬，口气冷淡地问她，何时有这念头的?

“自从你把爸爸送到疗养院后，我觉得家里空空洞洞的，只要你晚回家，我都觉得好孤单。”

“生小孩会好一些吗?”我继续询问她。

“或许啊，你想想，我们都结婚好久了，你现在的工作又稳定，有个小孩陪我不是很好吗?”

“这样啊……”我假装考虑地低下头，珍妮拉着我的手臂乞求着。

“好啊，我想有个小孩家里也会热闹些！”

然而，这几天我在与珍妮上床前，偷偷地在她睡前要喝的牛奶里加了双倍的避孕药。我清楚自己这么做的原因，现阶段的我无法面对新的小生命。应该说，我现在正竭力地为自己弥补，在另一个空间与时间里极其认真地扮演一个小孩，一个极需要母爱滋润的无助小孩；而这个小孩，绝对不可能接受另一个小孩存在。

我大约过了一个星期，才去采买食物回到老家。

柯薇亚那天穿着我买给她的蓝色居家裤装，无力地背对着我躺在床上。我走下地窖时，感到一阵强烈的内疚；太久没绕过来这里陪她，什么都没说就把她独自遗弃在这里……这段时间她应该感到非常无助吧。我甚至考虑到她或许生了病，所以在下班时，特地绕去药房买了各种止痛与消炎药品。

“妈咪，你今天好吗？几天没见面了，有没有想我？”我捏着嗓子呼喊她，接着躺到她的身边，像小狗一样地用下巴顶着她的背膀。

“唔，我好像发烧了，身体很不舒服。”她声音沙哑，用微弱的气音对我说。

“真的吗？让我看看！”我担心地坐起身，把手放在她的额头上。很烫，转过来通红的脸颊着实让我吃惊。

“除了发烧，还有什么不舒服的症状？”

“我不知道……我的头很昏，呕吐了好几次……”

“我带了药来，你要不要先吃？吃过了身体就会舒服了！”

“好……还有……还有那个隔屏后面的浴室，里头的洗手池坏了，可否请你、请你帮我看看？”她虚弱地说。

我转头看房间后头那张从天花板延伸下来的浅绿色隔屏，那是用来区隔房间与后方的卫浴设备。

我点点头起身，绕过隔屏走到地窖后方。

那原本是一间用来堆置杂物的储藏室。先前准备搬离老家时早已把这里清得一干二净，所有布满灰尘的大型无用垃圾，有的捐给慈善机构，有的则请了搬家公司一起处理掉。

现在这个约十坪大的正方形空间，已经被柯薇亚改建成简单的浴室。

她很有设计空间的能力，也或许是有钱能使鬼推磨，看起来她花了大钱把截断的水电全部连接起来，在墙上装了一台高级热水器、一台小型白瓷浴缸、一只简易式马桶、一面镶着古典花纹的铜制圆镜以及一个与浴缸同质同色的洗手池。

之前我把注意力全放在柯薇亚身上，没有好好地观赏她对此地改造的景观。这里真的焕然一新，不仅父亲的工作间与收藏室，连印象里肮脏老旧的储藏室，都被她整顿得非常具有美感。

我一边啧啧称奇，一边走向她说坏了的洗手池。

只不过，她从没想到会被囚禁在自己一手改建的地方吧！我的脑中联想到这里，不禁自顾自地笑了起来；不知道为什么，这带有讽刺意味的想法让我非常开心，有着不可一世的畅快感，好像我本身是个造物主，一个彻底改变我与她的命运的伟大造物主——这个想法让我非常骄傲，仿佛完成了什么了不得的大事。

我微笑着望向那面漂亮的镜子，拨了拨正上方的头发，企图把头发拨到前面，掩盖住微秃的光亮前额。接着，我低下头伸手试了试两边的水龙头，奇怪，清澈的水马上流了出来，顺畅地流进池底的沟盖。

我狐疑地试了好几次，没有任何问题。

然后我转过身，看见附在墙壁上方的热水器，上头的红点正大亮着，里头温度相当高，也就代表她不久前洗过了澡……我伸出手，不可置信地看着刚刚摸过她额头的掌心，愤怒地吼叫了一声，拔腿跑了出去。

地窖前方的房间空空如也，大开的门，正吹进沁凉的微风。

果然，这一切都是骗局。柯薇亚利用刚洗好澡的热体温，欺骗我她发了高烧，再骗我说洗手池坏了，趁我走到后面时偷偷逃跑出去。

我像发疯似的冲出了地窖，把双手插在腰际上，望着黑茫茫的四周。

“柯薇亚，我的妈咪，亲爱的妈咪，你在哪里啊？”我怪声怪调地喊着。

弯刀般的月亮挂在黑夜上空，四周浅浅地染上水银色的亮光。但是仍然太暗，老家外头没有任何路灯，少了人工光线的照明，轻浅的月光仅映射出附近的草丛，发出无用的细微亮点。

此时我的心情其实非常紧张与混乱，肾上腺素飙高，全身冒着大量冷汗。我并非没想过如果柯薇亚逃跑，再去向警方报案，我马上就成为各方缉捕的通缉犯，但是，那却不是我最害怕的。现在的她如同风筝一样在空中飘摇，我手中就快要失去控制她的线，这绝不像失去一个提供娱乐的玩具那样简单。

我满脑子想到的，是再度失去母亲——如同从前听见飞机失事、自己即将再度成为一个没有母亲的孤儿。

这些事情给我的结论是：任何人似乎都可以随意丢弃我——这想法让我感到非常痛苦，而这痛苦中又带有强烈的，自己也无法理解的极度愤怒。

现在，她想要逃离，而我想要捕捉，我们有相同目的地在一片黯黑中茫然对望着，但我对她此时的心情却相当有把握——她一定害怕极了，如同我愤怒极了一样，极大的恐惧正如电击般窜流在她的全身。

时间太短，她还没跑远，所以她现在一定蹲躲在某个地方，大张着空洞惧怕的眼神凝视着我这里。

“妈咪，你在哪里？怎么可以丢下儿子跑掉呢？”我跨步往草丛里走去。

“妈咪，你赶快回来，没有你我活不下去啊！”

“柯薇亚妈咪，妈咪……我以后一定会当个好孩子，不再惹你生气，请你不要惩罚我，我真的会听话……妈咪你不要躲了，赶快出来好不好？我好需要你，好需要你的关怀与爱……”

我一边焦急地喊着，一边全神灌注地往草丛中寻找着。

没过多久，这些喊话似乎让躲藏在黑暗中的柯薇亚崩溃了。她眼中的我几乎如同一个丧失理智的变态，正用神经质的恐怖声调，大声地呼唤着她。于是她趁我回头望着老家的白色外墙时，从草丛中站起来，拔腿往另一个方向跑去。

我听见声音回过头，看见她瘦弱的身影在远方的树丛边奔驰，马上奋力追了上去。

她拼了命地一直跑到老家前头的整排平房那儿，在那里一边疯狂地敲打着门，一边喊着救命。

等到我追上来站在她后头，前方漆黑的屋子突然亮起了灯，里头传出微弱的回应：

“谁呀？这么晚了，谁在敲门？”

“求求你，拜托你开门让我进去……”她对着里头的灯光刚说到这里，我喘着气从后头一把抓住她的手臂。那一定是令她大吃一惊的强劲力道，可能不是痛而是突如其来的劲道几乎让她窒息。她惊惧地回过头，五官扭曲，全身恐怖地颤抖。

屋子里走出一个年过八旬的老翁，佝偻的他颤抖地拄着一根拐杖站在门边，布满皱纹与斑点的脸上写满了不耐烦与厌恶。他吃力地推开纱门，低头看着站在门外的我与柯薇亚，用混浊的眼珠瞪着我们。

第一眼就能知道这老翁一定相当讨厌陌生人，说不定还曾经有过被恶作剧的经验，压根儿不喜欢多管闲事，看起来异常厌烦我们的打扰。

“不好意思，我母亲身体不舒服，家里的电话坏了，这附近又没有医院，所以才会来这里打扰您……”

我当时的想法是，只要她不开口，我还能掰个什么理由，随意地道歉离开，只要她不要继续开口就好……我的脑子里转了非常多念头。但是运气就是那么好，柯薇亚可能因为太久没有晒到阳光，总是窝居在狭小的地窖里，忽然一口气跑了那么路，连话都无法说，低下头呕吐起来。

“是不是要借电话?”老翁撇了撇嘴，看起来相信了我的谎话。

“不用了，我想起来家里还有药，吃过药应该就没事了！真的很不好意思。”我对老翁礼貌地鞠躬道歉，他没有继续多问，不耐地关上大门。

我押着柯薇亚回到地窖，愤怒地甩了她好几个巴掌，接着用麻绳把她反手紧绑在椅子上。

她没有反抗，逃跑失败的她像只受伤的动物，任凭我处置。

我焦虑地在旁边走来走去，不断地用脚尖踢着墙壁，后来终于感觉疲惫了，才拿水喂她喝，坐在旁边耐着性子对她说了许多——那些应该帮助我完成梦想的责任与义务。

她没有发出任何声音，被泪水浸湿的脸庞上布满了绝望。

我一阵心软，那血红掌印横披在她苍白的脸上，让她看起来柔弱不堪。

“妈咪，你为什么那么调皮？你为什么就是不接受你应该尽的义务呢？”

她哭肿的眼皮往我这望了一眼，眼神里尽是满满的挫败感，没有回答。

我站起来走到柜子中拿出医药箱，替她的伤口敷擦上了有薄荷味的药膏。我的手指头贴近她的脸颊时，她没有闪躲，闭上眼睛任凭我的摆布，那绝望感强烈得让我心寒。我望着紧闭的眼睛，微颤的睫毛正不安地抖动着。我不忍心再绑着她，将绳索松开，扶她躺回床上。

在我准备离开之前，她依旧侧身紧贴着墙壁。我望不见她最后的表情，也不知道她心里在想什么。

接下来她再不肯开口说话。

接连好几天，我一下班就开车前往老家，而她连看都不看我一眼。

不仅如此，她连饭都不吃了。下班过去前我总会带个新鲜三明治或打包饭菜，以前她总是吃得津津有味，现在她连看都不看一眼，像一尊没有生命的蜡像。

“妈咪，请不要这样对我，这样你的身体会受不了，对我们都没有好处。”

我很明白，如果继续这样下去，整件事就失去了意义与趣味。我表面上装得很镇定，其实心里害怕极了。

直到第五天还是一样，她既不吃东西也不说话，甚至没有梳洗，身上还穿着那套逃跑时弄脏的蓝色居家裤装，发出阵阵酸臭味。我非常担心，不晓得一个人不吃不喝究竟能够支撑多久，更不晓得不清洗身体能够维持多久。

她看上去更加虚弱苍白，好像一个被丢弃在路边的肮脏洋娃娃。

于是我决定强硬地把她从床上抱起来，走到隔屏后面的浴室里替她洗澡。

她似乎有惊讶了那么一下，大张眼睛，惊惧地望了我一眼，但随即放弃，身体瘫软地随我处置。我把浴缸放满适温的热水，接着小心地脱下她身上的衣物。

她没有换上我买的纸内衣裤，而是穿着是她原本的白色胸罩与内裤。那些贴身衣物一露出来便散发出类似动物的体味，边缘则沾染了褐色的汗渍。

我憋住呼吸地把这些衣服堆在一旁，心想这里应该添购一台洗衣机。

她的裸体比我想象中的还要匀称，丝毫没有受到地心引力的拉扯，完全不像在夏日海水浴场看见的那些正在做日光浴的老妇，丝毫不避讳地挺着硕大的肚子与几乎垂吊到肚脐的胸，场面简直让人触目心惊。

一个人的饮食与生活习惯，看其身材便可一目了然。柯薇亚应该是个相当重视饮食与运动的女人。我看着她平坦的小腹与细长的双腿，还有略下垂但形状优美的胸部，闪着光泽且毫无瑕疵的紧绷肌肤。凝视这具胴体，体内有种异样的欲望在悄悄燃烧。

不行，这是我的母亲，我绝不能有奇怪的念头，不能混淆我们的关系！

我晃了晃头，逼迫自己不要去想，然后把她抱起来小心地放进加有玫瑰香精的温热水中。木无表情的她，因为身体的舒适开始轻轻地叹了一口气，绷紧的全身松弛下来，看起来很享受泡在水中。

我走出浴室，把之前替她购买的小音响打开，选了肖邦的夜曲加大音量地放了出来。肖邦优美迷蒙的琴声顿时盘旋笼罩在整个地窖中。我在音乐的环绕中放轻脚步走回浴缸旁边，捏着嗓子喊她，并且讨好她，开始坐在一旁念起书柜中的一本小说。

这是一位一九六〇年代的无名作家所写的短篇小说，却是我最喜欢的一则故事，内容描述一个小男孩经过大战后与家人分离，自己形单影只，经过非常多折磨与苦难，努力找寻着母亲，以及艰困地追求活下去的所有力量。

“妈咪，我不要求你了解我，”我确定她张开了耳朵，于是把书轻轻阖上，“但是至少可以试着爱我、喜欢我，把我当成你真正的孩子。”

“我不知道你在想什么，”这是她这几天以来第一次显现出活力，“把我囚禁的整件事显得很荒谬，也很恐怖。我不晓得该如何形容这种感觉……每一天、每小时、每分钟都一个人待在封闭的这里，我感觉自己都快要精神错乱了！”

“难道你还没接受这是你应该付出的代价吗？”我试图重新告诉她我的想法，“当初你花了那样长的时间写一封封匿名信寄到我家里，间接地破坏了我父母亲的感情，害我因此没有了母亲，你懂吗？因为你的匿名信，我从此成为没有母亲的孤儿。”

“你的母亲自飞机失事后就没有消息了？”

“对，全然失踪，无消无息！”

柯薇亚听见我的话，表情有些古怪，看不出是开心还是感伤，那扭曲的眉毛与半眯的眼神让人无从分辨。

“我想，”我刻意忽略她奇怪的表情，终于开口问出长久隐藏在心中的疑惑，“我常常在想，你是不是因为很爱我的母亲萝妮所以才会坚持长时间地写着一封封的信给她……”

“等等，你是说我爱萝妮？”

柯薇亚的表情突然转变，挑起了眉毛，嘴角露出明显的嘲笑，似乎这句话可笑到了极点：

“我怎么可能爱她？这大概是我听过最好笑的事了！告诉你实话吧，

我简直恨透她了，长久以来，我几乎用所有的力量憎恨着她！”

柯薇亚说完这句话，没有忿恨的表情，只是瞬间倾倒出一种终于发泄的舒缓，口气依旧轻柔。但是这却比任何愤怒还让我吃惊。虽然她的回答令我费解，但更诡异的是她的态度，整件事被她这么形容下来，似乎只是个玩笑；异常有耐心地对憎恨的人所开的一个大玩笑。

接下来我不知道该怎么对她了。

老实说，我对自己的母亲也没什么印象。在我淡薄的记忆里，她只是一团团模糊的影子，由众多破碎的句子与影像重叠而成；但是只要仔细地再进去内部，那叠出来的记忆好像一部混乱的短片，片中的母亲总是站在遥远的尽头，完全不愿意朝我这里走来，甚至连看都不看我一眼，眼神飘到远方。

我的母亲或许不怎么喜欢我吧……我悲伤地想着，分给我的时间少得可怜，既然如此，又为什么要生下我呢？

我的脑中充满了无法理解的情绪，开始对眼前的柯薇亚产生仿若混杂众多爱与恨的模糊情绪。我心情沉重地站起身，告诉柯薇亚我该离开了。

这次她主动给我一个晚安吻，并在我准备转身时，给了我一个极美丽的笑容。

第四章

温蒂每天下午两点整会定时会出现在会客室，不像第一次那样偷偷摸摸地把录音笔藏在胸口的口袋中，而是放在我座位对面。

我盯着温蒂的胸部，她脸都红了；生涩的模样让我猜想她应该刚从警察学校毕业，要不就还是个实习生。这段时间的相处，让我发觉自己很喜欢跟她说话，随着一天天过去，每到接近她到来的时刻，我便捧着热烈的期待等候她的身影出现。

她似乎非常擅长倾听别人说话，瞳孔忠诚地刻印着我的面容。如果这并非出于她天生体贴人的习惯而是学校教授她的，那么我必须承认，这绝对是所有学问中最有用的一门。

她与其他只想打探案情的警官完全不同，我独自一人时曾经想过其间差别。

其他警官只是依照命令，把这些当成工作，暗自怀抱各种破案的动机分析里头细节……虽然这都是心证，但是我只要看他们眼神就会知道。那种想掠夺好处的眼神直接横铺在我的脸上，那眼黑白混浊，缺乏任何色彩般地枯燥空洞。

而温蒂不同的是，她似乎想都没有想过关于破案这事，她只是充满兴味地听，就像听着她不了解的世界，真诚地关心里头的光影变化；她的眼神蕴含着温煦的暖意，实实在在地投射过来被我接收；这样的相处使我感到愉快，受人重视，使得监狱生活不至于痛苦孤单。

当月保罗医生特地来跟我说温蒂在警局中有事，所以无法依照往常那样过来询问案子的细节。

“她这个月不来？那下午的时间我怎么打发？”

“你就跟其他犯人一样去劳动吧，现在木材工厂很缺人手。”

“集体劳动吗？嗯……”我歪着头，不太理解他说的话。

自从我来到监狱后，总是有股奇怪的感觉，除了第一次的集体治疗外，这里的人似乎尽力避免我与其他犯人见面。不论是想象中应该有的集体用餐或者共同沐浴，包括各种劳动，全都被古怪的理由阻拦下来。

我的精神状态有问题，必须独自一间牢房——这是他们把我单独关在这里的理由。自从上回做过团体治疗后，换了间上方镶着一扇小窗的牢房，但是我仍没有任何同房牢友，甚至连两边的牢房都空无一人，安静得出奇。

一个人用不锈钢盘子吃着冷饭；所有的集体活动与劳动时间里，我被各单位通知，轮番做着繁琐的精神治疗：必须独自面对某个长官，听他对我说一大堆狗屁人生道理……这当中也有属于犯人权利的放风时间，但等到被狱警拉到外头晒太阳时，却发现依然只有我一个人。

那场景实在非常诡异。空洞的碉堡与通了电的高大栅栏，偌大的草地与球场，一个被阳光拉得长长的黑色影子……

“只有我一个人？怎么搞的？其他犯人呢？”我惊讶地回头问狱警。

“其他人放风的时间跟你不一样，独自享受这片草地不是很好吗？”狱警冷冷地回答我。

“不对啊，为什么要特地孤立我？”我不解地想要知道答案。

狱警不耐烦地瞪着我：“有放风时间就好好珍惜，再问就取消你这个权利!”

他说完作状要抽出腰带上的警棍，我马上摊手表示不敢了。进入监狱里，我吃过这警棍无数次苦头，逞一时之快的后果只有一种，就是我躺在监狱医院的病床上，一个星期都下不了床。

温蒂每天要求我回忆案子，所有细节要讲述得一清二楚。只有我与她，其他没有任何人，连守在后头看着我们对话的狱警都没有。不知道他们为什么对温蒂如此放心，还是笔录的过程本来就是如此？我什么都不知道，只知道眼前的女人的脸是我这段时间中最熟悉的一张脸孔。

每个月的倒数第二天是会客日，从上午八点开放监狱的大会客室，直到傍晚五点。

我坐在黑暗的牢房床上，侧耳倾听从远方传来如虫鸣般的细微声响；杂沓零碎的步伐、被截断的话语、车辆如破碎海浪的引擎声……这汇聚的杂音有太多可以想象的东西。墙上斑驳的白漆，甚至在杂音中剥落下几片，孤独地掉落在我黯淡的床头边。

从没有人来看望过我。

我不知道是他们禁止我会客，还是真的没有人来看我。入狱迄今，我也没收到过张明信片或问候信。我知道我已经彻底与外面的世界隔离了。偶尔想起工作大楼底下的街道，镇上的广场与公园，家门外那条铺着红砖的走道……所有熟悉的景象在脑海汇集中形成一条光影杂乱的长河，发着亮光的熟悉脸孔一一地漂浮在长河的上方。

应该说我曾经想象过自己的下场，对现在的一切丝毫不感惊讶。但是，真正待在这下场里的每小时、每分钟竟是如此孤寂难熬，难熬到我甚至起了后悔的念头。

我想起珍妮、父亲和柯薇亚，还有一些原本生活在我周围的朋友和同事。

不知道他们过得好不好？有没有想起我？一分钟、一秒钟都好。我无奈地反省自己糟糕的人缘，放弃了这种无用的期待。

每日早晨，小窗会斜射进一方金黄色的阳光，尽管牢房内光线充足，但是在我的眼中却是如此晦涩黯淡。

无论是出太阳或者阴霾的日子，炎热或寒冷，白日或者黑夜，似乎都一样的光线，都带有一种橘黄褪去、大片黯黑即将笼罩的迟暮感。不知道为什么，我感觉待在牢房里看出去的永远是昏暗不明的阴霾天气。

即使有阳光出现，在视觉上也总像某种不自然的人工装饰。在光线中飞舞的微絮；或从窗棱筛落下的各式图案，看起来像是假造的，刻意披上暖色调的不祥预言。

在牢房里待久了，我感觉自己似乎是一个格格不入的闯入者：监狱里年深月久的悔恨与暴力交织的气息与我曾经感到的悲伤或者愧疚完全不同。

我在黑暗中轻轻叹了一口气。

失去珍妮且远离世界的感觉重新涌上心头，那是混合了孤寂和自虐的特殊快感，很痛，但是那伤口却又让你忍受不了痒般地想要戳搔痛处。

所以当保罗医生今天特地前来告知我今天要面对其他犯人，要与大家共同参与劳动时，其另一个意义便是可以暂时进入真实世界，在那里短暂地拥有栖身之地。我的心情几乎是雀跃的。

这天，在牢房独自用过餐后，我被狱警从牢房中带出来，先牢牢地套带上手铐与脚铐，接着带我走过长长的走廊，直到监狱后一间大型木材厂的门口。保罗医生全程都跟在我们后面，他看起来非常烦恼，好像不知道要我与其他犯人一起劳动的这个想法是否正确。他一路上都紧锁着眉头，低头盯着我脚下铿锵作响的脚铐，鼻梁上的镜片印着几处清晰的指纹，在光线下折射着不同颜色的亮光。

“你们两人不要离开，听清楚了吗？虽然里面各处角落都有专人看守，但是听我的话，不管有任何理由，你们都不能离开。直到下午五点劳动时间结束，眼睛一刻不可以离开他，知道吗？”保罗医生严肃地对旁边抓着我的狱警们说。

“拜托，有那么严重吗？”我嗤之以鼻，差点儿笑出了声音。

“我又不是什么多连环杀人犯或变态杀人魔，干嘛下这样的命令？你不怕吓坏旁边这两位小兄弟？”我推了推旁边的两人。

但是他们两人似乎异常紧张，根本没理会我的冷嘲热讽，谨慎坚定地对保罗医生点了点头。目送着保罗医生离开的身影，他们把我带进了木材厂。

那是间用粗钢架搭建的高大工厂，面积大得惊人，足足有一个篮球场般宽大，到处堆积着未经处理的庞然树干。所有机器正高速运转。除了高直达天花板、如同大型古生物般的机器，这儿站满了身穿蓝色制服的犯人，大家有秩序地挤挨在各个角落，忙碌的双手挥舞不停。

狱警见我目瞪口呆，附耳在我旁边大声地介绍——

一部分犯人被分配到监狱后头的山林中，每天负责砍伐树木运送到这间木材厂。工厂细分了几个操作系统：有的把堆积的树干扛抱到刨木区，有的负责刨木机器的运转，有的等候树干从机器中转出变成一根干净的圆木后进行尺寸分类，接着由其他人负责上漆，接着就是最后的处理。

这个隶属于路得岛监狱的木材工厂提供镇上最大宗的木料，用来制作木质家具，由政府出面经营贩卖，或者贩送至欠缺原料的偏远地区。

“几天前机器出了问题，刨木的锯机与磨削机有点故障，把当时负责的犯人手脚都辗断了，然而政府又下了超出工厂负荷的订单，所以才会连你也抓来帮忙。”狱警在旁边解释着，并伸直右手指示我待会去右边角落的上漆部门。

“你过去做上漆，操作机器需要时间训练，空缺已经由几个经验老到的犯人顶替了。”他正说到这里，另一位狱警从里头带出一个小个子、顶着平头的中年人。

“手脚辗断？这种职业伤害谁负责？”我惊讶地问他。

“没有人，”狱警无所谓地耸了耸肩，“你们都是作奸犯科的罪人，这是你们欠这个社会的。”

这是什么歪理？难不成犯人就没有所谓的人权？正当我还想再辩论时，他严肃地瞪了我一眼，撇头过去介绍小个子男人，由他带我熟悉工作内容。

男人把脸上的护目镜摘下来后，我发现他是第一次团体治疗时已经见过面的公务员伊凡。

这次他的气色好多了，脸上带着笑容，我们客套地打了声招呼，一起转身进入工厂。正当我们走到工厂中央时，震耳欲聋的机器声突然窜出了一句尖锐的爆裂声。

“看呐，那不是鼎鼎大名的五号先生吗？”一个站在大型机器旁边、留着一头红色乱发、身材魁梧的犯人，忽然像发疯似的喊叫起来，说完还吹了一声响亮的口哨。

“五号先生？网络上的五号先生？”

“五号在哪？到底在哪？”所有的犯人开始骚动起来。

我与伊凡，还有两个狱警僵直地站在工厂内，眼睁睁看着原本条理有序的工厂，如同瞬间从天空投下了一枚炸弹，威力十足地把这里彻底轰炸。

一场大型暴动。

他们一致停下正在工作的动作，像是着了魔似的竭力用身体发出各种焦躁与兴奋的声音：口哨、拍掌、跺脚、大力踏步、尖叫、手捶、把工具往地上和墙壁上敲。

四处满溢着旺盛的精力与夸张的舞动，简直像是一场大型烟火秀，夹带着刺耳的爆破声，还有机械运转的尖锐声，让我的耳膜剧烈地疼痛。

那感觉相当诡异。视觉里明明充满了各种混乱的影像，听觉却像慢了好几拍，寂静无声。我默默地憋住了气，吞了几口口水，细微的声响才从耳膜内部被轻轻传来。

我甚至在几秒钟的时间里以为自己聋了。

五号、五号、五号、五号、五号……所有人一致拍手，大声喊叫着。

“全部给我安静！”脸上罩着护目镜的狱警爆吼了一声，敏捷地掏出枪对着上方开了一枪。

所有人终于冷静了下来，视线全集中在我身上，如一道道光灿灿的投射灯。

“搞什么？全部给我回去工作！”他又大吼了一声，所有人终于回过神，训练有素地回到各自的工作岗位上。

狱警愤怒地瞪了我一眼，摆手要我快点到岗位上。

我与伊凡加快脚步走到右边角落的桌子旁。桌子两边站了两个小个子犯人，正举着油漆刷盯着我们，目光虽然锐利，但跟其他暴烈的犯人气质不太一样。他们似乎什么都没有想，只是惯性盯着会移动的东西注视。

那宽大桌面原来的颜色已经被块状与点状的油漆掩盖，看起来如同杂乱的补丁。桌面上方整齐地摆了好几罐棕色与褐色的颜料。伊凡从下方拿起一个圆形短木做示范，就是反复用油漆刷沾上颜料，尽量整齐平坦地刷过整根木头。

“今天……呃……今天的工作是把这些全部漆完。”他脸色苍白地回过头，望着站定在我们后方的两个狱警，然后弯腰指了指下方。我跟着他弯下腰去看，干，有两大箱大约几百根圆木。

于是我们沉默下来，开始动手为这些圆木上漆。

这种工作其实不太需要大脑，我很快就上手，并且感觉自己做得又快又好。

先把油漆刷在罐子中均匀地搅几下，再快速拿出来，把颜料平铺在圆木上。我很快抓到了让颜料平坦的秘诀，重点就是速度要快；在第一笔油漆未干时迅速刷下第二笔、第三笔……这加快的动作可以让颜料相互融合在一起，完全看不见之前那些粗糙的粉刷痕迹。

我不知道自己漆了多少根木头。等到我感觉手腕酸疼、盯着之前已经干了的圆木在光线下发出色泽匀称透彻的亮光时，心里的感觉好极了，比旁边慢吞吞的伊凡和另两个如同僵硬机器人的家伙做得又快又好。

后来在嘈杂的工厂内传来一声短促响亮的哨音，全部的人手停下工作，在十几个狱警的监督下，一起步伐快速地走到外面去。

我看见刚刚引发暴动的红发壮汉挤在人群中，意味深长地回头看了我一眼，对我眨了眨眼睛。那眼神充满了许多奇怪的暗示；好像在跟我示好，又好像有什么千言万语想要跟我说。

“休息时间到了，你们四人不要出去，继续留在原地。”后方的狱警对我们说。

他们似乎因为刚才的暴动而显得相当紧张，不时左右转头观看，确认全部的人手都离开了工厂。不久，便一起离开岗位往前走，环绕着工厂巡视着。

我们四人靠着墙壁坐了下来，喘了几口气，伊凡从旁边递了瓶水给我。我仰头喝了几口，感觉自己的胸腔非常搔痒，异常想念尼古丁的侵蚀。来到这里后完全不能抽烟，我想一定有熟门路的犯人偷偷夹带烟进来，甚至买通狱警弄到想要的东西，但是我始终被单独隔离，对于这些门路我毫无头绪。

对了，温蒂！我突然想念起她那张清秀的脸蛋，或许下次见到她时，偷偷要求她帮我带包烟，来回馈我这阵子对她的全力配合。

“喂，你知不知道你在路得岛监狱很有名?”一个矮个子的犯人靠近我，用手肘推了推我，接着告诉我我可以跟大家一样喊他的绰号：土狼。

土狼?我仔细地望着他，才发现虽然他的个子矮，弱不禁风的模样，但是那双贼眼炯炯有神，微凸的眼球如同狼一般锐利。

“我是神偷，我们两人是搭档，”五官清秀，右脸颊上有道不相称的刀疤的另一个矮个子，也凑过来跟我握了握手：“一起犯下无数的窃案，逃窜了好几个镇最后才被捕进来。”

“既然两位是手脚灵活的大盗，为什么之前做简单的上漆工作却如此笨拙?”我讽刺地说。

“拜托，要我们这两个神偷做这种小儿科，简直太看不起人了！我们全都在摸鱼混时间啊！”

“喔，是这样啊。”我顿时为自己刚才认真工作而感到面红耳赤。

“很高兴认识你们，我是……”

“你是鼎鼎大名的五号先生，我们都认识你！这是我们第一次看见你的本尊，老天爷！当你从门口走进来时，你没看见大家有多兴奋！”

我不解地看着他们。

“你是说我在未被捕进监狱时，所有人都已经认识我……”

“第五号房。”原本默不出声的伊凡，突然以不满的口吻喊着这个名词。

第五号房。

我默默地点点头，心里大概有数了。

“在这碉堡的最上层有间大型的图书馆。我想你应该没去过那里，刚进来的菜鸟是无法进去的。那里为服刑期间表现良好没有出错的犯人提供另一个休闲的去处。进入图书馆必须要有证件，而证件的申请条件非常严格，端看上面的人如何评估你在监狱中的一切行为。”

神偷粗鲁地从土狼手中接过水瓶，大口大口地灌了半瓶水，继续跟我说：

“那里累积了多年以来，镇上的出版社、书局、还有居民不要的书籍，一起运送到这里。这些越积越多，种类繁杂的书刊，比起其他呼吸新鲜空气的放风，还有无聊的散步运动，算是提供了更精彩的娱乐；连过期的汽车杂志，还有不到限制级但略带有黄色的秘密漫画都有，很难想象吧？这监狱真是人性化到了极至！从国外留学回来的典狱长乐迪欧很上道，我听过他公开演说关于管理监狱的理念。他主张监狱里当然要有道貌岸然的宗教与文化书籍，各种可以增进知识的理论书，但是也不能完全隔离娱乐、隔离本能的书籍，否则会不当积压犯人的本能与心魔，产生更多无谓的麻烦与暴动。人的本能，说穿了还不就是色欲与暴力……啧啧，他真是个会讲话的家伙！所以很多犯人都很努力地守规矩，让自己可以申请到进入图书馆的证件，进去看那些想看了很久的书。”

我点头随口称赞了一下，迫切地想要继续听下去。

“直到几年前，镇上最大型的电脑公司，因为要全面更换最新型的电脑设备，所以一次淘汰了全部旧的桌上型电脑，大约有七十多台。原本想要送到其他学校，但是因为新型电脑是趋势，好像连电脑方面的资讯课程都只能使用新型号来操作，所以等于这七十多台电脑瞬间变成无用的垃圾。校方想了很久，舍不得全部丢弃，便联络了乐迪欧。”

“所以图书馆里有电脑，甚至有网络?”我接着他的话。

“没错，就是这样!”神偷点点头。

“刚开始，网络的设定也有限制，总不能跟外头一样毫无管理，任意大家漫游，所以乐迪欧批准电脑进入碉堡前，先请来几个电脑工程师，一一严谨地筛检所有的网络站点。我不懂电脑，不知道他们是用什么方法做到的，总之只留下一些可供查询知识以及提供新闻、时下热门影片、流行时尚和气象之类的站点，也就是典狱长认为对犯人有用且可以提供娱乐功能的网站。其他的站点则紧紧地封锁起来。那些工程师果然很有一套，连上网收信或想偷偷结交个网友都没有办法。”

土狼接着说到这里，两个狱警巡视回来。他们看见我们四人正在热烈地谈话，认定没有任何危险，便从上至下盯了我们一会，之后转身走到门口站着，观看外头的犯人。

“整件事情是从红毛开始。就是在刚刚的暴动中最先发现你的那个红发壮汉。”

我马上想到在人群中回过头用一脸暧昧神色盯着我的那张脸孔。

“是他?”

“对，就是他。你不要看他一脸横肉、凶神恶煞的模样，他简直就是一个知识狂。那时候他进监狱没多久，就拼了命地向上头提出申请进入图书馆的证件。终于得到证件后，便把所有自由时间都用在那里，我们都怀疑他有强迫症。”

“你可以想象吗？他脑子真的有问题，”神偷把两根手指放在脑袋旁点了点："有几次他甚至抱住电脑不肯离开，直到出动五个狱警才把他拖走，真是个神经病！"

我大笑了起来，门口的狱警警戒地回头瞪了我们这里一眼，我才赶紧用手捂住嘴。

"就是他发现《第五号房》的站点。当时由红毛第一个发现，之后这消息很快就在监狱里偷偷地、极其秘密地传遍开来。为了不被狱警与保罗医生发现，而可以真正亲眼目睹他所形容的精彩影片，这些你眼中恐怖且暴力的全部犯人，居然一个个愿意服从规矩，暗自依照狱中的阶级与地位，做了一张张的号码牌，一个个轮流进电脑室去看。"

"你们……你们都看过？"我神色镇定地注视着前面三人。

"当然有，怎么可能错过这部简直可以称为经典的……"

正当土狼说到这里，我发现旁边保持沉默的伊凡发出了短促的吞咽声，望向左边的表情显得非常惊恐；我们其他三人顺着他的目光转头，看见一个手里紧握着一根顶端削成尖型如同木刀的犯人，从左边角落的桌子下暴冲了出来。

整个过程发生得非常仓卒且短暂，我们完全来不及反应，连站起身或喊叫出声的时间都没有，那犯人直奔向这里，把刀子直直地插进我的胸口，鲜红的血顿时从伤口处大量喷涌出来，我感到一阵将近窒息的晕眩感。

朦胧的叫喊，各式混乱的杂音，模糊的说话声，自己的身体被逐渐抬高起来……

"世人哪，你们默然不语，真合公义吗？施行审判，岂按正直吗？你们是心中作恶……我亲爱的主啊， 说过义人诚然有善报，在地上果有施行判断的神，而我今天就代替上帝来惩治你……"

最后的视线落在把刀子插在我身上的犯人。他愤恨的脸孔上沾满了我的鲜血，但他没有伸手去抹，却突然仰高头大喊着这些话。虽然我听不懂，但这也是我昏迷前最后听见的一段话。

这个意外让我躺在医院里好几个星期。

清醒后振作起来深呼吸一口气，感觉空气才刚进了肺里，所有的五脏六腑便翻涌出剧烈的疼痛。我无法忽略这种痛，即使逼迫自己把注意力转移开来，望着陌生的雪白空间，回忆自己昏过去前几分钟的画面，猜想昏迷的这段时间里牢房中发生了什么事……但这种痛简直具有强大的拉扯力，在内部各处不断撕扯与呐喊，不断要我注视着它们。

我呻吟了起来。旁边本来背对着病床把头埋在双臂中的人听见了我的声音，神色慌张地坐起身，走向床沿：

“你还好吗?”是温蒂，她揉揉双眼，用通红的双眼看着我。

“还好，只是真的很痛。”

“不用担心，医生说你已经度过危险期。但你已经昏迷几个星期了。”

“有那么久？我没有意识，以为自己已经死了。”

“差一点。如果那人的木刀再往左边移一公分，我现在就无法站在这里跟你说话了。”

我对她勉强露出个微笑。

接着温蒂告诉我，攻击我的犯人叫做包登，而一切刺杀都是计划多时，有备而来。

他在之前就得到消息，知道我正在监狱中服刑，只是一直都见不到我。等到这天我终于现身于木材工厂时，他简直欣喜若狂，于是藏身在隐秘处，等候刺杀的最好时机。所以当他逮到机会冲向我时，那累积长久怨恨的力道极大，刀子是完整插进我右胸口将近十公分深。

我的肺破了个大洞，胸前肋骨断了几根，伤及主要血管，要不是狱警在第一时间冲进来抢救，我可能会因为失血过多而身亡。

“包登？我确定不认识什么包登！”我在泥泞般的记忆里打捞，仍依稀记得他冲向我时，那张惨白毫无血色却带着极扭曲神情的狭长脸。

“他为什么要伤害我？”

“因为《第五号房》。这影片在狱中一经发现，流传的速度相当惊人，简直像病毒一样地散播。这也是个非常耐人寻味的问题。我想你也明白，在所有犯人中，不乏有为了生存之道而虚情假意特地亲近狱警这边的犯人；他们就像线人一样提供狱警们几个较危险或于其中地位较高的老大的消息，透露即将一触即发的危机与斗争，让狱警们有时间反应与思考，将可能发生的伤害减到最低。”

温蒂边说边拿起床沿边的矿泉水递给我，我摇摇头。

我的嘴很干，喉咙感觉像是烧焦般地干涸，但是却没有力气吞咽。她见我摇头后缩回手，自己转开瓶盖喝了一口。

“但是这些与狱警亲近的线人虽然都看过第五号房的影片，但是却没有人愿意向警方透露。这部影片似乎奇怪地变成大家共同的秘密，一个极为巨大且隐而不宣的感染力，使他们因此而好像拥有相同秘密般诡异地更团结……我不知道这是什么心态，但的确造成了这样的事实。所以等到典狱长与保罗医生终于发现影片时，这影片的效应已经扩张到非常夸张的地步。”

“除了点进去观赏，还能出现什么效应？”我歪着头，一边忍受因为情绪波动导致内脏发出似乎有人伸手进去戳弄般的酸痛。

“看过《第五号房》的犯人自动分成两派，一派的领头人物是红毛，他几乎把你当成偶像般崇拜，甚至主张这些影片是经典，拥有绝对不容怀疑的神圣。这派的人数众多，也多是犯下较为残暴与乖戾案子、被诊断出精神有疾病的犯人。而另一派的主要人物是杜山德。他原本是神职人员，后来因为严重贪污而进来这里。他对影片嗤之以鼻，觉得那是亵渎神与洁净世界的污泥，一部被撒旦与魔鬼附体的作品；而抱持相同理念的犯人人数很少，包登则是其中一个。当然，也有不选派别、对影片没有任何意见的中间分子。”

“红毛为什么会崇拜我？或者说为什么崇拜《第五号房》？”我还记得他见到我时那激烈无比的焦躁模样。

“如果你了解他入狱的原因，就可以明白。他的母亲是个非常奇怪的女人，很年轻时生下他，从小把他当成玩具般耍着玩。我看过详细的资料，也不能算是虐待或家暴，她不会揍他或随意打骂他，却异常喜欢在所有需要她的时候，以相反的做法，让红毛陷入极大的失望与痛苦中。比方说故意在学校家长聚会时闹出很夸张的难堪场面，让红毛从此被老师与同学孤立；在地铁与百货公司，那种人潮众多的地方，故意在旁边大声喊着脏话，或突然蹲下来把红毛的裤子拉下，在众目睽睽下露出下体；要不就是躲起来，虽然时间不是很久，却足以让年纪还小的红毛独自承受着以为被遗弃的巨大惊慌与恐惧。这些例子非常多，使得红毛从小精神状态一直都很不稳定。直到他成年后，在母亲一次旧计重施中，愤怒地杀了母亲，血淋淋地连续砍了二十几刀，当场身亡。红毛被判无期徒刑，当时他的律师企图用精神错乱来争取减缓刑罚，但是红毛从未有就诊精神科的记录，在心理评测时又表现了出乎意料的冷静与聪慧，像是自己暗自决定要完全承受这个后果。所以案子彻底败诉，红毛被判刑终生待在路得岛的碉堡监狱。我想不管如何，做孩子的总会对母亲，永远对那形象有一股热切的渴望，所以被母亲残害到伤痕累累、心理状态而扭曲的他会喜欢《第五号房》，我想你应该不会意外吧。”

不会，的确非常合理。我点点头。

温蒂继续说。

“《第五号房》对这里最严重的影响，便是让监狱像重新洗牌一样地将原本的阶级混乱。原来让狱警们紧盯着的几个狱中老大似乎因为提不出对影片的观后感，说不出什么漂亮的、令人佩服的心得与理念而被其他人瞧不起，阶级地位一落千丈。这样的情况等于狱警们从此无法堤防。线人不再告知小道消息，老大们改朝换代，这使得在你未进监狱之前的几年中发生许多集体的惨烈暴动与打斗，也因为抢救与防范的来不及以致死伤相当惨重。换句话说，你的《第五号房》，毁灭了这里原有的一切潜在制度，使原本号称最温驯良善的路得岛监狱，出现了一道直通地狱的门。”

听到温蒂的话，我的心情变得非常复杂。

我低下头，勉强克制自己的急促呼吸，激烈的情绪变化让胸部的伤口愈发疼痛，像是有人用脚狠狠踩过破裂的胸腔。我的脸色开始发白，温蒂停止叙述，很担心地凑过来看着我。

我摇手对她说没事，只是伤口突然发痛，等一会儿就没事了。温蒂体贴地要我躺一会，接着说要去把午餐拿来。我吃力地点头，她转身走出病房。

今天有种奇异的漂浮感，该怎么形容呢？是一种由身体内底涌出的，巨大的疲惫而虚空的感觉。我侧耳倾听她远去直到消失的脚步声，然后艰难地扶着床沿，缓慢地站起身，走到病房旁的窗子边。外面又起风了，杂乱的树枝激烈地往左右两边倾倒，风势越来越大了；安静的空间中，仅有病房内的空调发出了轻微的嘶嘶声。

在失去意识的这段时间，我才明白睡眠，或者说是进入睡梦甚至是那熟睡之后所出现的、完整的梦境，对入狱的我来说是多么幸福的事。之前在单人牢房里，在黑夜里通常只是让自己紧闭着眼睛，在潮湿的床铺上辗转地翻来覆去；那些已经逐渐消失成颜色黯淡的茫然记忆，化成了充满意义的符号与错乱画面，伺服等候在睡着的意识里。

往事从未饶过我。或者也可以说，我从未饶过它们与自己。

我望着窗户发了一会愣，才又慢慢地回到床上。

温蒂的确应该离开，我希望她不要太早回来，至少等到我平抚情绪后再出现，我不想让她知道我在一刹那间最真实的感觉。

听见《第五号房》在监狱中激涌出巨大的冲击时，那从心中冒出的狂大喜悦令我吃惊。

我无法理解自己听完之后居然是喜悦的，一种从未有过、排山倒海的狂喜直冲着心脏。当初在拍摄影片时，从未想过会有这之后的连锁效应；但是，我却无法否认所有的失控状况都让我感到狂喜，让我感到无比骄傲与荣耀。

这些全都是我，都是我一个人创造出来的。

我从来没有像此时此刻，深切地感觉到自己存在的意义。

第五章

柯薇亚那次逃跑的经验给了我很大的教训。我仔细留心观察镇上的几家锁店，寻找最坚固与难开的锁，还有从制作各种材质的门的专业店家千挑万选地选择了一扇没有任何装饰，绝不会引人注意的不锈钢大门。

我在订单上填了公司的地址，然后跟朋友借了卡车，自己把门从公司载到老家。

虽然我没有任何这方面的知识，但是把前天晚上在网络上搜寻的知识打印下来后逐步依照指示，把大门装上去。每旋转进一个螺丝或敲进一个铁钉，看着新的门逐渐牢固，心里的安全感也就越大。

等到全部弄好，我坐在新竖立好的钢门前，点起了一根烟，眯起眼睛透过光线盯着成果看。不锈钢门在阳光下闪闪发亮，这亮度刺眼地冲击着视觉，仿佛正隐约地对我宣示一个预言，或者一个可期望的未来。

这个心理层面很微妙。我把额头上的汗擦掉，抽尽的烟踩熄在脚底下，很疑惑地仔细在心里理清这些模糊的想法；而这些期望正直指着一个地方：那就是我的安全感不只来自于一面坚固的门，而是当门建立起来，似乎就能保证我将永远不会失去母亲。

这理清的感觉在心里波动着。

原来不是花许多时间竭力与她培养和交流生活中的点滴、互相进入对方的世界才能拥有安全感，或者产生爱——不是这种抽象的情绪，而是具体的东西其实可以完全取代。比方这个不锈钢的门，它就让我产生极大且极确切的安全感，甚至给了我永远不会失去她的期待与保证。

我坐在门的旁边思考了非常久。虽然在一瞬间心中产生很多模糊的感触，很多想法仍旧在外围打转，没有真正切入核心；但是，这念头却因此生根在内心深处，缓慢地逐渐茁壮，以至于到后来完全改变了我，以及我对待柯薇亚的方式。

就在门安装好之后的那几天，我照例下班后就绕过去老家，并且都会提前准备许多东西给她。没有什么特别的原因，就是直觉希望她能够快乐一些，并且出自内心意愿地继续陪伴我。

有时候是几本当月出版的新书与杂志、几张裱了框的复制油画、几本画册、摄影作品和新鲜的花（我觉得她的气质适合白色香水百合，而她也真的喜欢）。还有舍弃了罐头类食品而改买许多新鲜的蔬菜、水果和各种起司与面包。

她似乎开始期待我的到来。

这是我想得到的转变，一个好的开始。如果我没过去地窖，她便必须独自一人，不管拥有多孤僻的性格，时间久了也会希望能有个说话的对象。她不再病恹恹地躺在床上，开始主动打扫与用我购买过去的东西，尽力装饰着这个房间。

某一天我即将离开时，她在亲吻我的脸颊后，告诉我这里有小型电磁炉与微波炉，她希望我明天可以早一点到，她要煮一顿好吃的晚餐给我吃。我以为她在开玩笑，或者只是随便说说讨我欢心而已；但是隔天到达地窖，一打开门就闻见香气扑鼻的食物气味，看见一整桌的菜摆在桌上：餐前红酒、沾了油醋与色拉酱的生菜、金黄脆皮的小只烤鸭、用竹篮盛装的德式圆面包、由分隔小碟装上的起司与蓝莓酱料、还有上面泛着一层白色油脂的浓汤。

我发愣地站在旁边盯着看。

“来看妈咪替你准备的！”她一边捧着甜点从里头走出，一边把身上的围裙解下来。

“好丰盛喔，妈咪您辛苦了。”我看见满脸笑容的她，心情雀跃了起来，坐到桌子旁，开始狼吞虎咽起来。

“咦，要注重餐桌礼节啊，不可以那么粗鲁。”她轻轻地拍了拍我的手臂。

“是，妈咪。”我马上正襟危坐，放慢吃饭的速度。

这天我们相处得非常愉快，空间里洋溢着温暖的食物香气。原本稍嫌沉默的她，比平时说了更多的话，并且态度亲切地主动询问我的作业进度（也就是公司里的文件）。在吃完饭后，她动作熟练地清理桌面，又陪着我一起把文件弄好。

当我埋首整理文件时，她说她要到后面拿一样东西，我没有多想，继续与密密麻麻的资料奋战。就在我感到眼皮酸痛、肩颈也开始发出沉重感时，一道刺眼的光线一闪而逝，我警觉地回过头，发现她微蹲在旁边，双手撑着一台单眼相机对准我。

“这是我之前从家里带过来的。以前曾经很有兴趣地玩过一阵子相机。”她一边解释，一边又举起相机对着我按了好几次快门。

白亮的闪光灯闪得我张不开眼睛。不知道为什么，这一闪一闪的光芒似乎正猛烈地刺激着某些感官，我变得异常兴奋。

“我也要拍妈咪！”

我急切地走向她，她微笑地把相机递给我，开始在镜头前摆着一些姿势。

“妈咪好美。”我眯着眼睛，迅速地按下多次快门。

我一边看着镜头里的她，一边在脑海里想象着更多奇怪的姿势。

当然除了一些很好看的姿势之外，我似乎希望她能够给我更多、更多带有艺术但不至于完全色情的画面。那些想象让呼吸急促了起来。我开始希望她能够慢慢脱下身上所有的衣服，一件、一件，用缓慢优美的姿态轻轻撩起、卸除，或者干脆全裸，用薄透的衣服在遮住重要部位而使画面仍保有朦胧的微美感。

我一边按着快门，一边仔细回想起她紧绷细致的裸体沉浸在泡沫中的慵懒姿态。

柯薇亚的美使我除了希望她真正是我的母亲之外，似乎也在这过程中强烈地骚动着我的某个欲望。透过昏黄的吊灯光芒、她迷媚的双眼眼神、顺滑的脸蛋弧度透着迷濛光影；头发如一缕缕灿亮的丝线，轻轻地垂在白皙的胸前，松散地发出混合女人独特气息的香水味。

这种美蒙上了一层薄纱，覆盖了一层水漾的雾气；尽管可以触摸，可以挨在她身旁生活，但却似乎永远无法掠取她那美的境界的核心。

这不是兽欲，也不属于任何本能性的刺激。

我慢慢放下相机，歪着头看她。

柯薇亚的美触动的是我无法理解的境界。或许就如父亲收藏制作的标本，从普通的蝴蝶，拼命地扩大野心，想晋级收集到更稀有与斑斓的品种。这种心情与蝴蝶或者任何东西都没有直接的关系，只是妄想与期盼自己可以拥有这个能力：能凝结住世上所有无与伦比的美好，冻结住永远无法侵犯的绝世珍品。

柯薇亚看见我放下相机，表情奇异地望着她，她无法理解我现在心里所想的，只能相同疑惑地看着我。尽管她收敛起迷濛的眼神，身上仍套着保守普通的家居服，但是一举手投足仍是那样优雅迷人。

我有点无法抑制自己，感觉一切就要被这无法理解的美好震撼到有些失去控制；于是勉强地克制住自己混乱的呼吸，告诉她时间晚了，我该离开了。于是她给了我晚安吻。这次我要求她把嘴停在我脸上久一些，她顺从地照着做。

脸颊的湿润感一直延续到隔天。我在珍妮身边坐起身，脑袋一片浑沌之际，甚至以为她是柯薇亚。

柯薇亚在那次企图逃跑而被抓回来后，与我的关系变得非常奇怪。

她似乎已经说服自己接受这样的命运，并且认真地揣摩身为一个母亲应当对孩子的态度。尽管我知道她从未结过婚，没有小孩，没有体会过拥有过一个完整的家的感觉，但是她却很努力，所有的转变皆依循着我的回应，观察其中细微的变化，在下次见面时，越来越有一个真实母亲的模样。

但这只是她的部分。我发现自己对她的期待似乎越来越深，越来越多，已经超出了一个正常儿子对母亲所期待的一切。

我自己也不太明白那内容物究竟包含了什么，但很肯定的，绝不是恶意或变态——那些会伤害她的想法；相反的，是我朦胧地开始对想要留住那稀世的美有了一股奇怪的坚持。

之后的每天，我一下班就会很自然地把车开往老家；给珍妮的借口则是延长加班时间、必须在公司弄完所有资料、或者跟安迪、魏恩两人到酒吧小酌一杯。

她对此有些怨言，偶尔会非常不满地不跟我说话，彼此冷战一些时候。这样糟糕的情况直到她主动与大学时期的姐妹淘联络，她们拉她去上瑜伽课，之后再一起去吃东西，聊女人之间我永远都不会懂的心事；等她自己也忙碌了起来之后，便忽略了我回家的时间。

与艾莉丝的午间幽会也持续着。

她一向都不是个好安抚的女人，也不轻易接受与相信任何借口，所以有时即使在体力不支的情况下，也没有办法拒绝地仍一起到旅馆中。

自从柯薇亚主动拿出相机，我们互相为对方拍照后，我在与艾莉丝偷情的时间里，好像特别兴奋地开始变得主动，偷偷购买许多奇怪的服装要她穿上，还有摆出许多怪异甚至有点下流的姿势。

起初她很讶异我的转变。我本来就完全不欣赏她，也曾认真在心里嫌弃过她粗鄙、毫无美感的模样。我明白那次本能地阻挡安迪要追求她的举动，绝对不是出于爱、在乎或是忌妒，纯粹只是大男人的控制欲望罢了。

然而自从我对柯薇亚出现幻想，出现一些无法克制的冲动，我便把这些异样的心理变化全发泄在艾莉丝身上。既然我不想破坏柯薇亚的美，无法容许自己玷污那样的优雅，那么承受那异常暴烈的欲望的，便非艾莉丝莫属。

我没有揣测错误，艾莉丝从惊讶变得喜欢，甚至贪婪地要求更多。于是我与她的午间偷情渐渐地从正常发泄变成带有许多性虐待的发泄。

然而，不管我的世界变得如何，我在六点前一定会准时踏进地窖。柯薇亚早已抓准时间，准备好丰盛的晚餐。

用餐过程中我们会聊天，彼此询问对方今天过得如何，以及有什么新鲜事；饭后她会播放我替她选购回来的音乐，或者在我处理自己的工作时，安静地待在旁边看书；然后在我快要离开前，一定会拿出那台单眼相机，为彼此拍摄许多照片。

直到某天，因为她的家居服在煮饭时沾到了些黄色的污垢，我在拍照时要求她把衣服脱掉，只剩下里头的薄纱内衣。

她起初听见我的要求时，露出疑惑不解的神情，接着红晕染满了她宁静的脸颊。但只维持几秒钟，她便非常顺从地慢慢脱下衣服。在这过程中，我不停地在前面按下快门，疯狂急迫地想要抓住每个时刻。

“你……儿子，你觉得妈咪美吗？”镜头里的她只剩下薄纱，里头白皙的胸部若隐若现。

“很美。”我一边回答，一边要求她坐在椅子上，再摆出更多的姿势。

“你会觉得我的身体老了吗？就这个年纪来说……你也知道女人一旦失去青春，简直等于失去所有曾经骄傲的一切……”

柯薇亚涨红着脸，一边说着，一边用双手按着自己的腹部，急切且粗鲁地摩擦过自己双臂与大腿的肌肤。女人这模样我见过，珍妮每天就寝时，也会在卧室的镜子前，一边喃喃自语，一边仔细检视着自己全身的肌肤与赘肉。

柯薇亚正在等待我的回答。她的脸上出现了我从未见过的表情。

那双大眼睛透露出湿润的请求，嘴唇紧抿着，我明白就在抛出这问句与等待回答的这几秒钟里，她是极为脆弱地渴求我，渴望我说出她想听见的答案。

我轻轻撇嘴笑了起来，挑了挑两边的眉毛。我知道在这个时刻，我是主宰她的王，所有价值上的主宰者，只要能听见她想象中的答案，眼前的女人会甘愿为我做任何事情。

女人们皆害怕时光流逝的痕迹悄悄在她们不知道的时候深刻地留了下来。每个女人都是如此，她们在乎青春美貌的程度是男人绝对无法想象的。

“不，这你不用担心。妈咪真的很美，身体完美无暇，美得让作为儿子的我感到骄傲。”

我坚定的回答让柯薇亚非常开心。镜头前的她先是放松紧绷感地笑了出来，接着，不知心里起了什么念头，她脸上的线条又逐渐绷紧，整个人看起来有些僵硬。

她维持短暂的紧绷后，便开始缓慢地拉下身上剩余的衣物，脱下薄纱；最后，如我曾经幻想过的，全身赤裸地坐在我的面前。

我呼吸急促地对着裸体拍了几张照片后，却发觉原先心里的震撼感不见了。

那白皙光滑的颈子、肩头、饱满的胸部、臀部、修长迷人的腿……这些在镜头中仍保有媚惑人心的光泽，但是却失去了迷濛的美感，所有的角度与比例开始显得偏离想象。

我不晓得怎么形容，双手仍撑托着相机，却非常疑惑地停止按下快门拍照，眯着眼，看着镜头里的裸体。

好像原来还保有些想象空间的境界，突然完全揭露在面前，让我发觉不过如此；放眼过去，天堂其实与其他地方差不了多少。一样的东西，一样的世界，什么都大同小异——即使曾经亲眼观看过，也曾对此幻想过上千、上万次。

“妈咪，我怕你着凉，还是把衣服穿上吧。”我放下相机，冷冷地对她说。

“喔……”她尴尬地低下头，把薄纱从地板上捡起来。

“那，那儿子还喜欢妈咪吗?”她绞着双手，眼眶湿润地望着我，露出那种惹人怜爱的表情。

“当然，我永远都会喜欢妈咪。”我推开相机，开始收拾桌上的文件准备离开。

这次柯薇亚不仅主动拥抱与亲吻了我，甚至还轻轻地用浑圆的胸部磨蹭了我。

我突然感觉一阵恶心。不是见到真正恶心事物的那种感觉，而是从心底最深层的地方泛出本能性的排斥，一种无法控制的强烈反抗；好像现在发生的事情，于我全部的价值观来说是非常不应该，心里很清楚知道是一件绝对错误的事。

我不想伤她的心，于是忍下了想要用力推开她的举动，冷漠地与她道了晚安，然后走出地窖。

斯德哥尔摩症候群。我在黑夜中把车驶向回家的方向时，这个词句钻进了脑袋里。

我第一次知道这个名词是在大学时期所看见的一则新闻中。那则新闻是一名绑匪绑架了某企业家的独生女长达半年。等到那女生终于获救后，竟当着所有记者与自己家人面前，坦承自己想要嫁给绑匪的心意，甚至还一度因家人反对而闹自杀。

当时新闻把这项案子直接归于斯德哥尔摩症候群，也解释会发生这病症的原因：

“首先，受俘者必须真正感受到绑匪威胁到自己的存活。其次，在遭挟持的过程中，被绑的人必须辨认出绑匪可能施予恩惠的举动；第三，除了绑匪的看法之外，受俘者必须与所有其他观点隔离，也就是完全隔绝所有外界的资讯来源。最后，要使受俘者必须完全相信，逃离是不可能的事。专家认为，斯德哥尔摩症候群的这种心理转变，可能发生在三到四天内，但必须强调的是，身历这种症候群的人并不是疯了，而是他们正在为保住自己的生命而奋战。这种症候群代表受俘者借由讨好绑匪，尽最大努力不去激怒或挑衅绑匪，以确保自己的一种策略。而当受俘者日复一日地重复这些心情与行为时，就会渐渐在之中失去自我意识、自我原则，直到完全真心接受绑匪的观点。假如到最后，受俘者已经习惯用掳人者的眼光来看世界，他们就不再渴望自由，而当真正的救援到来时，受害人甚至可能会极力抗拒营救。”

生命受到威胁的人，也是最容易受骗的人。

我趁着珍妮已经熟睡，坐在电脑桌前查看网上的相关信息。

我很怀疑我与柯薇亚之间的关系真的如同那些资料上所写的吗？尽管她现在的处境完全吻合资料上写明的原因与状况，但是由她这阵子所透露出的种种迹象看来，似乎不仅只是为了生存而讨好我，因为她心里应该清楚，只要她不离开，我永远都不可能伤害她，甚至比一般人能做到更竭力地爱护与关心她。

或许她已经彻底迷惑了，完全接受自己的命运被扭曲、被囚禁在我布置的地方，里头则多了个自己从未想象过的儿子。

回想这些在地窖里与世隔绝的时光里，总是有种深沉、和谐的静默在我们周遭累积，柔软又坚硬。这真的会使人着迷与坠落，坠落在自己都不知道的地方。

不晓得为什么，我反而觉得我们彼此皆存在这些心理因素，等于我们一起患上所谓的斯德哥尔摩症候群，相互地努力讨好对方而逐渐失去自我意识。我会这样想没有别的原因，因为我渐渐发觉，如果失去她，也可以说，如果我的生命再一次失去母亲，我可能会活不下去。

我讨好柯薇亚，跟资料上写的状况一样：只是为了保住自己的生命而奋力着。

我与柯薇亚一成不变的日子发生巨大的转变，是从一个很偶然的事件开始。

那一天我照常在九点进公司，快到中午时，同事安迪突然敲响了我办公室的大门，脸色怪异地闪进来，僵直地站在我的工作桌前头。

“喂，你有没有空？我想跟你分享一个新发现！”他压低声音，怪腔怪调地对我说。

“什么？”我往他脸上瞥了一眼，有些不耐烦地回答。

当时手上一堆工作，上司丢下来一个全新的项目，一些从未接触过的新客户，使我一到公司便必须火力全开地忙碌，否则下班根本赶不及去柯薇亚那儿。

“我发誓这东西绝对绝对会让你很感兴趣。”安迪故意提高音调。

“好好好，再等我一下！”

我知道现在必须顺从安迪，否则他不会离开。我迅速把资料储存起来，正想要顺便关掉电脑时，他急忙走过来阻止我。

“不要关，我需要网络，这个新发现就在网上。”他对我恶心地挤眉弄眼。

我让出位置，让安迪操控着计算机。

没有多久，他得意洋洋地转过身，摊开手表示已经弄好，就等着我夸奖他。

我靠近荧幕，发现那是一个提供普通人拍摄影片与收藏的站点。画面上一格格照片显示出影片开头，底下则标示了影片名称：爆笑情侣文件、猫狗大战、记录生命中温馨的时刻、第一次跳水、会微笑的猫头鹰……

“不就是与别人分享自己拍的影片网站？这有什么好值得你那么开心？”

“不只这些，这是公开的部分。你有没有看见右下方，那一小格奇怪的标示？”安迪横过身，用粗肥的手指比了比荧幕下方。

我曾经浏览过这个站点。但是看了几个百无聊赖的记录影片后，认定这里聚集了一堆自以为有趣的自恋者或成天幻想自己是大导演的无聊分子之后，便从未再上来过了。所以当安迪指着一个右下角一个“R”的符号时，我颇为惊讶，原来这里竟暗藏玄机！

“那里面有什么？”

“你自己进去看看啊！”

于是我照着安迪的指示按了进去。

荧幕不久出现一样的一格格影片开头，但是让人吃惊的，这里的标题不再像刚刚那些，而是一些耸动的、带有奇怪色彩的题目：逼近人类极限的考验、偷情记录大公开、春梦实境、虐待者的自白书、胆小者勿入、恐怖的生理实验……

天哪。我暗自惊呼一声，感觉现在的网站似乎进步神速，简直超越想象；只要点按手指，便可以轻易地一脚从天堂踏进地狱。

我深呼吸一口气，心跳开始加速，迅速地按进了其中一个标示，但是并没有出现我所预期的耸动画面；荧幕上突然清空，只留下一个长型空格，要求打上正确的密码。

"这些都需要密码？那不是等于根本没有？"我有点失望地说。

"是需要密码，没错，但是这里免费提供了一个让人存放自己记录的地方。这些偷情与变态者，表面上其实都是正常的上班族，都是再普通不过的人，拥有安稳的工作与家庭，只是自己有这样那样小小的怪异癖好，把影片存放在这就好，不用担心有一天拍的变态玩意会被老婆或家人发现！"

"嗯，好像有点道理。"我点点头附和。

"来，你看我放了什么影片在这里面！"

安迪熟练地操作鼠标，没多久，荧幕上出现了一个题目："爱的进行曲"。接着他快速地打上密码，进入影片。

影片一开始是一个房间的空景。

房间里漆黑一片，仅剩房门左边的浴室灯还亮着，微小的光源，勉强晕亮了旅馆肮脏的深红色地毯，也稍微把房间内部的模样照出。看起来像是廉价极了的旅馆内部：里头的墙壁、柜子、茶几与地毯是一致性的俗丽色调；床铺恶心的粉红色正是那种我最讨厌的颜色。床上用玫瑰花瓣愚蠢地摆了个爱心的图案。

无人的画面没有维持多久，便从旁边走进一个女人。看不清楚脸，昏暗的光线只露出她凹凸有致的身材。

把灯再开亮一点。画面传出了安迪的声音。

女人听见后转身走到门口，转开了墙上的开关，我才赫然发现画面里的竟是艾莉丝！她穿着平日常见的过紧洋装，卖力地搔首弄姿；之后再对着镜头，慢慢地拉下肩头的蕾丝衣带，脱光全部的衣服，妖媚地躺在床上。

一时间，我心里感觉非常复杂，但是逼迫自己要沉住气，继续看着影片。

接着安迪固定了摄影机，从前面走到床上……之后我不想再描述下去，总之就是那些想象得到的下流事情。但是除了女主角是艾莉丝，还有更让我震惊的事：艾莉丝似乎把我这段时间操练在她身上的变态把戏与姿势，全熟练地教导与使用在安迪身上。

一阵强烈的作呕感袭上胸口。两个浑然湿透的恶心身躯纠缠在一起，让我联想到市场中已割宰完毕而陈列的肤色肉块。

这个婊子！我突然有种被掮了一记耳光，被狠狠背叛的感觉。

“怎么样？还不错吧！”安迪得意洋洋地抬高下巴，推了推我。

“是啊，没想到你小子动作那么快，竟然把上她了！”我克制激动的心情，勉强稳定住自己的口气对他说。

“其实说真的，也不是所谓的你情我愿，开始得有点复杂。好几个星期前，大概快要下班的时候，我经过楼梯口看见她背对窗口在那里抽烟。我走过去想趁机搭讪，后来她转身过来我才发现她在哭，哭得非常伤心的模样……噢，那时我的心都碎了！问她原因，她怎么都不肯说，只是一直拼命摇头流眼泪。”

“然后呢？”我心里迅速回忆这几个星期里与她偷情时她曾对我说过的话。

没有。印象中，她没有跟我提及任何会让她如此伤心的事情。

“后来我邀请她去酒吧喝酒，几杯酒下肚后她才慢慢告诉我，她的情人是个有妇之夫，本来感情还不错，但最近显得心不在焉，对她的态度也差，让她非常伤心，心想那男人是不是要离开她了！”

“那她有跟你提那男人的身份，或其他的事情……”我心脏的跳动声顿时变得好大声。

“没有，她似乎很爱他，也很保护他。”安迪粗鲁地摆摆手，表情有点忌妒地打断我的话，“我问过，拼命地想问出详细的情形，但是她什么都不肯说，只是简单地对我提了这些。总之，那天她喝醉了，最后由我搀扶着她回家。她在进门前不知为什么地又哭了起来，让我不敢离开，小心翼翼地搂着伤心的她，然后她突然抬起脸吻我。于是我们就发生了关系。”

原来是这样啊。

我的心跳逐渐变缓。之后耐着极大的性子，听安迪说了他们之间发生的事，等他终于心满意足地离开办公室之后，我才真正地松了一口气。

艾莉丝与安迪的事情震撼了我，我在心里把事情从头到尾想了一遍，却什么结论也没得出。

听完他们发生私情的缘由后，我似乎没有任何理由怪她，但是仍旧无法甘心，有种被严重侵犯的感觉。我感到口干舌燥，胃部沉甸甸的，好像吃了什么坏掉的东西；混乱的思绪让我无法再安然地坐在椅子上，于是从位置上起身，慢慢地在办公室里踱着步。

如果说，我其实没有喜欢过她，只是把她当成发泄的工具，那又为什么会产生如此在意与嫉妒的情绪呢?

我低头想了很久，后来终于明白了，是姿势；看着那些我发明的姿势被使用在恶心的安迪身上时，我几乎要被这夹杂愤恨的嫉妒给淹没了。

这天我的心情相当差，来到老家后什么都不想说，望着一桌的菜肴也没有什么食欲。

我用叉子拨弄着食物，把油渍的鳕鱼肝搅拌成一团如脑浆般恶心的东西，鹅黄色的马铃薯沙拉在我眼中看起来就像是块状的呕吐物。我放下叉子，站起来离开桌面，瘫坐到墙角的沙发椅上。

柯薇亚一直沉默地注意着我的行为，那张漂亮的脸蛋则露出担心的神色。我说不出任何理由，或安慰她不要担心之类的话。那一天我本来想提早离开，但是在晚餐过后，她迅速地收拾了桌面，又习惯性地拿出相机，用怯弱的眼神凝视着我，暗示着她希望能如先前一样。

我没有多作考虑便改变心意，接过那台相机开始拍她。

这一天柯薇亚显得很紧张，动作僵硬得很，因为我从未这样过。我每次来到这里都是笑逐颜开，心情愉悦地与她度过美好的夜晚时光。但是今天的我沉默不语，始终深锁眉头，让她不解，使得整个晚上的气氛相当尴尬与沉闷。

柯薇亚姿态僵硬地摆了些动作后，我开始感到有些烦躁，甚至把眼睛撇开，用指头随意地乱按快门。她看见我这些躁郁的动作后，慢慢地低下头，似乎很苦恼地在想如何让我开心。

接着她开口要求我等她，她想要去洗澡。

沉闷的粗大粒子，就在等待的时刻里，于黯淡的空间中来回碰撞着。

我用双手枕着头，出神地想着下午安迪放给我看的影片。那惨不忍睹的细节部分开始从记忆中膨胀起来，两人纠缠在一起的连续画面像一具大型的挖土机猛力地凿穿着我的脑袋，使我的胸口与胃部感到更加闷胀。就在我感到喘不过气来，起身想离开地窖时，柯薇亚出现了。

她把头发挽了起来，坦露出轮廓鲜明的锁骨，身上套着一件我曾经买给她但她从未穿过的缎面居家长袍。她手中拿了一瓶已经打开的红酒，坐在我前面倒了两杯。于是我们开始慢慢地啜饮着红酒；然而在极坏心情的驱使下，我眼前酒杯变空的速度越来越快，柯薇亚把一切看在眼里，不急不徐地替我斟满，我们再一次沉默地干杯，一饮而尽。

等到我开始感到头昏脑涨，并且表明是真的想要离开时，她开口留我，接着慢慢把手撑住桌面站起身，缓缓地解开系在腰间的缎带，把长袍从身体褪去，并且涨红着脸，摆出一些我从未见过的挑逗动作。

一开始我很惊讶，接着，顺从体内不断涌出男人本能，拿起桌上的相机，按了好几下快门。

但是这样的动作没有持续多久。

镜头里的柯薇亚当然一样的美丽，美好的肌肤闪烁着亮眼的光泽，但我的情绪却开始发生转变；眼前这个熟悉的女人已不再是我的母亲，我那优雅高贵的母亲已经消失，这些主动摆出的动作让她显得极为下贱，甚至有许多不洁的联想从里头冒出。

谁都不能破坏我心目中的美，那让人迷醉且独一无二的稀世珍品之纯美，就连柯薇亚自己也不可以。

我突然有种近乎恐慌的感觉。

自以为可以抓住稍纵即逝的美好，可这些东西却正在瓦解，正从眼前不断流逝与变形。

它们什么都不对劲了，所有的形状正严重地扭曲着比例，而我好像眼睁睁地看着一栋古典华美的建筑正缓缓地崩塌坠毁，其中的屋瓦、窗檐、甚至整面的墙，开始如被热气溶化的奶油般，淌下一点一点的白色液体。

这转变使我感到前所未有的愤怒，也或许是一种莫名的恐惧感……原来我的幻梦，我长期所追求与极力搭建的是如此不真实，似乎可以轻易地被取代或消失；明明清楚是同一个人，是那个极力想要收集与封存的绝世珍品，但只要摆出不同的动作与姿态，转换了另一个念头——我的安全感，我那原本就薄弱得可怜的安全感，就会瞬间被泯灭得一干二净。

“你不要那么紧绷，”柯薇亚走过来拿走我的相机，缓缓地全裸坐到我的双腿上，再把双脚优雅地重叠起来：“我们可以试试看的。”

她用双手紧紧圈住我的颈子，使我没有办法拒绝她想要做的任何事情。她把我的头扳过来，低头吻了我。这跟之前的晚安吻都不同，尽管她的嘴唇是那样柔软，她甚至把舌头伸进我的嘴里，我却丝毫没有欲望，反而从体内发出源源不绝的颤抖。

后来她开始往下松开我的领带，一颗一颗解开衬衫上的纽扣。此时我的脑筋一片空白，不停地在心里想住手，住手，请你住手，这全部都是错误的……但是我真的太过软弱，近距离呵气与女人的香味，这些微妙的感受已经渗透进了肉体，生理反应无法抑制地从体内涌出。

等到我的上身也赤裸之后，她将自己紧紧贴上，隐约可以闻到她温暖的鼻息掺杂着淡淡的香味，均匀地吐在我的喉咙部位。微弯的双腿抵在我的大腿内侧，柔软的乳房则在我的胸腔上下起伏。

她使出力道让我们维持着这个姿势许久。

虽然我们都没有说话，但是却可以洞悉彼此的欲念。在没有继续任何动作的情况下，我的意识却几乎可以穿透过这个表层的下方，清楚望见柯薇亚现在正拉开我裤子的拉链，然后以各种她渴望的形式，进入与到达另一个阶段。

当一触及到表面下方的波涛汹涌，我的生理反应却以非常迅速的方式消褪；思绪连接着身体，此时我感觉自己仿佛正置身在严重干旱、枯竭而碎裂出一条条皱褶的崩塌大地之上；现在，柯薇亚也明显地察觉到，自己拥抱的不过只是一具剩下呼吸的僵硬身体。

她终于把圈紧的双手放松，用那双深邃的大眼睛凝视着我。

“你不想要我？”

我回望着那双清澈的双眼，没有回答她。

“不要紧张，我也有我的欲望，我希望我们不要害怕，一起慢慢进入另一个阶段……”她咧嘴笑了，模样很撩人地放下了自己挽在上方的头发，我闻到一股迷濛的香气。

“一个成年男人绑架与囚禁了一个女人，不就是在期待走到最后的这个阶段？”

我决然地摇着头，用冰冷的眼神看着她。

“难道不是？”她有点胆怯地缩回放在我肩上的双臂，站起来退后几步。

“你忘了我喊你什么吗？妈咪，正常的母亲与儿子，绝对不会做出这种下流的事。”

“但是，但是我们并不是真正的母子……”她歪着头，显得非常疑惑，“我们的确不是真正的母子啊，你不是很喜欢我吗？”

我对着她点头，接着又摇头。

这一切都让我感到恶心，眼前发生的一切都使我感到异常古怪，所有的秩序都错乱了起来，而我根本无法接受这样的羞辱。所有被狠狠遗忘与销毁的以往，我最憎恨的暧昧情绪，居然在这相处的时光中，重新在柯薇亚的心里生根，然后茁壮成长。

我不晓得她现在在想什么，但是我却觉得这从头到尾都是不对的，我们弄混了彼此的感受，在清澈的情感中间倒入了混浊的暧昧——这使我无法尊重她，而她的举动也间接说明了我的失败：我并没有真正改造她，一如先前所预设的那样。

眼前的一切，已经走到了一个死胡同中。

就在她脱光衣服抱住我的时候，所有在我预想中的幻梦如泡沫般破灭了。我只是想要留住她，像保存一个唯美的、活生生的母亲标本，尽一切可能弥补没有母亲的遗憾。其他都不在这范围内，都让我感到无法面对。

我不晓得该如何对她形容这样的心情，因为我也明白，最初的绑架即是为了无止尽的囚禁，绝不是一个会让后续正常发展的开端。

我非常努力地调整自己的呼吸与混乱的心跳。许久过后还是无法平静，似乎感觉自己迎面被一道强劲的雷击中，思绪里尽是无数乱窜的细小星点。

我们沉默对望许久，我想我仅有的耐性也已经绷到了极点，于是默默地套回所有的衣服，走过去捡起那件缎面长袍披住她，然后头也不回地走出地窖。

我望着闪烁的黑色游标，想了一会，在题名的地方打下了：第五号房。

本来我想要命名为《母亲与我》，但是后来觉得这题目似乎太普通，无法强调她在我心目中的独特。

我苦恼地一直想，想起了在好几年前，搬离老家前希望能顺利卖掉那里，重新整理与上漆的过程中，发现父亲的地窖收藏室大门上，原因不明地留了个斑驳的“五”的号码。

这个“五”已经模糊。看起来不像数字，比较像是一朵枯萎、颓丧的花瓣。

当时我正忙着重新粉刷，看见这个数字时呆了一会，让瞳孔着实地印上这个缺损的数字。不知道是谁留下来的，或许是父亲，也或许是别人的恶作剧，但是这数字现在却突然在脑海里闪烁着奇异的光，我仿佛因着它，整个思绪便能完整地回到当时。

我灵机一动，决心用此数字决定影片的名称。

账号申请：55555，我随意按下数字决定账号。我知道这个账号会公开，但是一点也不重要。

密码设定：……

我在密码的地方停了下来，思考很久。

如果照安迪说的，这里是一个提供所有人摆放隐秘影片的网站，也就意味着不管是什么影片，都拥有银行保险箱般的功用，唯有拥有钥匙的人才可以启动。所以如果决心要把我与柯薇亚的事情记录下来，然后储存在这个地方的话，等于只有我一个人可以看。

这些都没有问题，主要是为什么我仍旧迟迟无法决定，心里微微地冒出了不只是我，也希望可以有别人观看的念头呢？

为什么？这明明是我想私下记录的东西啊！

我困扰地抓了抓头，在密码的地方迟疑了非常久。

我从书房里起身，蹑手蹑脚地放轻脚步，经过屋内的主卧房，希望不要吵醒已熟睡的珍妮，然后到餐厅倒了一杯牛奶，在冰箱里东翻西寻，最后找到了一包吃剩的营养饼干。我把这些东西全放到盘子上，端到书房开始吃了起来。

今天因为情绪不好，所以在地窖什么都没吃。

我饿得发慌，一边啃着冷硬的饼干，喝光了整杯牛奶，一边回想着，回想柯薇亚为了讨我的欢心，脱光了身上的衣服，摆出许多下流的姿势，我长久的想象瞬间崩塌、颠覆，而后承受着将近窒息的愤怒场景。

我想，那想要与人分享影片的心情，应该是从今天发生的事情中才突然意识到的，原来我的母亲，长久以来的美好幻想，与我所建立的一切是如此泡沫化。这感觉可以比喻成，如果今天乍然出现一只从未见过的斑烂蝴蝶，以珍奇之姿降临在我一个人面前，然后马上消逝踪影；之后，我跟所有人宣称：我曾经见过世界上最美丽的蝴蝶，曾经活在绝无仅有、美丽绝伦的梦境中，一定没有人会相信。

因为只有我看过而已。从头到尾就只有我独自一个人，孤独地见过这绝世之美。

这美是如此虚幻又短暂，甚至是轻易地，连她自己都能恣意破坏的，那么，我是不是应该让更多人看见与相信，亲眼目睹我曾经深切感受过的呢？

想到这里我便咬着下唇，用力在密码设定的地方，打下了与公开账号相同的：5555。

第六章

由医院返回牢房的第一个晚上，我简直整晚都无法合眼。

虽然已回到狭小酸臭的独立空间，但是一呼吸，胸腔的痛楚还是如爆裂般的疼痛；像是一盏又一盏连续的跑马灯，只要呼吸，疼痛就接连袭来，然后包登那张狰狞的脸孔，胸口如喷泉般涌出的大量鲜血，就会瞬间显现放大在我的眼前。

保罗医生在我被刺伤送到医院住的这段时间里都没有出现。

躺在床上无所事事时，曾经想过他会如何看待这件事，以及又会如何用那双锐利的眼神盯着我，仿佛无声地说这一切都是我咎由自取。

但是他从未在病房中出现过，连个问候的口信都没有。

回到牢房后的第二天，早晨六点整，碉堡外的扩音机会定时传出尖锐刺耳的起床铃，所有的狱警已经整装在外面等候。

十分钟后，铁门的锁自动打开，犯人们必须从里头走出，直挺地站到自己的牢房门前，然后等候狱警们拿着簿子一一点名，所有犯人名字与编号确认无误后，再全体集合，走至外面的餐厅用早餐。

凌晨时分的杂音会彻底塞满、回荡在整个碉堡中央，像一团庞大且长了刺的飓风，割刮碉堡内脆弱的石墙白漆。震动下来的石灰岩粉末使早晨的空气弥漫着一股看不清前方的苍白色调。

我被大响的铃声吵醒后，竭力地把脸压在铁杆上，远远眺望长廊尽头，那些正常犯人每天的日常生活。

我不是他们中间的一分子。望着大家整齐列队，鱼贯地慢慢走出宽敞的长廊，所有黑压压的身影消失在尽头后，便沮丧地回过头，自己踱回那张冰冷潮湿的床铺，把仍发出疼痛的身体平躺在上方。

“你的伤势应该恢复得差不多了吧？”

狱警打开牢门，保罗医生捧着我的早餐走进来时，我正朦胧地进入半睡眠的状态。听见他的声音我吓了一跳，从床上跃了起来。

“不要怕，包登在刺伤你之后，马上被移到另一所监狱了。”

我看清是保罗，镇定下发颤的身躯，沉默地对他点点头。

“在你受到攻击住院之后，上头已经严厉惩处了当天在工厂的几名狱警。记不记得在进入木材工厂前，我曾经万般嘱咐两个狱警要牢牢跟紧你？原因没有别的，我想你也已经深刻感受到了。”

我再度点点头。岂只是感受到而已，我还真的亲身体验了一遍。除了包登的攻击，那天一进入木材工厂所引起的使我以为听觉都被震聋的巨大骚动，在心里留下非常深刻的印象。

“来吧，先吃点东西，待会有人想要见你。”

保罗看我始终沉默不语，便放软音调，把放着干冷面包、煎焦鸡蛋、稀烂马铃薯色拉与牛奶的铁盘推到我的面前。我低头看着这些食物，拿起牛奶一饮而尽。

“谁想见我？”我用袖口擦了擦嘴，延续刚刚的话题。

“路得岛监狱的老大，典狱长乐迪欧。”

从牢房中走出，穿越长廊到达碉堡的门口时，我以为要进入每次与温蒂谈话的后头会客室。但是保罗却对我摇摇头，表示不是在这里。他抬头看了一眼镶在门口上方的时钟：“乐迪欧现在正忙，要等中午过后他才会空出时间跟你谈话。”

“那我们现在要去哪里？”

我望着门外那一大片苍绿的草原，我曾经一个人站在中央，孤寂地感受所谓专属的个人放风时间。现在，草地上正稀疏地站了几个人，从这里望去不晓得他们在做什么，茫然地各自把头撇向不同的方向。

“他特别要求我让你进去见他前，先试着与其他犯人相处。不用担心，现在草原上全都是支持你与《第五号房》的红毛派成员。他们这派把你当偶像，把《第五号房》当作经典，所以应该不会做出对你不利的事。”他的口气极为平静，好像只是在形容一件无关紧要的事。

“所以在我与其他人接触而被刺伤后，终于开始让我与其他犯人相处？”

我讽刺地盯着他看，他却耸了耸肩，伸出手拍了拍我的肩膀，表示上头就是这样规定，他也无法有意见。

保罗的金边眼镜正折射着炙烈的刺眼阳光，锐利的双眼被光线挡住，我看不见那双布满各种思绪的眼神。我不知道他们到底想要怎样，先是把我独自隔离了一段时间，而在第一次放我出去后，那惨烈的后果就是在医院里躺好几个月。然而，就在伤势逐渐恢复之际，居然又要把我丢入那些疯子中间。

或许他们别有用意，但是此时的我什么都无法想象。

现在，我是一个毫无自主权的犯人，上头要我如何，一切只能奉命行事，只能在过程中凭着本能尽可能地保护自己。我明白，如果再出现一个如包登般的疯子，自己一定会与这个世界就此诀别。

当我眯着眼睛忍受强光，泛着不适应的泪水走向草原时，朦胧的视野里看见这些原本散在角落的人，逐渐地从四面八方靠近我。他们靠拢的摇晃身影，简直就像是一张迎面而来的黑色大网，我发觉自己提高再多的警觉性都没有用。把我放生在这里，我便成为一只只能无助地接受鲨鱼群的落单小鱼。

“真是稀客啊，欢迎欢迎！”

“是五号先生哪，真是不敢相信！”

“我以为自从木材工厂事件之后，就永远见不到他了呢！”

“是啊，看见他远远走过来，哈哈，我以为我在作梦。”

所有不同的高低音调，一时间汇聚了众多纷杂的话语。我下意识地开放听觉，把所有的话如筛子般一一过滤：似乎没有任何敌意，也没有任何挑衅的字眼；尽管有些人习惯说反话，但是此刻我无法顾及那么多了。从单人牢房中走出来，被保罗单独丢进草原，那一刻起，我知道我的命运就不是自己的了。

我把手掌撑在眉毛上方挡住阳光，才看清楚前面这几个人的脸孔。但是没有任何印象。伊凡、神偷、土狼、甚至是怪异喜爱收集牙齿的杜佛尼，都不在这些人群之中。

这些陌生脸孔先是有默契地推了推彼此，再歪嘴吐舌地笑了一阵子后，很客气地轮流伸手与我握了握。

这大概是进入监狱中，第一次与那么多人如此近距离地接触。他们身上浑杂的气味如潮水一波一波地涌了上来，手掌粗细不同的纹路像是不同物体的材质，轻重不一地掠过我出汗的掌心。我尽量让脸上带着客气且友善的笑容，稍微放松了担忧的心情，试图感受着这久违的、接近温暖的温度。

与最后一个矮个子握完手后，那纷乱的气味却瞬间以迅雷不及掩耳的速度，压迫般地簇拥侵入了过来；上方刺目的阳光顿时陷入一片阴暗，仿佛一刹那间，我跌落进自己也不明白的黑洞之中。

我感觉身体被腾空架了起来，但是与被担架扛起来的感觉不同。

意识仍旧非常清醒，底下凹凸起伏的喘气与动作正撞击与挤压着我全身的肌肉与神经。没有人出声，只有轻微规律的喘息声，与脚下铁链铿锵擦撞的响声。这一瞬间的变化太大，我在黑暗中闭紧眼睛，眼底蒙眬的视觉残留，还停格在那矮个子不怀好意地笑起来时那双如细线般狭长的眼睛。

“他来了是不是？”一阵低沉的声音从黯黑中响起。

他们把套在我上半身的布袋掀起，我又再度不适应地闭上眼睛。尽管现在没有视力，我仍可以感觉到周围密不通风的沉淀气流以及奇异的严谨气氛把我包围在中央。

这里是什么地方？我缓缓地揉了揉眼睛，试图看清楚四周的环境。

恢复视力后，我看见一个仅有二十坪大的正方形空间。单薄的棉质囚裤感受得到冰冷扎刺的木头地板。我用眼神迅速地扫了一圈，这里应该是木材工厂旁边的废弃仓库。挑高的天花板上，裸露出交错的粗大铁条，旁边的两扇木质窗户紧紧掩蔽着，而角落堆着许多参差不一的条状木头。

空气里弥漫着一股潮湿的腐烂木头味，夹杂着微微发酸的体味与汗味。

除了看清楚身处的环境外，眼前站在我前方的高大男人，正饶有兴味地带着一抹似笑非笑的表情，把双手插在腰际弯腰盯着我看。

是红毛。他显眼的红色长发在黯淡的空间中闪烁着类似远方霓虹灯般的微弱亮点。我倒吸了一口气。

“五号先生，我们都等你很久了。我以为彼此应该没有机会独处，没想到乐迪欧这家伙居然让保罗放你一个人出来，实在是制造了一个大好机会给我们啊！”

“然后呢？你把我绑来这里，是要私下对我表达你的爱慕之情吗？”

我冷冷地回答他。

身体还感觉得到刚刚那一阵起伏过大的震荡正狠狠地戳刺着之前的伤口，使我现在感到几乎喘不过气来的扎痛与刺激，在最里头的内脏中翻搅。

我撇头朝地上吐了口口水，表示对整个做派的极度不满。

红毛听见我的回答后大笑了起来。

他的声音非常宏亮，如同震耳欲聋的钟鸣；当他仰头大笑，四周也分别爆出如雷鸣般的夸张笑声。往上直冲的笑声中夹杂了强大的压迫与威胁感；流进耳里的回音如一把把锋利的刀，正往内用力地切割着我的意识。

虽然保罗与温蒂说过，红毛这派是把我当偶像的，但是我也记得，这派为数众多的人，全都是精神异常的暴力分子。

我在心里默默盘算着，在这狭小的仓库中，总共有大约四十几个人。他们或站或坐围绕在周围，即使是一个溃散不成样子的圆形，但是我的确如玩偶般被摆置在中央，动弹不得。

“我的确非常、非常喜爱《第五号房》，但是除此之外，我有很多疑问想要问你啊！”

红毛用力弹了一下右手手指，两旁走出三个高大的壮汉，轻易把我从地上像小鸡一样地提了起来，撑开伤势未痊愈的胸腔，用麻绳把我的双臂分别绑在两边的柱子上。除了被锁上铁链的双脚，我现在的模样，成了受难者耶稣基督的十字架形状，被牢牢地架在仓库的正中央。

我感到一股从体内深处窜出的刺痛，尖锐地突破所有感官，迅速扩散在全身的毛细孔中。我没有力气反抗，要忍受这巨大的疼痛已经非常费力，所以连挣扎都无力，挺着异常痛楚的胸膛，面对着靠近而来的红毛。

疼痛使毛孔在短时间内全部打开；它们同时间涌冒出冰冷的汗，在各处恣意地流淌着。

四周安静得出奇。原本骚动不已的众人，全静止在各自的位置上。

虽然没有人出声，但是可以感觉到全体无声的骚动；好像静躺在深山中的河流，被地底不知名的振动搅乱了原本的流动韵律。上方粗陋的木头屋顶透进了一道金黄色的光，正好打在我的头顶，让头皮产生一阵细微的灼烧感。

此刻，我大张着双眼，冷冷地盯着慢慢朝我靠近、脸上维持着恐怖笑容的红毛。

奇怪的是，我一点都不感到害怕。

我当然知道，我有可能会死在这里，现在这种局势，他们要用什么方式弄死我都有可能，但是我却完全没有感觉。

我从草原中突兀地从光亮到一片漆黑，接着来到这里，我似乎已经把自己这个个体，这个肉身所能感受到的感官与刺激，全都抽离开来；真实的我并不是无助地被绑缚在仓库中央，而是飘浮在天花板上头，正往下看着与己毫不相关的事情经过。

我曾经看过这类的书籍资料。

书上称这种脱离肉体的经验为灵魂出窍。能够体验的人必须刚好处在生死关头，垂死的肉身与即将远逝的灵魂之间只剩一条细线牵引的特殊情况。

我记得第一次发生这种情形是在老家的地窖中，我正疯狂着迷于帮柯薇亚拍摄一系列《第五号房》影片的时期。那个时候我眯着眼睛，专注地透过摄影机的镜头，对准前方的柯薇亚特写，她正在浴缸中，肌肤沾上了大量水气。

透过聚焦的镜头时，那湿润的肌肤，凝结于上头的鼓胀水珠，正细微地框住她皮质表层那一格格的毛细孔，犹如繁复错杂而又纤细无比的菱形蜂巢。那结合出来的美感真是不可思议，且透过清晰的画面，直接准确而疯狂冲击着我的感官。

当时，我的内心底层正如喷涌的泉水，大量激烈地抽搐着无法言喻的赞叹，我感觉自己正在飘离摄影机那一小格镜头，飘离水气氤氲的浴室，到达天花板上，俯视着这绝美到令我承受不了的一切。

从此，那被触击波动的某条神经便像可以控制的开关，隐藏在我身体的某个部分；只要眼前有什么刺激让自己无法承受，我就会自动飘离，事不关己地看着这个丧失感官的肉身。

我对自己无法坦承面对的是：当我最后处理了艾莉丝，以及与亲爱的柯薇亚走到尽头时，我也采用了这样的方式，隔开一切会从心底涌现出的各种情绪。

“把他的心挖出来，我想看看是不是鲜红色的！”原本安静的人群中突然爆出了这句高亢的提议。接着，所有人开始骚动，纷纷从各处丢出自己想看见的：我的下场。

“把五号先生的头皮切开，慢慢把他的皮从上到下完整地剥下来！我要收藏他被他母亲触摸过的皮肤！”

“切开腹部，我要把他的心与肝作成标本。”

“挖出双眼吧！红毛老大，他的眼睛曾经目睹过这世上的绝美画面！”

“我要他的双手，我要五号先生的双手！”

红毛带着促狭的笑意，近距离地看着我，耳朵则开放听觉地享受着这些残虐的提议。他轻轻地闭上眼睛，想象所有人纷杂意见的画面似的，慢慢地加深了两边嘴角的笑容……

这纷乱吵杂的声音持续了好一阵子。

大家像发疯了似的，每个人皆胡乱大声喊叫出所有不堪的话语；纷纷拿起身边的木条，用力敲打着旁边的墙壁、地板，以及所有可能发出声响的各种东西。

一时间，我又产生自己是否已经聋掉的错觉。

“停！”红毛大吼一声，四周瞬间安静了下来。

他睁开眼睛，缓慢地开始说起话来：“兄弟们，你们的提议都非常棒，你们想要五号先生什么都行，但是在这之前，”他瞪大双眼，环视了四周一圈：

“请容许我先问他一个问题。”

四周又回复到最开始那无声的焦躁。红毛双手环抱在胸前走了过来，再把双手轻轻举高，放在我被绑缚的双肩上。

他没有用力，那手掌正温柔地传递过来灼热的温度。很奇怪的是，与他远距离对视时，那高大的体型让他犹如一只恐怖野蛮的原始动物；但是只要他一靠近，对准那双澄澈的双眼，却会感觉到一种从未有过的、接近纯粹的感动。

“五号先生啊五号先生，可不可以请你告诉我：如果要你对‘母亲’这个角色加以批注，你会用什么方式比喻与形容？”

红毛响亮的声音回荡在密闭的仓库里，形成一阵阵短促尖锐的回音。

当他清晰的问句出现在耳际时，我用力甩了甩还能摇晃的头壳，试图恢复听力地吞了几口口水，再以盲目空洞的眼神注视着他。

他此时看着我的眼神非常奇怪。我看着那双映上我柔弱身影的瞳孔，感觉他的呼吸逐渐急促且仿佛正悄悄地提着自己的心，异常期盼着我的回答。

“母亲……你要我形容母亲吗？我会说：那是我内心最深、最大的缺口，空茫的记忆。在人生的长河中，最不愿遗失的一段美好旋律!”

我毫不犹豫地忽视正在凝视着我的他和旁边杂乱的群众，抬头大声地喊出这段句子。

红毛瞬间挑起了眉毛，脸上的肌肉冻结，似乎非常惊讶于我的回答。

我不知道他原本以为我会说出什么，我想我的回答使他震惊。

但这的确是我对那永恒缺席的母亲最真实最贴近内心的回答。如果可以，我愿意牺牲一切来换得母亲的一个注视；但是我明白这是永远不可能的事，永远都无法实现的愿望。

我的母亲萝妮选择了缺席我整个童年时光，这是即使花再多力量，拍摄再多留住刹那之美的影片，也都枉然。

红毛终于停止了那丑陋的笑容，再向前靠近我一步，整张脸如同渴望什么般地贴近我的脸。我闻到了一股腥膻的鲜血混合着酒臭的气味。红毛收敛起所有的面部表情，大睁着他那双混浊的眼睛。

我相信不管过了多久，我仍然会记得那个眼神，再忆起的那刹时，仍会感到异常心痛。

尽管那混浊不堪的灰黄色瞳孔沾染了过多的难堪与无法解释的悲伤，但是在近距离的注视下，却如同镶了透彻光芒的玻璃球体，像是毫不放弃地等待着奇迹与救赎。

我记得温蒂跟我说过关于红毛的母亲，所以明白他背负着悲伤的过往，沉溺在扭曲的道德感中，已无助地在其中接受了许多慢化性的伤害。或许，连红毛自己也弄不清楚曾经受过母亲哪种残暴的伤害，而自己的哪一个部分已经被这仇恨给侵蚀光了。

不过，可以确定的是，那伤害是真实存在于生命里头的，红毛只是选择逃避面对，弃绝所有上诉的机会，躲进监狱中，任意地让这如漩涡般的黑洞将把他吞噬。

我沉默地在心里想，不管怎么样，在这个所谓的“母亲”面前，我是和红毛一样卑微的人吧。

我在心中涌起一股深沉的悲哀。

我不知道经历了多久的时间，等到十几个狱警冲破仓库紧锁的大门时，他们却唐突地愣在门口，对于眼前所发生的一切感到诧异。

五号先生被双手撑开绑缚在仓库的正中央，姿态如为世人赎罪的基督受难雕像；而施刑的壮汉，正伸出粗壮的双臂紧紧地搂着他。

透过屋顶上晒下的金黄光线，他们看见了在狱中一向以凶残暴虐出名的红毛从紧闭的双眼中流下了从未见过、如此清澈透明的泪水。

当我在保罗的带领下，终于踏进碉堡最顶层的典狱长办公室时，一开始我对豪华的陈设感到惊讶。白色的大理石地板、低调却奢华的庞大皮沙发、闪着透明光泽的水晶吊灯、设计感十足的红色瓷砖墙壁旁是占据整面墙的落地窗。

装潢气派得让人无法想象，在简陋的监狱中居然藏着这样一个地方；但是让我更惊讶的是，当乐迪欧不疾不徐地从办公桌后头转过头，站起来客套地对我伸出手时，我脑筋一片空白地完全呆滞了。

这人大约三十出头，身形高大，一八五公分，轻松地套了件浅蓝衬衫与牛仔裤。壮阔的肩膀服贴着衬衫两边的肩线直下，可以隐约看见底下精实的肌肉。而质料与手工看起来皆昂贵的衬衫，上头一点皱折也没有，细节的地方则完全合身。

漂亮的深棕色头发在后脑勺底部扎着马尾，眉毛则像浓密的折线般拥有力量。下巴处留着一小撮整齐而潇洒的胡子，高耸的鼻子和薄得恰到好处的嘴唇与整个消瘦的脸颊十分合适。端正且俊俏的脸庞带着一丝浅浅的忧郁神情，立体有致，极像古罗马的石刻雕像。

当他用神采飞扬的双眼凝视我的时候，可以感觉到仅需一瞬间这锐利又聪慧的眼神，似乎已经知道所有正在发生以及尚未发生的事。

这就是把路得岛监狱管理得十分出色的典狱长乐迪欧？这样年轻英俊？我很惊讶自己所看见的形象；眼前这人似乎比较像印刷在书报上的明星画像。

办公室的音响正小声地流出轻快的歌曲，从静谧的角落里发出轻微的蹦跳声。

“塔德啊，塔德……”乐迪欧走出办公桌，绕着四肢被铸上铁链的我的四周踱着步伐，一边用一种奇怪扭曲的发音像是寻乐子似的喊着我的名字：

“我以为五号先生塔德会被凶暴的红毛给收服，尝一尝所谓囚犯里的潜规则呢！没想到你居然可以全身而退，还让高大的红毛像个小男孩般地哭泣……啧啧！”

他是故意的。刚刚在仓库里发生的事情都是他一手安排，再从监视录像机中盯着全部过程。我感到一股怒火在体内熊熊燃烧了起来。

“典狱长，你是把我当玩具耍吗？”我的内脏现在还在隐隐作痛，狠狠地瞪着他。

“不，我从未把人，不管是正常人或是犯人，当成玩具或物体来看；但是就我所知，把人当成玩具的是你吧！”他挑了挑浓密的眉毛，“难道不是吗？”

我坚毅地对他摇了摇头。

“从不。”

“是吗？”他怪声怪调地拉长尾音：“那你要如何解释《第五号房》里的一切？简单的绑架？还是单纯的控制欲作祟？”

“如果你要这样看也没办法，但是我想为《第五号房》案辩驳的是，我在之中感受到的纯粹，并非你们所想象的那样；只不过，就像所有书籍与电影，每个人看完的观感不同，那是创作者没办法控制的。”

“没想到五号先生这样有哲理啊，”乐迪欧动作夸张地拍了拍手，再度讽刺地提高声音：“创作者？既然你自称自己为创作者，那么我可以请问这个知名影片的创作者一个问题吗？”

我耸了耸肩。在这里你是老大，你要问几百个问题不是都可以吗？我保持沉默地看着他。

“你相信神的存在吗？”

“相信，而且坚信不已。”我迅速而简洁地回答。我当然相信神的存在，并且还是个会上教堂、会定时去作周日礼拜的虔诚信徒。

这个答案反而让乐迪欧感到吃惊了。他突兀地停下焦躁的步伐，伸出原本抱拳的双手，伸到前面互相搓了搓手掌。

“那么，就请你按着自己的胸口，以神的名义诚实告诉我，”他走到我的正前方：“你把影片里的女人藏到哪里去了？”乐迪欧的声音沉了下来，一字一句地清楚吐出这几个字。

“影片中的女人？”我歪头瞪大眼睛看着他，完全听不懂他丢出的这句疑问。

“对，影片中的柯薇亚，你究竟把她藏到哪里去了？”

乐迪欧提高音量不耐地对我吼着。我仍维持着疑惑的神情，非常不解地歪头看着他。

没过多久，他的耐心用光般地，那张俊秀的脸蛋开始产生巨大的变化，原本良好气色的脸涨红，缩起了眉头，表情瞬间变得极为狰狞，愤怒扭曲的五官正逼近着我；接着，我根本不知道事情是怎么发生的，就已经被一记重拳挥倒在地上。用双手勉强撑住身体，艰难地睁开肿胀的眼睛，愣愣地看着滴在雪白大理石上的鲜血，又发现自己已悬空被拎了起来，随即腹部感到如全身已被撕扯开来的剧烈疼痛。

乐迪欧开始用膝盖猛烈地攻击我胸腔受伤的部位。

我边遭受攻击，边从嘴里喷出黄绿色的恶心液体；他皱着眉头闪躲着我吐出的液体，换了别种攻击方式：弯曲着自己的手肘，用关节处狠狠地朝我的腹部接连撞击好几下，再用双手勒住我的脖子，用全身的力道下压，使我的脑部开始缺氧，连痛感都逐渐丧失般，陷入即将昏迷的状态。

当他终于松开手，我便马上大口、大口地喘气，趴到地上泪流满面。鼻子与嘴巴全塞满了铁锈味的鲜血，剧烈地咳嗽了起来，感到呼吸异常困难。

“乐老大，他是真的不知道柯薇亚在哪里。”站在角落的保罗说。他从头到尾皆没有阻拦乐迪欧对我的攻击，把双手插在裤子两边的口袋，站在一旁事不关己地盯着看。

“把我当白痴吗？这真是我听过最好笑的笑话！”乐迪欧狠狠地对我吐了口口水。

“是真的。我只是不想让你失望，所以没有跟你说。的确，这听起来像是笑话，但是实际上，我对他的大脑做过精密的检测，他是真的把自己与这个谜题全然地隔离；所以，以他现在的认知，他会以为自己被我们逮捕进而囚禁于此，且早已护送柯薇亚回到原本的生活。”

乐迪欧听完保罗的解释，不可置信地愣在原处。

几秒钟过后，狰狞的五官转变成一种充满嘲讽意味的恐怖笑脸，似乎又想到了什么念头，于是放松了脸部肌肉，挑了挑眉，恢复原本平静的模样。

他缓缓走过来弯下身子，凑近我的耳朵，用气音般的声音对我说：

“你知道吗？你真的是，真的是我所见过的最去他妈的大变态！”

说完这句话后，他很厌烦地张开自己的手掌看了看，然后抽出口袋里的手帕，仔细地擦着沾满我鲜血的十只手指头。

保罗说的没错，我对此疑问一片空白，空白得如被大雪完全掩盖的苍茫大地。仿佛这个问题是一个关于上帝如何开天辟地那般巨大且艰困的疑惑。

那天晚上我回到独立牢房，一个人躺在坚硬的床上，试图放松全身的肌肉进入睡眠。

白天的恐怖折磨看似逃过一劫，但是引发的疼痛却让我必须咬紧牙根才不至于溃散掉仅剩的意志力。

在监狱里其实是完全不需要意志力的。流逝的时日几乎毫无起伏，我只要顺从里头的作息，无聊时抬头望着小窗外射进的光影变化，就可以安然顺利地度过一天又一天。我想我现在所需要的唯一意志力，大脑中唯一不希望被贫乏单调的日子所磨损光的，是牢牢记着已经没有办法再接触的《第五号房》，记着影片里头所有的内容。

那一格格的画面，是现在虚无飘渺的空洞日子中唯一让我不至于崩溃疯狂的救命浮木。

正当我感觉身上的疼痛稍微减轻，眼皮越来越重，即将跨入沉沉的昏睡时，有个微弱的喊叫声从遥远的地方缓慢地穿透过静谧的空气，细细地传了过来。

“五号先生？五号先生？”

“谁？”我警觉地睁开眼睛。那声音以小声连绵的方式持续喊着；如同一只规律前进、又扰人清梦的手表秒针。于是我只好从床上坐起身。

“谁在喊我？”

“我在这里！在你的右前方角落。”

我定眼望着漆黑的牢房，依循声音指示的右前方看去，发现黯黑的角落里正包裹着一个圆形的浓黑影子。我吃力地忍住痛，一步一步地挪动着自己的双脚，走向角落。

那个黑影见我缓慢地靠近他，便从蹲着的姿势站了起来，然后深怕我看不见他似的，连忙把身上的黑色披肩摘掉。

当我终于看清楚他的模样时，才发现那是一个长相奇特的老人。老人的脸上除了那双碧绿色的眼睛，其他都呈现一片灰白；异常的苍茫让他那张充满皱纹的脸在黑暗中发出一道犀利的冷光。

“五号先生，我是否可以请求你给我些时间，让我为你祷告？”

他没有等我的回应，便把双手从铁杆中伸了进来。那是一双仿若干燥到即将死绝的枯枝，横横地插进来摊开，像是用极为衰弱与卑微的姿态，诚心地乞求我。

“祷告？祷告什么？老先生，现在是凌晨……”

老人凝视我的绿色眼珠，闪烁着一股摄人的光芒。那光芒完整地笼罩住我，融合着极其陌生的庄严感，让我突然吞下疑惑闭紧嘴巴。

“你在患难之日若胆怯，你的力量就微小。人被拉到死地，你要解救；人将被杀、你须拦阻。你若说：这事我未曾知道，那衡量人心的岂不明白？保守你命的岂不知道？他岂不按各人所行的报应各人吗？”

不知道为什么，这从未听闻的祷文让我不安。里头的句子饱含着绝对的恶意，一种不是祷告而比较类似诅咒般的词语内容，让我感觉到那双握紧我的已毫无肌肤之感的枯手，正藉此把一股厄念与咒语传了过来。

“老先生，这是什么祈祷文？我不晓得你在想什么……请你放开我！”我急切地想把手甩开，但是他的力量非常大，紧圈着双手的手腕，让我完全动弹不得。

“他若经过将人拘禁，招人受审，谁能阻挡他呢？他本知道虚妄的人，人的罪孽，他虽不留意，还是无所不见。当知道神追讨你，比你的罪孽该得的还少……”

“放开我！求求你放开我！”我歇斯底里地大喊大叫……

长廊尽头的灯大亮起来。一阵从外头奔进来的脚步声震耳欲聋，五个装备完整的狱警从尽头处朝这里奔了过来。

藉着刺眼的光线，我终于看清楚老人的脸。那些在黝黑中发散出的庄严感，那张苍茫的白色脸孔，在光线下突然放大了好几百倍。我不知道该如何形容那从未见过的倨傲表情，丝毫没有所谓情感或情绪这些东西的碎片在里面；仿佛在他面前所见的我，只不过是一只可以任人摆布的动物，或是一个毫无生命的东西。

或者，不是我，而是他像一尊冰冷透着寒气，没有灵魂的化石雕像。那双绿色的眼睛正穿透我的瞳孔，而我只能呆滞地站在他面前，觉得自己的轮廓在这样强烈的注视下，一一地融化成稀糊的泥巴般，任由无尽的苍白与虚无强烈地侵蚀我。

除此之外，在他的身上也没有任何所谓人的气味。这使我不寒而栗，手腕上还紧握着的强大力道，让人毛骨悚然的恶寒现在似乎正慢慢地从皮肤表层缓缓地渗透进来。

“你这个罪大恶极的撒旦，我必须告诉你，我是杜山德，一个与你站立在相反世界的人，”老人在狱警的脚步声逼近时，把脸凑近，紧紧地贴在铁杆上，用那双发着冰寒的眼神盯着我。

“还有，包登已经死了，是你害死他的；在他被转移到另一个监狱的路上，已经让红毛暗自派出的人给杀死了……你给我听清楚：这条命，你必须扛。”

当老人被几个狱警拖走，长廊的灯终于黯灭下来，牢房恢复孤寂沉静后，我又躺回潮湿的床铺上，发现刚刚在黑暗中听见的如同呢喃般的诅咒，已在我毫无意识之中全部背诵了下来。

它们像是抹不掉的深刻刺青，缠绕在耳畔深处，反复地响彻在心底那座黑井之中。

第七章

温蒂回到家后，先到客厅把窗子与窗帘一并拉上，把昏黄的夜色全关到窗外，再走到厨房把冰箱打开，察看里头所剩不多的食物。

两包微波炉意大利面、一瓶家庭装的牛奶、几根胡萝卜与小黄瓜、一包枯萎的包心菜叶，还有几罐未开封的鲔鱼罐头。她皱起眉头，想起应该要进超市购买食物了。

上回是何时去超市的？她努力地在心里回想着。

大约一星期前，她记得那天是一个下大雨的午后，她套上雨衣狼狈地骑着脚踏车，到达位于镇中心商店街的超市里。那似乎是个不太顺利的日子。印象中，她挑选好东西到柜台结账时，前一个顾客带着的小女生把她拿的水果撞翻在地上。苹果滚落了一地，鲜艳的红色地到处滚动。

温蒂表面上客气地对着那母亲说没关系，心里却非常不耐烦。身上潮湿的气味严重地覆盖她的嗅觉，使得她几乎没有办法顺畅呼吸，鼻腔里塞满水气，让她在没有任何人肯伸出援手帮忙捡拾的过程中，不断地打喷嚏流眼泪。

温蒂摇摇头，没得选择地取出冰箱中的微波炉食物去加热，再用玻璃杯盛了牛奶一起拿到电脑前吃。

坐在电脑前，先无意识地在网络上留连，关于减肥、明星八卦、季风来袭、秋冬推荐商品、家暴事件、火灾……许多名词与画面从眼前出现，像一颗颗小小的流星一闪而逝。她无味地咀嚼着嘴中的食物，心里不断地反复考虑现在是否要打开保罗医生要她做的功课。

“你一定要进去《第五号房》的网站，如果不这样做，就永远无法了解他的想法。”

“但是我不想，我不觉得自己有勇气面对……”

“记住你自己的身份，温蒂警官，”保罗医生客气地打断她的话，“这只是一件案子，一件需要你去调查与破案的命案，其他的不用多想。”

那么，为什么是我呢？

她一直都有这个疑惑，却始终不敢问出口。她刚从警官学校毕业，被上头分发到这个镇上来的第一天，马上就被政府单位调去，要她暂时以政府机关的警官身份，即刻动身前往路得岛的碉堡监狱，那里有个案子非常需要她。

需要我？温蒂得知调派消息后非常惊讶。

在警校的成绩很普通，所有项目都不拔尖。尽管自己也很努力，却好像有什么地方使不上力，或许是从头到尾都用错了地方；敏锐度，说实话也有点差，大方向还能抓到，但总会忽略细节的关键部分。

这让老师们有些头痛，认为温蒂毕业之后，如果运气好一些，或许可以在警局担任处理文书的工作；调查案子？不用想了，绝对会有问题的。温蒂的性格太直接也太感性，她只能思考与自己有关的事情，缺乏其他关键性的敏感反应，也缺乏聪慧，那些可以反向思考的理性逻辑，她都没有。

然而这轰动社会的《第五号房》命案，政府却直接授权到这个镇上，让温蒂全权负责，即刻调到监狱中开始追查案件。

温蒂摇摇头让自己不要再想下去，拿起桌上的玻璃杯，一口气把牛奶喝光，像下了极大决心似的，迅速移动鼠标，按进了网站中最大的影片站子。

她只花了一点时间就找到了《第五号房》。鼎鼎大名的《第五号房》，累积浏览人数已经破了上千万。

她盯着荧幕，眼前似乎出现了一个深不见底的黑井，而自己正被一股强而有力的力量冻结在上方。她感觉就在保罗医生坚持她一定要观看影片自己却迟迟不敢真正打开的这段日子，她其实早已经站在这深井的旁边；除了好奇与工作需要，她发觉这根源似乎来自于自己内心的欲望，想要一窥深井的最底端，那个深邃如同黑洞漩涡把所有人都召唤去了的尽头。

但是她又深怕自己看清黑井的底部后，会唤醒那些曾经深埋在自己心底的黑暗秘密。

她盯着网站的首页许久，感觉自己全身灼热，整个人似乎被笼罩在一盏从上方照下来的日光灯中，是那样让人惶恐不安。温蒂隐约地预感这个网站将会开启一个不为人知的幽暗世界，揭开自己深埋已久的秘密谜底。

思绪混乱地打转，背后渗出的汗已经不知不觉沾湿了上衣。

她先让那行字停在荧幕中央，离开桌子做了几个深呼吸。之后，下意识地咬着下唇，按下了保罗医生给她的密码。先默默地闭上眼睛，然后再用力睁开。

全黑的画面上出现了《第五号房》的白色字样。电脑中细细地传出了肖邦的夜曲，降小调，很柔和哀伤的音乐，这也是温蒂最喜欢的一首曲子。

她在不同的地方聆听到过相同的曲目，这里的钢琴声比记忆中的还要鲜明，那仿佛从封闭世界挣脱出来的纯净音色也像从远方射进的一道曙光，瞬间蔓延了自己所置身的整个空间。温蒂的心情开始放松了下来，把光标往下拉，底下出现了一排连续的格子状影像，像一长串横置的彩色底片，每一格画面底下皆有标题：

《出游》。《用餐》。《打滚》。《看书》。《沐浴》。《拍照》。《说故事》。《做功课》……

全都是简易与日常的名称。

温蒂浏览了一会，随意按下第一个《出游》，全黑的荧幕开始出现影片，右边底下有一个闪烁的计时表。

一开始，画面上出现一个模样秀丽的女人，穿着白色棉质的长洋装，挺直地面对镜头，双手拉着底下的裙摆摇晃，笑容满面地对着镜头说话：

“儿子，今天是我们第一次走出家里，去外面呼吸新鲜的空气！”

“妈咪的心情如何？”这声音收录得很清楚。低沉的嗓音，没有特别的腔调，是拿摄影机的人发出来的。

“很好，非常期待。”

荧幕渐渐从特写女人的全身拉开，照到背景是一间全白的雅致房间。

“那么妈咪，我们出发喽！”

女人听见这话后转过身，慢慢地走上楼。

镜头跟在女人后面，走出有些昏暗的家，来到一个空旷的草原。上方是一大片没有云，仅带着些许光泽的湛蓝色天空。女人脱下了鞋子，低着头，很开心地感受赤脚踏在草地上的感触。

到这里都没有问题，但是温蒂总觉得画面有些怪怪的，似乎哪里不对劲。

她把脸靠近荧幕。的确，除了草原与后面的白色平房，看得出做过细微的画面处理，而草原周围原本的景色，似乎也被移接了其他的风景。那非常细微的色调差异，在中间接缝处露出不同的色系差异。

草原的颜色是发着亮泽的翠绿。上头的光线则清楚恣意地移动褐色阴影；后面竖立着如风景明信片般的褐绿湖水，则完全没有任何光线变化。这样的背景似乎是一片大型的圆弧状屏障，上面复印了其他不相干的延伸景深；若不仔细辨识，会感觉那是一个没有见过的风景，一处无名的地点。

女人先是在草原上走来走去，风姿绰约地摆动着裙子，微风把她的长发挑起，一丝一丝地好像无数条柔软的纱巾。画面非常美，充满某种诗意的想象。

她走了几步后停下来，出神地凝望着远方从树干空隙间洒下的阳光。映照光线的侧脸，轮廓鲜明的弧度与优雅的气质完全成了整个场景的焦点；仿佛这一切的形状与线条，所有的光影折射都是因她而存在的。

镜头慢慢从远方拉近，最后停在她发亮的深色双眼上。

“儿子，妈咪想要在草原上奔跑。”女人后退几步，在镜头前露出笑脸。

“好啊，我好想拍，妈咪跑起来的姿势一定很迷人，”说话的声音略显高昂，“但妈咪不要忘记了噢。”

“嗯。”

忘记什么？温蒂倾身再靠近荧幕，全神贯注地看。

女人把双手伸长到镜头外，收回来时多了一根绳子。

这绳子很细，是用棉絮编织缠结而成的一条细长、亮丽的彩色绳子。女人把绳子接过来，非常自然地在双手中圈起弧度，再熟练地套到自己的脖子上，拉了拉绳子与脖子之间的距离，让自己看起来像一条被链住的宠物。

接着，绳子由拍摄者拉着，镜头前由绳索链住的女人，继续开心地在草原奔驰。

女人先迈开步伐往前跑一段路，后来似乎有些忘我地直直奔向前方，脚步的速度加快加大，从画面上可以清楚看见那绳索慢慢因奔跑的距离，一点、一点被拉紧、拉紧、再拉紧……

温蒂感觉自己的心脏随着绳索的拉紧也逐渐越来越紧绷，胸口剧烈起伏着。

绳子现在已经完全被扯得平直，一条横在草原半空的长线。在画面中已经缩小如同一根手指般大小的女人，突然往后倾倒，狼狈地往后弹着。

拍摄者开始往女人所在的地方移动。可以渐渐看见画面中的女人颓然倒仆在地上的痛苦模样。她紧皱眉头，五官扭曲，纤细的手指按在自己苍白的脖子上，血红的勒痕凝聚成一个鲜明的圆圈。

白色的圆弧裙子，此时正散开在绿色的草地上，像一个巨大的水母，幽幻地漂浮在绿色无际的海平面上。

“妈咪，你还好吗？”口气平静，听不出有任何惊慌。

“还好，”女人抬头，露出一个带有痛苦的微笑：“我还蛮喜欢这种感觉，忘记一切烦恼往前奔跑，绷紧往后扯，接着又放松……”

“是什么样的感觉？”

“感觉啊，感觉自己可以是一只风筝，一只可以随风与绳索飘摇的风筝！”

“那妈咪还想再试一次吗?”声音响起。

好啊，好啊，女人雀跃地点头答应，表情完全没有勉强。接着，重复的画面与方式再来一次、两次、三次……

温蒂感觉自己的心正隐隐作痛，便迅速地按掉这个影片。

奇异的情绪从心里冒出，她完全无从分辨是什么。那些东西是复杂纠结的，好像看见了一幕幕既耸动却又出奇温柔的画面；那其中包含了太多，使得她一时之间无法平静下来，心跳混乱地跳动，偏头痛的毛病正隐隐发作着。

她用手按了按头痛的地方，从书桌前站起来，走出房间找到头痛药丸，和着开水吞了下去。尽管很多东西从影片中绽放出来，并且朝着她直接冲撞过来，她却好像着迷了似的，非常想要看其他影片。

于是忍住了头痛，接着按入《沐浴》。

画面一开始，女人已经把自己浸在一个满是泡沫的浴盆中。

“妈咪，水温刚刚好吗?”

“嗯，很舒服，尤其是这玫瑰精油的香气，让疲劳都解除了。”

对话到这里结束，女人没有面对镜头，眼神朝着白色的浴室上方那格窗子望去。光线透过细致蕾丝的网格状，错落地洒在她的身上。

背景音乐仍是肖邦的夜曲，单纯的音色回旋在氤氲的水汽中，随着镜头的定格与特写，女人放松的肌肉线条披着白雾光泽，透过白墙与浴缸亮面反射上来的光影，让人联想起北方带有温煦阳光的秋季。

音乐持续小小声地盘旋重复。镜头缓缓拉近，女人的皮肤质感带着一种炫目的光；温蒂逐渐发觉自己的视觉无法做主，被镜头强大地拉动着，于是顺延着弧形的淡色眉毛，微略凸起的紧闭双眼，垂下的睫毛的浓密倒影，高耸细致的鼻型，还有犹如一条蜿蜒小路的嘴唇。

这些细节呈现出一种梦幻般的纹路，仿佛盯着女人的脸就能想起遥远的一处海岸线上，那涌起细浪的海岸边缘，正在黑夜中悄悄拍打着坚硬的岩脊。

镜头最后停在女人的双眼之间。女人缓缓睁开眼睛。

这个时候，温蒂突然在脑中悄悄思索着，该用什么方式去形容那双深绿色的、如同翠绿的蛋白石色、也让人联想起热带岛屿傍晚的沁凉季风、让人心醉神迷、且迷惑的双眼呢？

画面维持了好一段时间的沉默。

女人的瞳孔盯着镜头，应该说盯着拍摄者，两人的眼神在光线中直视着对方。

温蒂从她的眼睛里看见了带有银白的翠绿色光芒，正传达讯息般地，充满了某种奇异的小小鼓动。鼓动的振幅非常细微，仅在原处像抽搐般上下波动；而再仔细望着，于这双眼睛的后方，有着一粒粒细小、肉眼几乎无法辨识的黑色石块。

而那些黯淡的石子，却比瞳孔的绿色光芒，以更加剧烈的方式无声地表示着：我需要你。

然后镜头开始拉远，逐渐拉远——女人的眼睛、立体分明的脸、浸泡在浴缸中的裸体、雪白无瑕的浴室……画面瞬间扑灭了光影，仅剩下细小的黑色轮廓线，在隐约浮动着线条。

然而，肖邦的夜曲仍在耳际响着。遥远带有潮湿气味的音符正在跳动，一个个音阶在黑暗中融合。

像一首幽长古老的小调。也像可以用一根细长的针，瞬间刺破的夏夜星空。

温蒂关上了这部影片，接着，她想了一会，便按入了影片时间最长的《说故事》。

女人背对着镜头，四周响起了清澈的水流声，还有玻璃与瓷盘碰撞的清脆响音。

女人正在清洗碗盘，而画面则耐心地捕捉她的动作。她的背脊挺直，如石雕像般竖立在光源中央，挡住白光的背影此时看来像是自体散发出灿亮的光芒。

之后她回过头，潮湿的双手往底下宝蓝色的围裙擦了擦，微笑地坐到镜头的前方。先喝了口桌上玻璃杯装的水，然后用手托着腮，凝视着拍摄者。

“妈咪说个故事给我听。”

“嗯，好啊，你想听什么样的故事？”

“我想听一个……”声音停顿了下来，似乎正在用力思考。没有多久，古怪高昂的音调刺穿了短暂的宁静。

“我想听一个关于赎罪，一个人为了赎罪而付出代价的故事。”

女人听见他的要求后，本来没有什么变化的表情突然显得有点窘迫。她白皙的脸蛋涌起了浅浅的红润，眼神明显地避开了镜头，出神地望着旁边一会，再慢慢地把头转回过来。

“好，那么我就说个赎罪的故事给你听。”

在很久以前的某个夏季初，于镇上的南方郊区中，进驻了第一个从异地来此小镇贸易的商人胡赛因。

三十一岁的胡赛因，除了带着大批准备投资的资产之外，还有一个从小就跟在身边的忠心仆人，比他年纪稍长的迦尼，随身伺候着他食衣住行。

这两人于夏天傍晚四周吹起舒服海风的时分到达小镇。他们背着厚重的行李，费力地穿越过人群，跨出海港走入街道，直到进入镇中央的商店街，站在被夕阳笼罩的中央广场上，眺望远处正布满着晚霞暮照、透着一丝橘黄光芒的丘陵，马上就被这片美丽的南方郊区所迷惑。

“迦尼，你看，那里会让你想起什么？是不是很像家乡的某个地方？”

胡赛因把行李放到地上，把右手掌摊开遮在眼睛上方，躲着刺眼的日暮光线，右手则明确地直指着南方。

“像家乡的东边山坡。那里不论是什么季节，满山谷皆充满着晕黄橘红色彩的花朵？我记得小时候，父亲最喜欢带我去那里。”胡赛因迷醉地继续说。

“是的，主人。我的感觉与您相同。”迦尼也踮着脚，与胡赛因一同往远处眺望。

他们第二天便离开了旅馆，手脚利落地找了大批人马到达南方郊区动工；只花了将近半年的时间，便建下一座奢华的世外桃源。

镇上的居民争相传述着，有个从远方异地来到此处，看起来极为气派的商人，正花费庞大的资金，费力地打造属于小镇的世外桃源。他将在荒凉的丘陵上，创造出独一无二的秘境；一个如同梦幻的童话境界。

至于他忠心的仆人迦尼的身世，则没有人知道。

胡赛因只记得在自己还小的时候，某一天夜里，父亲将衣不遮体看起来十分潦倒的迦尼带回家。胡赛因的父亲说，夜晚经过海港的传统市场，发现正在角落捡拾地上食物吃的迦尼，落魄的模样极为可怜，便向前与他搭讪说话，征求他的同意后把他带回家中，让他成为家中的仆人，全心照顾年幼丧母的胡赛因。

那么，这两个从远地而来的神秘人物，为什么会选择这座小镇呢？他们要在这里长久居住吗？还是小镇只是他们某个大手笔的投资？

镇民们无法得知真相，各式各样带有奇异色彩的传说，都在打造郊区的这段时间里传得沸沸扬扬。其实，胡赛因离开家乡时，心里早已暗自打算不再回去了。

事情发生在胡赛因二十九岁那年。

长年从事进出口贸易，照往年模式于秋季开始皆需出差三个月的父亲离开家后的第三天清晨，胡赛因接到警方发的长途电报，通知他父亲的尸体在异乡的饭店里被发现。据警方的调查确定死因为谋杀，死的时间是刚到异地的第二天。

胡赛因接到消息后毫不迟疑，连夜搭船出发到达父亲死亡的异乡。

跟我相依为命的父亲啊。胡赛因望着一望无际的海平面，海鸥轻快地跳跃，穿梭在浪头拍打激起的水花之中，他泪眼模糊地想着。

他的手始终僵硬地扶靠在甲板旁边的把手上方，勉强撑着自己就快要昏厥过去的身体，用体内剩余的意志力，支撑着因死亡而涌上的悲伤。他感觉自己的世界了失去父亲，即将崩塌、溃散了。

在他被这死讯给击倒之前，还有一件重要的事情要做：就是一定要把父亲的尸体完整地运送回家乡，与早已过世的母亲埋在一起。

到达父亲死亡的异乡花了一整天的时间。

两名穿着全黑制服的警官，双手交叉于胸前地在港口等候着。他们沉默地从走向下船的众多游客中认出了眼睛充满血丝、满头乱发、衬衫扣子没有对齐扣好、整个人颓丧得恐怖的胡赛因。

两名警官没有多说什么，顺手接过胡赛因的行李，把他迎上警车。在开往出事的地点时，详细告诉他事情的经过：

胡赛因的父亲于四天前搭船到达这里，当时是傍晚六点多。

他利落地提着行李下船后便随手招了车，选择距离港口不远、那一整排酒馆中的其中一家名为“椰子酒吧”的地方用餐喝酒。

“他当晚在酒吧里没吃什么东西，只点了一盘生菜色拉，倒是喝了很多双倍分量的威士忌。据当晚在酒吧的目击者表示，那个一看就是来自异地的男人，始终沉默地坐在吧台前的角落喝酒，没有喝醉，整晚精神看起来都十分振奋，脸色红润，双眼炯炯有神，带有怪腔调的口音一对着酒保开口，却很出乎意料地，竟是向酒保询问当地最有名、且一定要是最美丽绝伦的妓女，那隐秘的联络方式为何。”一个戴着金边眼镜，脸部线条始终僵硬的警察说。

“嘿，你父亲出差是不是都有找妓女的习惯?”坐在驾驶座上、从背面看过去理着极短平头的警官，趁着红灯时回过头对他促狭地笑着。

胡赛因摇头：“我不知道。”

平头警官看见满脸悲凄的胡赛因，马上缩了脖子回过头，不敢继续乱开玩笑。

其实胡赛因都知道。每年父亲出差回来，总会无意地提起那些充满异国风味的女人们。哪个地方的女人充满什么样的情调与味道、身上拥有什么奇异香味与诱惑人心的招数、彼此一起度过怎样火热的夜晚、床笫秘辛……

这是父亲长年出差惯有的陋习，他的某种发泄方式之一；但是回到家乡，却奇怪的一次也没有在外头找过女人。

或许是怕我介意吧。胡赛因在心里想起这件事，但是随即抛开，没有往下深入想去。

“那位在椰子酒吧待了十年、名为拉萨的酒保，秘密地塞给了你父亲一个电话。喝完酒后，他便循着电话打过去，找到了这里最出名的妓女萨普娜。当天晚上，他们相约在镇上最豪华的金币饭店大厅见面，然后在那里定了一三〇七号房间，一起度过了一晚。”

然后呢？那个夜晚发生了什么事？

胡赛因无声地望向戴金边眼镜的警官。警官没有继续说话，他严肃地抿嘴看着胡赛因，好似不想现在便向他透露接下来的恐怖场景。

警官沉默了一会，转了话题。

“至于萨普娜与拉萨那边，我们已经调查得非常清楚。讯问了将近一天的时间，已将他们两人释放。这犯案的手法极为残忍，所以……”

“你怎么能确定与我父亲共度一晚的萨普娜无罪？”胡赛因用低沉快速的声音说。

“因为，因为你若见过瘦小的萨普娜便会明白，那手法不是她这样的女人可以做到的。”

胡赛因默默地把头低下，闭上眼睛不再说话。

不久后，警车在镇上的金币饭店门口停了下来。

那的确是一间与旁边低矮的平房格格不入、相当高耸华丽的饭店。外表全布满反光的黑色金属材质，在阳光直射下，折射着刺眼的灰色光芒，简直就像从外星球空降到这个小镇的中央。抬头望着饭店顶端，不知多少层楼高的方形顶端，已经戳破了云层，蒙上一层厚实的白色云雾。

“直接走进去，到大厅后方的电梯，在第十三楼的七号房间。”平头警官关上车门，跟在最后头说着。

年轻的服务生看见他们三人进来，快速走出服务台向他们鞠躬，再走到前头带领他们到达十三层楼。他挺着笔直腰杆，止步于已围起警戒线的七号房间，动作利落地向门把插入钥匙，迅速地退到一旁。

“不好意思，警官，我……我可以不要进去吗？”还是个小伙子的服务生脸色涨红，看起来十分紧张，“前天我进去后……整晚做恶梦……”

戴金边眼镜的警官对他挥了挥手，服务生松了一口气，一溜烟跑开。

大开的一三〇七号房门，亮起了天花板中央的灯。

看得出现场已经做了基本的处理，也把尸体移到了别处。胡赛因站在门边，看着羊毛毡铺成的雪白地毯，它曾经吸收了大量深红色的血，面积非常广，血迹从床铺上的白色床单、床底下环绕四周的地毯，一直延伸到客厅与浴室周边。

深色黯沉的鲜血流到旁边已变成浅粉红色的，血迹也从堆积的深色变成有些浅淡的痕迹。

血迹斑斑惨不忍睹。看起来从父亲身上所流出来的血，曾像涨潮般淹没整个房间。

“你的父亲是被极锋利且薄透的刀刺死。死状非常恐怖，而离奇的是尸体的头与身体，呈现两种不同的处理方式。头的部分，被利落的手法从颈部的下方割掉，端正地放在枕头上。脸上没有任何伤痕，连血迹也擦得干干净净。而身体的部分，则非常残忍地挖掉了所有内脏，像要做标本般把内脏全挖了出来。根据我们的推测与对现场的研究，凶手应该不只带了十足的用具，还准备了一台大型搅拌机，把挖出的内脏全放进搅拌机中，打成血肉模糊的血水，再装进一只大型塑料袋，丢弃在房间角落。空缺内脏的身体，除了腹部曾被利刀剖开，以及割去也打成血水的生殖器官，其他没有任何伤痕。而对于头部的事后调查，凶手应该是先刺死你的父亲，再迅速割下头，趁着还温热的体温存留，花了将近一小时的时间，用手指将脸部的肌肉固定成微笑的模样，再把这微笑的头颅端正地放在枕头上方。”

胡赛因视线模糊地盯着血红的房间看。

“你父亲随身携带的行李、文件与资料，还有钱包内的金钱与证件，完全没有被翻过的痕迹，所以我们排除了潜入饭店的抢劫事件的可能性。而因为你父亲是异乡人，于是在我们这边也无从比对他的交友记录。至于饭店那边的记录显示，这位镇上出名的妓女萨普娜与你父亲一起来这儿登记住宿，其他便没有看见任何可疑人士。在萨普娜那边，她说她与这位客人来房间后，便在沐浴中还有之后发生关系。因为在整个过程里两人不停喝下大量的酒：威士忌、白兰地、啤酒以及用各式基酒调成的鸡尾酒，所以她的意识早就不清醒，完事后便睡着了。她在清晨因为尿意醒来，才发现置身于一片血海中，旁边还放有一个微笑的头颅；不敢相信自己就这么浑然无觉地熟睡在恐怖的案发现场中。”

“所以你们完全相信她的说词？相信她与我父亲的死毫无关联？”胡赛因有些激动地握紧拳头。

“胡赛因先生，我们只能恳请您相信我们，”戴金边眼镜的警官停顿了一会，用手指推了推滑下鼻梁的眼镜，看起来颇无奈地摇摇头。

“萨普娜疯了，完全疯狂了，您懂吗？光是要她说出那晚发生的事，就花了将近一天的时间。她的精神状态出了很大的问题，说话颠三倒四，讲话的过程中也几乎是神智不清的；瞳孔放大，从嘴巴里无法克制地溢出大量的口水，现在已被送进了镇上的精神病院。”

胡赛因看了警官一眼，在心里默默勾勒出陌生女人崩溃的模样，于是闭上嘴巴没有回答。等他领回父亲残破的尸体再运回家乡，感觉世界已经彻底地改变了模样。

究竟是谁会如此残忍地杀害父亲呢？这个疑问满满地占据了胡赛因的心。

凶手特地准备用具，高超巧妙地避过服务人员，偷偷潜进房间中，再花大量时间折磨父亲的尸体。一般人光是看见血就会发昏，何况是必须从头到尾冷静地割下头颅，把内脏挖取出来绞碎，甚至执拗地花了大把时间，把未僵硬的嘴巴，凝结成一个永恒的恐怖微笑。

这人不是只用变态杀手就可以形容的。当然，手法相当残忍变态毋庸置疑，但是胡赛因相信，凶手绝对认识父亲，且在心底深深地憎恨父亲，深深地仇恨了非常长的一段时间，再花时间详细计划好，跟踪父亲到达异乡，用惨无人道的手法杀害父亲。

后来胡赛因带着迦尼离开家乡，也是因为他无法继续待在原来熟悉的地方。

光是想到自己与不知名的凶手待在同一个城镇里，他就感觉呼吸变得不顺畅，脑子里也无法顺利记忆任何事情，生活出了很大的问题。迅速地处理完父亲的后事之后，他开始不吃不喝，也几乎不需要睡眠，无法好好合上眼睛休息，终日眼神空洞茫然地呆坐在屋子外头，连气候的变化都没办法感知。

他避开了迦尼与所有的仆人，一个人孤零零地坐在屋子外头，让自己活在与父亲过去的回忆里。直到他终于生病倒下后才停止这样的情况。

这段时间，迦尼没有办法勉强他终止缅怀过往，但一直细心地在旁边伺候着，等到终于把他的病养好，可以下床走动了，便苦口婆心地建议他，是不是要离开家乡一阵子。

他虚弱地向迦尼点点头。

他明白死去的父亲也不愿见到自己颓丧的模样，所以趁着必须开始接手父亲的贸易事业后，做了移居他乡的打算。

胡赛因与迦尼于事发的两年后，来到遥远的城镇，这个父亲也曾经居住过的小城，在这南方郊区的丘陵上方，打造好一整排的平房，两人便安静地在此定居。这段时间里，胡赛因也以高价位的金额租售其他空房给同样来此贸易的异地商人。

那个时期是南方郊区最美的季节。从镇上瞭望过去，那片经过精心照料的树海，与层叠于其中的白色平房屋顶反射着阳光，看起来简直就像一幅画中风景。

很多镇上的居民皆称那里是小镇的世外桃源，一个让人倾慕向往的绝境。

就在两人过了一段平静的日子之后，某天的早晨，从来冷静无失控的迦尼突然冲进胡赛因的房间，面色苍白地向他宣称自己看见了天使。

“什么跟什么？你在作梦吧？”胡赛因揉揉眼睛，打了个呵欠。

“天使，我敢跟主人保证，那绝对是天使。”

于是迦尼说他与平日无异地一大早起床，从平房走出庭院，再步行朝山上采收橘子与其他水果，并砍些柴来维持客厅壁炉中的温暖。

冬季的早晨，天总是亮得特别晚，山里的湿气也重，所以他穿了雨衣雨鞋，手上提了油灯，一步步缓慢地朝山上爬去。

不知道过了多久，迦尼感觉身体终于开始发热之际，原本称不上晴朗但还算和煦的天气，突然下起了一阵大雨，刮起大风。整个气候顿时像是飓风来袭，来得莫名其妙也让人措手不及。

迦尼没有多想，马上躲到一棵大树底下。

但是，眼前这奇怪的景象仅只维持几分钟后，正当迦尼费力地抹掉身上的水珠时，阴霾的天空瞬间恢复晴朗，东边山林旁的浓密树荫中，阳光开始迅速升起，甚至射出如同黄昏时的西幕，金黄带橘的颜色晕染了原本大片翠绿的色调。颜色如同自己有生命力般开始变深，最后整个天空像失火般呈现一种前所未见、没有任何杂质、如血般的恐怖鲜红。

迦尼好奇地走出大树，屏住呼吸，凝视着前方的奇景。

随着望向远方的视线，他望见不知从哪里赫然出现一只巨大的鸟，正直挺地竖立在那片火红的天空下方。

全身披覆着雪白羽毛、几乎与人同高的大鸟，正回过头来凝视着迦尼。

那在原本的印象中鸟类应该尖长的喙嘴，在短暂的对视中迅速缩短，最后在迦尼的目睹下剧缩到与脸贴齐，像混合的颜料般在那张脸孔上激烈地变化转动着。迦尼几乎忘记呼吸，他目瞪口呆地忘了自己应该有恐惧或者其他情绪，只是睁大眼睛，看着前方极为怪异的场景。

由鸟变成的人脸，是一张男人的脸的模样。

男人的皮肤异常剔透白净，轮廓相对地非常模糊：淡灰色的眉毛与眼眶、鼻子，镶在上面看起来像几条浅色素描的线；然而，深灰色的眼珠却如玻璃球般透澈地映衬着四周的火红。从染上奇异光泽的眼珠透出来的光芒笼罩着迦尼。

他感觉眼前这个男人不是在看他，而是正用奇怪的温度与力量把他包围在其中。

迦尼麻痹的身体突然感到一阵寒冷，是无法言喻的寒冷。仅留下他还能思考的意识表面，身体的其他芯，则深深浸到结冻的什么东西里头。

他感觉此刻自己的身体与意识已经分离，既能清晰感受到由脚趾的地方开始结冻、窜进身体的恶寒正迅速地由下往上扩展，同时也能明白自己的视觉真实地印上前方所有古怪恐怖的景象。

淡轮廓的男人仍保持透出光芒的奇异注视力，他脸上的五官仍在变化。

“你确定这真的不是梦境?”胡赛因已经从床上起身，身体椅在床沿上，摸出外套中的烟斗点上。

“主人，你觉得我现在清醒吗?”迦尼反问着他。

很清醒。看起来比平时更加清醒。胡赛因已经快要遗忘眼前这双炯炯有神的眼睛了。

年迈的迦尼在这段时间内，已经显露出无法避免的老态。坐久了就会开始打起盹，花白的头沉重地倚靠在椅子上；风吹日晒的脸颊深深地凹陷下去，而拿杯子与餐盘的手腕总会不自觉地颤抖着。胡赛因不想承认与他相依为命的老仆人早已步入老年，他始终不愿意正视这个现实。

胡赛因默默地抽着手上的烟斗。

“回到刚刚的话题吧。你是说他的脸继续变化，那，那最后变成什么样子？”

迦尼有神的双眼缓缓地黯淡下来。站在床前的他让双臂无力地垂下，似乎身体里的力量已全用尽了的疲惫。

“是什么样子啊？”胡赛因不懂他的迟疑，继续追问着。

“您的父亲。他的脸最后变成已逝的您的父亲的模样。”

胡赛因惊骇而挺直身体，不可置信地望着他。

“主人，请您原谅我。这原本会是一个永远埋藏在我们之间的唯一秘密。但是今天清晨的天使显现，让我清楚地明了一件事实：那就是埋藏这个秘密，绝对会成为遭受天谴的罪行。于是我决心告诉您这个秘密：您的父亲是我杀害的。是我用极为残忍的手法，确定他在到达真正死绝的过程里都是极度痛苦的。多年来，我仔细精密地研究他出差的路径：包括了解他到达各地后，先进入港边最大且最舒适的酒吧喝酒放松心情，再向酒保询问妓女的习惯。只找当地最顶尖的妓女以及住最好的饭店。进入饭店后，会与那些女人花许多时间喝酒调情、做爱，再一起拥抱对方沉入深深的睡眠中。我先彻底了解他的做事模式以及多年维持的惯性模式，然后决心在那一次真正动手将他杀害。”

“为什么？迦尼，你为什么那样恨我父亲？”胡赛因震惊地站了起来，感觉全身的毛细孔正从内里泛出一阵阵尖锐的颤动。

“没有别的。主人，从来您都以为您的父亲把我带回这个家，是要照料您的生活起居。这方面我都做得很好，问心无愧地全面接受，什么粗活以及生活细节部分，连我自己都感到非常自豪。但是，您不了解，那只是我之于您个人的意义。之于他，您的父亲，除了他出差以及现在灵魂真正远离此处之外，我始终，始终都是他极度卑微、且毫无自尊的性奴隶。他曾经用各种尖锐的利刃刺穿进我的皮肤中，也曾用不同的东西鞭打过我赤裸的全身；以及用灼热的小火——烤过……原谅我，我无法再度回忆那些恐怖不堪的日子了。”迦尼用平静的声线默默地述说着。

胡赛因痛苦地闭上眼睛，感觉自己的心脏正发出剧烈的颤动。在安静的房间中，耳膜不断出现如鼓点般的躁郁响声。

他想起过往时光的许多片刻，父亲站在他昏暗的房间门口等候着。

在门外光亮的缝隙中，透出父亲背着光，拉长的黑色身影。

那背影黯黑地模糊了脸上的五官，像是永恒地伫立在那里，关于各种慈爱与关怀的象征。父亲在等候着迦尼哄他入睡，等胡赛因真正闭上眼睛进入睡眠，迦尼再从床沿边起身，拖着沉重的脚步迎向光亮的门外。

胡赛因记起每每在闭上眼、进入梦境的前一秒，迦尼与父亲两团深黑的影子，缓缓地从眼前晕开身影，再与门外的光线一同退去。

他从来都以为，这是一个极为安详幸福、同时被两人守护的画面。

然而，守护是真实的，只是退到门后方的光影，转身过去竟是另一个人的地狱。

胡赛因缓缓地放下烟斗，把手按在发疼的左胸口上方。

“我懂了。”他艰难地点了点头。

“但是有一点我不明白。迦尼，为什么你要大费周章地跟踪我父亲出差、执着在异乡动手呢？有那样深厚的恨意，我不相信你会害怕司法的惩罚……这样费力安排一切，为的是什么？”

迦尼不发一语地走到胡赛因面前，张着澄澈的双眼凝视着他。

“因为您，我的主人，我还想好好地照顾您，直到我真正离开这个世界。我长期处在一种自己也无法理解的状态下苟活着。您把我当成朋友、家人，甚至是最亲密的伙伴，这让长期居无定所的我拥有深厚的归属感；然而您的父亲，却在暗地里用各种无法言喻的手段践踏我，让我感受到前所未有的恐惧以及绝望，让我随时强烈感到身体与心灵已经处在崩溃的边缘。你们父子对我来说，是极端的天使与恶魔、天堂与地狱……我想，继续这样极端活着，我一定会陷入极度的发狂中。”

“迦尼，”胡赛因痛苦地跪坐到地上，已承受不住眼前所揭露这隐藏多年的事实。

他感到自己的胃正严重地收缩，嘴里的味道苦涩不堪，全身毛细孔正大张着渗出大量的汗水，身体内的体液在此时全无声地涌了出来。

“那么迦尼，请你告诉我，既然事实已经隐藏了那么久，为什么不让它安静地待在那个隐秘的角落？你现在跟我说，是希望我怎么做？我真的不明白……”

胡赛因泪眼模糊地对着迦尼哭喊着。他感到自己的头像快要爆炸般地疼痛着。

“我的主人啊，请您相信，我活在秘密阴影下多年也相当痛苦，但是为了您我愿意咬着牙忍受。直到今天清晨，看见天使在眼前现身显示，在那一刻，我便完全明白了。很简单，主人，我恳请您从今而后，直到我死去的那一天，请当作我在尽力赎罪，请您用各种您想得到的方式，折磨我。”

从那天开始，胡赛因花了很长一段时间，在房子底下凿了间与上面一样宽敞的地窖，把它当作告解室，两人花许多时间关在里头。没有别的，胡赛因只是单纯地要迦尼不断重复说着那一天，那个如何使父亲丧生的夜晚细节。

尽管胡赛因曾经在心里狠狠地发誓自己一定要复仇。

直到现在，一想到父亲残破的尸体还是会不自觉地流眼泪；心里好像破了个大洞，空空的，塞进什么都填不满。虽然外表看起来是个正常人，仍能精确地运作各种事务，好好地打点生活的一切，但是实际上，他感觉自己是空无飘缈的，一个仅用本能与直觉在过活，丧失灵魂的行尸走肉。

他非常清楚，在听见与自己相依为命的父亲被杀害的那个时刻，自己内在的某个部分也随之灭绝，从此成为残缺不全的人。

迦尼的坦承虽然终于揭开此生最大的疑惑，却同时让他陷入另一个难堪的境界。他爱父亲，也爱迦尼；撇开父亲与迦尼之间的恩怨，这两人的确是自己的守护天使，永恒的两个父亲。

胡赛因不想折磨迦尼，甚至对他一点恨意都没有，所以他仅在迦尼的坚持下，撷取自己所需要的部分：

真相。那个夜晚以及之前发生过的所有真相。

于是，迦尼诚实地开口说了。一个黯黑、汇聚长时间愤恨的夜晚，过程却像长长的、一千零一夜的故事。

当他平铺直叙着过往时，胡赛因就会对其中的许多细节发问，想知道那结了众多苦痛的树枝上头所有的枝微末节，就在问与直述之中沿着每个树枝尾端细淌出所有密实的过程，也包括各种伤害。

就这样，一个拥有赎罪形式的故事，便逐渐地从中间膨胀了起来。

迦尼在这段用叙述替代赎罪的日子中，感觉当时与过往的整个情景就像被撬开盖子似的，活生生地在眼前不断重复流动，像一条永无终端的晦涩河流。

一开始，他像一个辩才无碍的说故事专家，似乎所有的愤恨在自己的声音中得到了完整宣泄。不论从那个细节打捞上来什么，都像是一个个扭曲的战利品；但是，随着胡赛因在中间打岔，不断地向他反复询问细节，一次又一次，一遍又一遍，已经拼好的拼图又全部打乱重新排列一遍，把一张描绘好的作品撕毁，要求他从底色开始，重新打稿上去……

如跳针的唱盘在各个地方故障与磨损停顿之后再度重新开始，使得迦尼开始感觉自己在崎岖繁复的迷宫中间迷路；在那虚幻的回忆与真实所延伸扩大的幽暗之地徘徊踌躇着。直到最后，迦尼几乎在这叙述赎罪的沿途中精神陷入濒临崩溃的状态。

胡赛因把一切都看在眼里。他完全明白迦尼内心所翻涌的快感与挣扎并存的任何时刻。

迦尼无法也不能打断他的问话：

地狱式的生活从何时开始、待在里头的父亲瞳孔放大的模样、萨普娜的长发与眼睛的颜色、饭店一三〇七号房里的空调气味、关于之前准备与之后真正实行的恐怖与渴望、充满咸味的海风港口、跟踪时候的心跳频率、酒吧里头汇聚在拉萨与父亲身旁的喧器、关于那个没有月亮与星星的夜晚天空、鲜血以何种姿态淹没染红整个房间……

在迦尼与胡赛因的交谈中，那些情境与气味清晰可见，粗糙与细致的粒子反复摩擦过迦尼的脑袋。可以回想起来的东西一定要用语言精确地传达出来，像是带有重量与形体的对象，一一从迦尼手中掂过与确定重量后，再完整地交给胡赛因。

怀抱复杂的心情，这些赎罪的日子没有所谓限度。细部永远持续详加描绘，而包含于其中的恐惧与忧伤则逐渐深入与蔓延。

这个故事究竟到哪一天才真正停止?

没有人知道。

如同生命的迷宫，或许沿着直线向前奔去，才赫然发现前头原来早已没有出路；也或许在弯曲处又再度往另个方向继续延伸。但是，可以确定的是，胡赛因在漫长的赎罪过程中，体会在这无止尽的一千零一夜里，自己严重破损的部分正在缓慢地修补，他在坚忍执拗地凝视伤害中，获得更新、更完整的力量。

胡赛因在多年后回想起这全部的过程，它们确实像是某种意义上的封存，牢牢封存住的过往，就是一个代表永恒的抽象标本。

而这个标本超越世间恒常的价值，以及所有的一切。

在故事的开始与结束，画面始终沉静地停在女人认真述说故事的脸上。

“故事好听吗?”女人喘了一口气，仰头喝光了桌上水杯中的水。

“好听，妈咪好厉害，脑子里怎么会有那么棒的故事?”声音低沉地几乎听不出任何情绪。

“这是好久以前，一个妈咪很爱的男人，曾经说给妈咪听的故事。”

"很爱的男人，妈咪曾经很爱的男人啊……"

这句话以很短促的方式停顿在空气中。

这是拍摄者第一次放下摄影机，使镜头中的画面歪斜地呈现一个倾倒的房间内部。四周沉淀下来，显露出一种赤裸的的、接近不安的静谧。

直到画面全部结束，温蒂发现镜头持续歪斜，摄影机已经被扔甩在一旁。倾斜的房间没有回正，就在影片结束的前十秒，温蒂听见里头传来细小但明显饱含愤恨的喘息声。

温蒂直到《说故事》这影片完全结束后，才慢慢退出网站，关掉电脑，逃避似的起身把椅子搬离电脑前，放到房间的中央坐了下来。

房间上方的灯还亮着，月光则从窗外明亮地照进来。侧身望去，看得见一颗呈现正圆形的月亮，像银色发亮的银器瓷盘般，孤伶伶地飘浮在远方的山丘上。窗帘随着微风卷起波浪状的弧度。

她现在安静地坐在房间中央的椅子上，脑子里却拼命地思考着：《第五号房》里后来发生了什么事呢？这部轻易让众人愿意观看的影片，究竟想要述说什么？

温蒂沉默地坐在房间中央，亮澄澄的月光从窗子外斜射进来，如盛满白色光泽的水洼地板。此刻看起来，却那么像一池池涨潮满溢的湖泊。白色的水波涌出来干涸之后，再从一个个位于四面八方的洞的深处，涌喷出更多黝黑的、深黑色的水。

她屈膝跪坐在椅子上，低头看着月光把她的身体染成一种半透明，而瞳孔里所装盛的却全都是那些在意识中的深黑色的水，大量、大量的黑色的水。

她仔细回想所有的画面，镜头刻意追逐平日被大家忽视的时光流动感，以及在那女人身上缓慢雕刻出的痕迹。呈现的影片虽然看似随意，但仔细回想似乎都经过精密的剪接与安排，使得里头毫无空白无味的散落时光。有点像是照着缜密剧本拍摄的记录片，没有所谓的停滞片段，别有用心地把焦点集中在女人身上。

温蒂发现女人的各种行为，模拟母子相处的时光，就是片子主要采集的目标。

里面的气氛拿捏恰当，掩盖了刻意修剪的痕迹，从中又渗透出更多的意境，最后，却统一回归到单一的想象。

该怎么形容呢？温蒂歪着头，仔细思考观看完的感觉。

画面里，仅透出生活中淡淡的，却又相当密集的细节。或许里头的女人已经完全接受了自己的处境，表情与行为自然到不会出现任何压迫感，却又巧妙地隐含了个人性的节制。

温蒂想起女人的沐浴时间。

这是每个人都会做的日常行为，透过镜头迷濛的显现，她觉得这个影像记录似乎让沐浴这行为隐约带了神圣的仪式性。

无法言喻的氤氲水气，缓慢地从苍白转为血红的皮肤上蒸发；细微的水珠与规律的流水声，女人平静带有一丝舒缓的表情中，使片子充满了某种奇怪的，带有一丝神性的谧静气氛。

在特写五官的所有画面里，饱含了诗意的想象，全都完美地从镜头中慢慢渗透出来。

影像累积与蕴含着许多诡异的记录，甚至可以说是变态。在观看的过程中，却仿佛拥有自己的生命力，强力地带领观者到达比潜意识还要深邃的地方；一个个独立不靠理智与逻辑运转的镜头，一个个专注地像要凿刻下最美时刻的记录。

影片撷取时光，经过专业修饰后，掩盖以往的认知，本身自成一种超越常理的感官，一种前所未有的扭曲生命力。

温蒂一边回想，一边觉得相当不可思议。对于这个《第五号房》所呈现出来的效果感到异常震惊。

这里面含有某种用言语也无法形容的魔力，不但在其中平衡了反差极大的暴力与温柔，也绝对强力足以直捣每个人心中的震撼感，温蒂心里想：这也难怪影片在网络上引起极大的话题，甚至是强大的风波。

但看完影片，似乎也明白了为什么政府会使这案子突兀地空降到这小镇的我的身上……此时，从温蒂的心底深处，逐渐涌现一片尘封已久的污浊阴霾。

就在看完影片的当晚，她蜷缩在那张散发塑料味的床上发抖。感觉自己的手脚冰冷，屈起的腿与手臂发出阵阵的麻痹感，脑袋里的各种记忆已全然迷失。

面前的白色床单在她无意识的眼神中已经变成一片雪白色的北极荒原，向着没有边际的远处延伸。她明白自己不可能走出这片荒原，到达原本温暖的地方。

在这片白银色的天地里，她感觉已经失去了方向与所有的一切。

这是温蒂模糊的母亲——埃罗斯夫人，紧系在她身上多年的秘密。

在温蒂很小的时候，她便发觉，父亲对于母亲某天突然失踪的说词漏洞百出，有过多不真实的谎言与藉口。

这让她每次想到母亲都有种异常不真实的感觉，记忆被她的存在分成了两个部分：

一个部分有她。

这部分虽然随着时间流逝而逐渐模糊，但还是有些鲜明的印象留下，一些零散的声音与身影，像文章中散落的句子与符号，已经凿刻在脑子的深处。比方说母亲热爱拥抱，富有旺盛的生命力，终年带着微笑与高分贝的说话音量，好像天底下没有什么事情可以让她皱眉头。

另一个部分则完全缺少了她。这部分温蒂非常熟悉：父亲常年不在，温蒂是开杂货店的祖父母一手带大，两老一小，互相依存着辛苦过活。

温蒂曾经多次企图想要弄清楚谜底，包括母亲是何时消失的？究竟去了哪里？准确的时间点是她几岁的时候？母亲会不会再出现？在某年的某一天，像个惊喜般地现身眼前？

然而，她询问的对象只有一个，就是从头到尾都在场的父亲；但是父亲的说法总是颠三倒四，错误百出，这也使得温蒂的记忆出现很多错误与幻觉。

这些询问的答案混乱不堪，使得她后来只明白了一件事：

母亲会在印象中逐渐褪去、淡化，只是因为父亲的说法永远都充满了各种方向的误导，致使她以为母亲只是离开一阵子。母亲只是去了邻近的城市工作。母亲只是去远方探望亲戚。

母亲只不过暂时离席。

关于这一点，谎言很多，但是真相只有一个：那就是除了温蒂，没有人愿意谈论母亲。

这疑惑在温蒂的心里已经深深地烙下痕迹。

她明白这痕迹已经掩盖住原本独自生活的面貌，如同在地表上留下大片起伏有致的群山阴影，只要阳光从天际升起，阴影就在另外一边固执地等候着。

直到温蒂十八岁那年，才在仓库里几箱已沾满灰尘的箱子中，翻出了多年前的泛黄新闻剪报。上头的案件揭露出她多年来的疑惑，戳破父亲在这些时日为此编织的所有谎言。

温蒂的母亲——埃罗斯夫人在十几年前的三月初，于家中的主卧室内与父亲发生激烈争执，被父亲用水果刀乱刀刺死。他将母亲满是血迹的尸体置在床上，并盖上被子假装一切完好如初，什么都没有发生过，然后抱起一旁的她，逃到远方的亲戚家中。

然而，当这长久的疑惑变成新闻，转化成白纸黑字在她眼前显现，却无法填满她心中的空白。

那间主卧室，那个古老的房间变成她的一切，是温蒂没有终点的长期噩梦。

一个仍存在着深深疑点的噩梦。

她似乎直觉地明白：真相可能不只如此，但是没有人愿意向她揭示答案，大家皆闭紧嘴巴绝口不提。所以，在温蒂成年后，毅然地选择当一名警官，一名可以理清所有案情疑点的警官。

在记忆中，母亲的骤然消失与古老房间的意象交错在一起。

(她对我不告而别，在我心里植入发生事件的房间，让我被时间的褶痕狠狠地包覆进去，始终看不清也触及不到那短短的刹时究竟发生了什么事；现在，我清晰地注视着这个《第五号房》，便瞬间被巨大的恐惧笼罩，被惶恐的激流冲击着。

感觉自己长久伫立在这秘密之上的堡垒圆顶，里头混浊的一切，似乎已经被《第五号房》这影片强迫掀开。现在，我仿佛独自站在一片荒芜的旷野中打颤着，而上面有人注视着我——那是我自己。我所有的感知能力以及其他各式面向的自己，正用空茫但强硬的眼光打量着我。

打量我的恐惧，打量我身处在疯狂边缘的困境。

我站在没有着力点的半空中，即将坠落，底下的无底深渊正在等候着。)

尽管温蒂从未对别人提及自己的身世，但是入学警校与就读的这段期间，她所做过的无数心理测验皆显示心底层面，对母爱的渴望与丧失的疼痛，从来就没有遗忘过。

这极度的渴求包围着她，已全然成为她生命与灵魂最缺乏的色彩。

所以——温蒂咬着下唇，闭上发酸的眼睛——所以他们希望透过与罪犯相同背景、拥有对母亲相同渴望的我，来揣测塔德的心理，以及找出最后一个关键疑点的答案。

第八章

在影片网站注册后的时间里，我陆续用摄影机把与柯薇亚生活的过程拍下，再经过一段时间研究剪接技巧，专注于把她绽放的美感剪辑在影片中，一个个地放上所申请的《第五号房》网站上。

我本来很担心自己的身份曝光，但是没多久就发现自己的担心非常多余。

网络上无奇不有皆是虚拟，它们拥有真实存在却又虚幻如梦的价值，提供给现代人多样化的选择，炫耀现今科技发达与爆炸性的国际化。

所有的功能与设定，似乎只是用这样的方式告诉你——你可以安心做自己想做的事，可以在广大无边的透明网络中肆无忌惮；没有人会知道面具底下的真实样貌，也没有人会关心与在乎虚拟现实中的你与现实世界的你究竟差别多大。

这是大家心照不宣的事。

熟悉了网络上的潜规则，长时间浏览了影片网站中的内容后，我开始放心大胆地继续地窖中的影片创作，每隔一段时间就陆续放上最新的影片。

大约在网络上连续放了五支影片，约略过了一个多月后，引发的效应让我非常吃惊。

首先是我另外隐秘申请的mail信箱，里头每天塞满了各式各样奇怪的信件。一堆署名怪异（有时连那名字我都不会念）的网友，争相写着他们对《第五号房》的感想与心得。

【五号先生：请问影片里的这位美丽女人真的是你母亲吗？】

【看过您的大作，让我感觉自己的渺小与愚蠢，也让我非常感动。很想请教您，要成为一个收集美好的导演，那背后究竟要花多少时间？还是这是种天份？】

【社会这么乱，就是因为充斥着你这种变态。】

【我想你一定长得既恶心又肥胖，才会玩这种恶心把戏。】

【去你妈的！】

【很精彩，拍得太少了可否再放多一点？】

【看过五号先生的影片后，你是否可以对现在的社会现况发表意见？】

【第五号房是地狱，经过狡猾的诠释后让我不寒而栗。你应该是魔鬼的化身吧？还是一个让人作呕、自己爽就好的宅男？我希望你下地狱。】

【干，你是天才！】

【我因为看过第五号房后而瘦了十公斤，抛弃我的男友还回头找我复合了，真是谢谢你啊。】

【噩梦！噩梦！简直是一场场连续的噩梦！！！！】

……

一开始，我非常热衷于阅读这些来信，还特地开了一个档案，把它们一个个复制下来贴上，有空时就一个字、一个字慢慢地读。

有些信写得非常长，但通篇集合最糟糕的字眼，谩骂影片有多么变态与伤风败俗。有些来信像是老师训斥学生般先把社会现象一一列举出来，再把我的影片套进去这些案件中，口气自大又傲慢，我甚至好像可以看见那人站在上方用食指严厉地点戳着我的额头；但又在结尾的部分大大地改变语气，卑微地恳求我把影片删除，让这世界多点和善之类的话。

有些来信却让我发笑，没有完整的开头与结尾，只用几个惊叹的口语词表达感受……

我的情绪变得非常容易受到信件的影响；它们似乎变成一扇扇小小的、凝聚了奇怪力量的窗口，夹处在我与柯薇亚的独立世界中，让我在长久以来所置身的静谧空间发生前所未有的剧烈震动。

信件激烈的用词与批判，深深地动荡了原来平静无波的水面；宛若打翻薄透的玻璃瓶般发出尖锐的声响。我看见谴责影片的信件会发怒，花一整天的时间诅咒这个无名人士；看见好笑的则记在心里，一个人的时候会因为这些无厘头的语句，搞得自己如同白痴一样地发出无声的痴笑。

不管如何，我坚持从不回信，不与网友产生互动。

光是看这些信件就花了我非常多的时间，我希望不要节外生枝，毕竟这只是一个必须低调进行的创作，我一个人的秘密基地。

然而在这些信件中，我最希望也最喜欢看见的，当然是夸奖影片中的美感。

这些人是我的知己，我在心里是这样深切地感谢与认定。他们一样是无名人士，署名也相同怪异荒诞，但是写出来的词句真是一针见血，完全懂得我在影片中想要表达的意涵与价值，直指其中细微处所发出的万丈光芒。

当我读到这类信件时，那种成就与荣耀感真是绝无仅有，好像我因为这些影片、因为这段时间所下的功夫，瞬间便晋升成一个才华洋溢的知名导演。

我从不晓得这会让人上瘾，并且因为那几个字、几句话，愿意重头再多试几次，更严格地要求自己拍出更多影片。

这些事情我全部都没有让柯薇亚知道。

从照相机拍摄进化到摄影机拍摄，从照片演变成影片，她都没有表达任何意见。

进行的方式通常是这样的：在我想好新的主题与拍摄内容后，会特地提早向公司请假，然后花一整天的时间来琢磨我的创作。

有时候拍出来好几个小时的影片，几乎剪掉几小段较晃荡的影像就可以直接放上站子；有时候则是她在镜头前的反应与表现出来的方式跟我想象的相差太多，这时候就必须花些时间跟她沟通，告诉她我所希望呈现的方式，然后我们重新再来一次。

我记得就在我仔细看了那些网友的信件，暗中采纳了其中一个网友的建议，拍摄名为《打滚》的影片时，我要求她上身只套着薄透合身的白衬衫，想象曾经让她极为快乐的经验与回忆，然后坐在地板上那张漂亮的波斯地毯上，因无法克制笑意地倒下去，慢慢在地毯上滚动自己美丽的身躯。

这影片在我的想象中，除了要呈现日常的自然场景之外，更希望能结合她脑中的抽象记忆，进而升华到优雅的具体外在。

从抽象到具体，哲学概念延伸进日常生活，简直拥有极高的艺术价值，天哪！我简直就是一个大导演……影片在拍摄前我就已经为自己感到骄傲，甚至开始幻想那些网友们赞叹的信如雪片般涌进我的电子信箱。

柯薇亚听从我的指示照着做了，但是效果很差。

我们反复试了几次都没有成功。我在镜头里看见的画面丝毫没有美感，只有一个动作夸张的女人，笑得相当僵硬，然后像疯子一样倒在那里滚来滚去。

“妈咪，不对，已经第四次了，你到底懂不懂我想表达的意思？”我冷冷地把镜头关掉，走到她面前，双手插在胸前冷冷地看着她。

“不对吗？我以为自己已经……”

“没有，你没有已经怎么样，”我愤怒地打断她的话大吼：“你完全是僵硬的，你有想象快乐的回忆吗？你到底有没有听我的话做？”

她低下头，涨红的脸看起来就要哭了；她沉默了一会，怯弱地开口问：“我们为什么要拍这些影片？”

“因为妈咪很美，你不是也很怕自己不再青春美好吗？做儿子的在实现你的愿望啊。”

“我知道……”她抬起头微笑了起来，但那双大眼睛还是流下了眼泪。

“不要哭，”我试图缓和口气，蹲下来抱住她：“因为妈咪很美，所以我真的好想把这个美，这个绝无仅有的美丽，扎实地记录下来啊。”

柯薇亚用手背抹去了眼泪，还是沉默不语。看上去似乎很用力地回想关于我所要求的、那些发生过的快乐记忆。

我很耐心地走到旁边坐下，眼神落在她的身上，静静地抽着手上的烟。

我看着吐出的烟雾环绕在闷闭的气氛里凝结成一个个白雾状的球体，缓慢从旁边散去。烟雾飘进了上面的房间，与潮湿的下雨气息、食物、书本里透出的霉味、还有床单的味道混合在一起。

“我好像想不到特别快乐的回忆……那么，你可以陪我一起打滚吗？”她突然回过头对我说。

我歪着头盯着她，想了一会儿便答应了。

我走过去重新打开摄影机，然后对准前方的地毯按下开始，再走到她旁边坐下来抱着她，两人开始演出《打滚》这个影片。

这过程中我们没有说话，但是我能感觉柯薇亚一碰触到我的身体，似乎便像绽放的花朵般缓慢地露出细致的光彩。我们对视而笑，先抿着嘴节制地牵动嘴角，接着让笑意加强，然后一起倒在地毯上翻动着身体，好像从来没有如此开心过。

我们配合得天衣无缝，好像两个合作多年默契十足的伙伴，互相角力着演技，彼此用眼神与动作拉扯追逐，进而融合。

从开始到结束皆相当完美，完美到我最后在剪接影片时，根本无法动刀删去任何一个镜头；于是在我严格的检示下，发觉其实里头的我的脸并不清楚，这便成为我唯一入镜的一个影片。

除去必须拍片的日子，她似乎非常喜欢也已经习惯我们独处的时光。除了偶尔出去外面拍摄需要光影的主题，捕捉青绿草地上的颜色变化，还有让她如电影中的女主角在上面奔跑走动，做出所有优雅与美丽的姿势之外，我们仍旧如以往一样地待在地窖中生活，没有踏出这个隐秘的郊区。

这里变成我的另一个家。

有时候我甚至觉得待在地窖里比回到有珍妮等待的家还更舒服自在。这里有我想要的一切，犹如一个特殊的儿童乐园，所有贫乏与缺失的童年幻梦，在这个由我全然主导的地窖中可以全部实现。

然而，我却没有想到，珍妮在我着迷于《第五号房》的拍摄期间，某天清晨于餐桌上放了张纸条，收拾了她的东西，打开大门，从此不知去向。

我仍记得那是一个天色昏濛的雨天。

起床后感觉身体四肢因为扭曲的睡姿呈现麻木的状态。

我咬着牙甩了甩僵硬的手臂与双脚，走过去墙边把屋子熄灭的电灯打开，然后走到旁边的窗口，盯着外头正在下着雨的景色。

外面一片漆黑，只看得见激烈的雨点击敲着窗子。随着风势，加重的雨点与感觉寒冷的阴影混在一块，一起渗透进这间屋子。

淅沥的雨水声潮湿地包围着整个空间。我站在餐桌前读她写的信。

白色的信纸写得简短清楚，又毫无感情。总之，那张纸条明白地表示，她不愿意继续再跟一个没有心的人共同生活，这让她感到没有存在感，压迫性的绝望时常在夜晚朝她涌来。

同床异梦地待在我身边，感到自己逐渐丧失真实感受，她生怕自己最后跟我相同，成为一个没有心的人。

我迅速把信浏览一遍，搁回原位，投入每天相同的程式：漱洗、刮胡子、淋浴、换上西装、站在镜子前整理仪容。我看见镜子里头的自己一如往常，略显单薄的五官仍待在原位，我花了比以往久的时间打量镜子里的自己，但是我发觉什么都没有改变。

于是我安心地走出门外，撑伞沿着附近的街道走。

没有目标与方向，大致是以自己的公寓为中心点，向外扩展成圆弧形状的行走路径。镇上的街道既宽又长，在昏暗的大雨中呈现笔直但朦胧的线条；我渐渐发觉，如果放空思绪只是沿着直线前进与转弯，这是件可以完全磨耗人心底深处的东西到竭尽的一种行为。

降临在意识中的先是四周的声音，像池塘被抽空般只剩下布满裂痕的寂静。

身旁的车子与行人则成为身旁上演的一出出无声默剧；而继续经过

那些熟悉的商店，眼前与脚下的街道，会逐渐变成一种仿佛不是现实存在的奇怪空间——建筑物在眼前被压缩成相同形状，两边高耸的梧桐树则扁平地在身旁摇晃，间歇落下几片没有生命力的干枯叶片。

那天我感到异常的失落，落魄地任由自己在大雨中沿着街道无意识地走了将近半天的时间。

珍妮，你现在究竟在哪里？失去你我感觉自己的内在变得越来越空洞，好像就要被这巨大的莫名悲伤，给全然吞噬掉了。

失去珍妮的痛苦比我想象中的还要强烈许多。

如果我现在是站在镜子前面，用混乱不堪的意识盯着里头的自己，一定会感觉熟悉的脸部线条越来越黯淡，好像只剩下可以轻易用手抹去的灰黑色的素描线条；而我的身体，那由长期日子所累积组合成这完整模样的自己，也逐渐地从芯的部分开始一一散落。

于是，就在珍妮消失的那天，我任由自己走在大雨中，把自己浑身淋得湿透；最后在傍晚时打开地窖的门，让惊讶的柯薇亚把我扶进后面的浴室，浸泡在放满温暖的热水中许久。

我听着坐在旁边的她哼着许多不知名的小调，企图沉淀下躁郁的情绪……突然感觉自己已经在这个地窖中待了好久、好久了。

有珍妮的回忆开始变得模糊不堪。

从我眼中望出去的房间，灯光暗灭，杯子与水壶皆是冷的；里头的水是表面浮着一层油渍的混浊液体，只剩下我发出的带有沉重气息的小小声响，而地窖里的东西，都被牢牢地钉死在各个地方。

一个人坐在光亮的浴室中，却觉得身体各处正在失去它们的重量。

在这里，我感觉自己好像正待在世界的背面，被阴影牢固地笼罩着。除了这个丧失重量的身体，所有记忆中发着光芒的事物也都被消灭了，只有我一个人被留在阴暗的影子底下，连伸手都看不见自己要伸往何处，也触碰不到任何东西。

有时候我会安静地待在影子底下，有时候则不。

我满心以为能够在柯薇亚身上找到生命中失落的答案；但是在其他的时间里，我觉得内在什么都不剩的空空如也的生命似乎早已经跟我完全坦白了。

过了很久，我才逐渐明白，珍妮的决然离去不是种失去，相反的，只会让我更清楚明白现在的处境。

我已经完全深陷在自己架构出来的幻想中。

她的消失使我看清自己已经与这个世界隔离得如此遥远，不是在中间摆荡与维持平衡，而是已经完全踏入了与柯薇亚在一起的所有时光；而我竟是必须要透过失去珍妮、失去真实世界的伴侣才会明白，自己在这段时间里是多么自得其乐。

心里因珍妮的离开被挖出的大洞，不是情感上的空乏与恐惧，而是我人生中的一个非常重要的关键；那关键便是在我在这段时间，在真实与虚幻中摆荡与维持平衡，只要柯薇亚与珍妮皆如愿地待在两地，如期望般照着身份对待我，我便可以永远优游自在地在两个世界中呼吸，意识也永远会因她们保持清醒。

而代表真实世界的珍妮一旦消失，一旦把我用力推离开实际的生活圈外，即使我不愿意，我也会逐渐被自己所架设的虚幻世界所吞噬、包围，进而被全面腐蚀到底。

在这样没得选择的情况下，我唯有把在家中的个人物品一一地搬去老家，重新把那里当成自己真正的家；尝试把所有重心移转到地窖与柯薇亚身上，才能不让我那么难过，不那样失魂落魄。

我开始变本加厉地发愤图强，期望每天都有新的影片作品产生。

我打破自己的原则，开始与许多网友通信，针对喜爱影片的人提出讨论与看法。

这个回信的动作似乎刺激了所有感兴趣的网友，也吸引了更多、更多的信件；他们像是海水涨潮般涌进了我的站子，在信箱中留下非常多的想法，许多突发奇想的点子让我惊叹，让我感到不可思议，于是透过我精密的思考与筛选后，选择一些创意发挥在影片之中。

每一次结束拍摄进行剪接时，我透过荧幕里柯薇亚的身影，去仔细回想全部的经过，还有她所有细微的反应。

我无法得知她在我进行拍摄的过程中真正的感觉与想法是什么，甚至被囚禁在这里快要一年的时间里，她的心情又是如何。

有时候我发现她沉默不语，一个人坐在房间的角落，膝盖上放着随意摊开的书本，安静的表情看不出是失神还是沉思；或许待在狭隘的空间，却仿佛永恒地置身在一片荒凉求救无门的沙漠地带，让人透不过气的炙热空气似乎已经把她体内的热情或者对生命所有可能的想象给蒸发殆尽。

这段时间里她很少说话，我不晓得她在思念着谁，或者过去生命中曾有过的谁又回来紧紧缠住她，或许她始终看不清待在这地窖里的最终后果又是如何。

有时候我看着柯薇亚的眼睛，那对深色的瞳孔在幽暗的房间中闪烁着迷濛的光泽。

那里没有重量也没有形状，好像她已经逐渐丧失了独自思考的能力。这双发着微弱光芒的眼睛，让我联想起那些迷失在夜黯森林的小小萤火虫，拍动着小小的翅膀，围绕着黯黑的中心。

我因珍妮的离去被迫切割真实世界之后所表达出的巨大沉默与失落，敏感的她已经察觉。

不知道这是不是因为我们长时间相处所慢慢培养出的默契，还是她比我想象中更投入在这些过程里，使得她感受到我终于也如她的下场一样，没有第二个选择权，被真实世界彻底遗弃，不得不与眼前的世界妥协与投降。于是，柯薇亚比以往更加讨好我，没有任何意见地完全配合我对影片的拍摄；有时候甚至会给我一些惊喜，例如偷偷花时间编织一条围巾给我，或者是记下我喜欢的食物，等我下班回到地窖，许多精心策划的惊喜便会出现。

我可以明显感觉到柯薇亚已经深深陷入我所搭建的虚拟梦境中。她的适应能力很好，会随着我善的情绪做调整；所以，绝大部分的时间她是我的母亲，有时候她则是网友眼中的梦中情人，一个成熟又让人带有性感遐想的美人。

但是更多时候，她对我来说，是一条极其听话、顺从所有指令的狗。

就在我继续沉醉在影片的拍摄中与网友的互动时，有一天，我收到了一封信，才开始警觉了起来。

敬启者：

我不知道你是谁，但我是影片中的女人，也就是柯薇亚女士的邻居钱斯太太。

我在无意中看见了你拍摄的影片，真是恐怖至极，简直恶心到了极点。原本不打算继续看你所拍摄的变态影片，但是里面的女人让我感到熟悉，越看越觉得她是失踪多时的柯薇亚，住在我隔壁多年的好邻居，我生命中的挚友。

为什么有人会做这样的事呢？绑架一个无辜的女人，进而胁迫她拍摄许多奇怪的影片，然后公开地放在网络上给人观看，这是怎样心态残缺的人才会做的下流事？

我本来为此想了很多，想到头痛的毛病犯了许多次，惊恐的心情让我的旧疾复发，被风湿与其他的毛病折磨得苦不堪言。后来，我发现根本不需要理由，会做这等龌龊的事就是头脑有问题，是地狱派来的使者，我真心希望你能受到最严厉与残酷的处罚，让上帝把你打入地狱，让你永远都跟撒旦在一起！

诅咒你的钱斯太太

钱斯太太？我狐疑地把信重复看了三次，猛然想起在刚囚禁柯薇亚的初期，曾经看过的报纸新闻。

所以，当我自鸣得意地在网络上流传影片时，已经吸引到与柯薇亚相关的人的注意。我记得报纸上对她做过简单的介绍，但只记得她几乎像隐士一样地活着，没有亲人，没有好友，也没有联络频繁的人，但就是忘了这个邻居，这个报案的关键人物。

收到这封诅咒的信之后，我想了很久，决定暂时关闭《第五号房》，希望能藉此平抚她的心情，让她不要再继续注意我，希望这个老迈且激动的女人的记忆能跟随她的年纪与时间流逝，缓慢地消失殆尽。

但是，这只是我一厢情愿的想法。就在收到第一封信后，这个恐怖的钱斯太太开始每天写信给我。

敬启者：

昨夜我彻夜无法入眠，心里一直想着柯薇亚的事情。

我想，我应该为上封信内激烈的言词向你道歉，不该如此冲动地写下那样多不当的用语诅咒你，但是，我只有一个小小的请求，可否恳请你放了我的挚友柯薇亚女士？她是个好人，不应该受到如此残忍的对待。

她的年纪已经可以当你的母亲，你在影片中不是也喊她妈咪吗？一个正常的人不会这样对待自己的母亲。

我希望能再次见到她，自从她失踪后，我感到相当寂寞与恐慌，没有可以聊心事与交换意见的邻居，也失去了真正互相关怀彼此的好友。

很多时候，我流着眼泪为她祷告，去教堂向上帝祈求她能平安活着；这段时间，她会遇见什么样的事情我都曾经想过，但是知道了真正的下落后却是始料未及的残酷；当我在网站上看见她的影像时，那种震撼感几乎让我瞬间老了十岁。

请您放了她吧！柯薇亚啊，她的下半辈子不应该受到这样的折磨。

真心恳求你的钱斯太太

敬启者：

请问你是否要这样关她一辈子？我是否就此见不到柯薇亚了？

我想事先警告你，如果你再不放她离开，我将报警处理，用我所有剩余的时间来搜救我的人生挚友，我绝对不会放任这件事情就这么结束，我会尽自己全部的力量反击！

敬启者：

我想要跟你说……

这个该死的钱斯太太比我想象中的有耐性。

她在每天早晨十点钟准时向我的信箱投递一封信，时间准确无误，且内容越来越偏激与古怪。有时候信件全是好言好语，温和的字句让人感动；有时候则充满了激烈的敌意和毫无理智的咒骂。

我在看见她写明要报警的信件时，心慌了一阵子，但是随即想到影片都经过处理，四周景色全都被我更改移动过；而网络的虚假与复杂性（我用的资料全都是假的，连信箱的地址也是用假资料申请的）。

我是如此谨慎处理所有真实的痕迹，所以应该不至于让警察有迹可寻。

然而，钱斯太太的信件对我真实生活影响最巨大的，便是我为此关闭了《第五号房》的站子。

这在我只是短暂地躲避风头，但是没想到在那些已经着魔了的网友眼中，却是一个严重的打击。他们无法接受网站关闭，所有抱怨信件在一瞬间夸张暴涌，夹杂惋惜与咒骂的信不断地寄来我的信箱。

这段时间我深感身心交瘁，面对大量不同的意见与那些奋力呼唤站子启动的声音，感到无可奈何。也曾经想过要不要一一回信道歉，并且说明过段时间便会再度打开站子，但是由于信件实在太多，中间也不乏赞扬一个变态站子终于消失的……我考虑了很久，最后还是打消一一回信的念头，以消极不回应的态度面对。

我仍旧如往常的习惯一样，每封信都好好地复制，用心读过。

但是心情的起伏已经无法和初期相比；以往收到信件的情绪是那样激动，满脑子充斥着不真实的幻想，血液直往脑门冲，渴望受到更多的注意与瞩目……现在我对所有的信件一视同仁，不管看见多激昂愤怒，或柔软呢喃般的字句，都已适应到可以用极为平静的心情面对。

就在关闭账号约过了两个星期后，某天我在中午休息时间离开办公室，一个人到下面街道旁的连锁意大利面店用餐。架在餐厅墙壁上方的液晶电视中正播出整点的午间新闻。

我本来背对着电视默默低头吃着我的意大利面，不甚专心地随意让新闻进入听觉中：

新一季的服装秀、几个男童遭到学校同班同学的长期霸凌、超过百斤的胖子为爱减肥成功、会发出婴儿叫声的鹦鹉、第一夫人罹患忧郁症、某厨师制作破吉尼斯记录的大汉堡、花了数十年在自己身上刺满图案的女人、某精神病院逃跑出几个病患……

就在这些百无聊赖的新闻中，插播了一则快报：

电视上秀出了一个中年男子，旁边则站着一个肥胖到连眼睛都看不见的中年妇人。

男子模样大约快四十岁，瘦长枯槁的身躯套了件肮脏的衬衫，满脸胡茬与恶心的面疱；而胖妇人穿着一件宽大的碎花洋装，头上卷满了荧光绿的发卷，脸上敷了过白的厚重粉底、颜色夸张的眼影与口红，浓艳的妆配上丑陋的五官，惨不忍睹。

男人在记者的访问下说明于好几个月前看见《第五号房》，那变成他的生活重心，他把所有影片转录下来，然后与女友实际重新演练一遍。

“我们本来都有躁郁症，看了很多医生都没有用，因为我们对日常生活感到没有希望，不晓得应该期待什么；但是自从看见了《第五号房》，严重的病症开始有起色，才发现原来生活中处处都是美感，只是看我们有没有发现！”

“对，”女人粗鲁地抢了记者的麦克风，接着用粗哑的声音说：“那片子的影响力真的很庞大，也改变了我们的人生，让我们两人感觉自信，并且终于可以体会什么是所谓的美感！但是自从它关闭后，那些躁郁的病症又开始侵蚀我们，使我们摔坏了家里所有的东西，烧掉了许多衣服还有书籍，弄丢了工作，无法克制地殴打小孩……我们不晓得该怎么办？所以在这里透过电视转播，恳请《第五号房》的站长重新开启站子，求求您拯救我们！”

意大利面店里原本充满了嘈杂的声响，这时全都安静了下来。

许多人或站或坐都盯着上面的电视。不久，窸窣的耳语声开始传出，所有不认识的人开始相互讨论起这个时下最火红的网站，并且评论不一地大声辩论。

电视台的镜头此时正特写五官端正的女记者。

她拿着麦克风，用清晰的声音报导着目前最热门的影片《第五号房》，浏览人数已经高达上百万人，正火热地带领整个社会的潮流：

有的导演宣称想以此作为题材，拍一部类型电影；有的艺术创作者则开了画展，诱发一系列油画创作的主题，便是《第五号房》里的女主角。

有餐厅推出《五号特餐》，强调新鲜的蔬食颜色与影片中的草地色调绝对相同；而市面上的流行服饰，则说明今年服装主打的颜色是纯白，纯洁无瑕的雪白，设计着重在飘逸感，这些全部取材于《第五号房》的女人穿着……

我知道其他人对《第五号房》的观感全部都是来自网络，从没有在实际生活中感受过，所以对眼前发生的一切感到相当吃惊。

尽管这段时间，我也从网络的虚拟世界得知《第五号房》的热门程度，以及应运而生的各种社会现象。但那毕竟只是一些眼花缭乱的图片与文字，只要轻轻地滑动鼠标，按下一个键，所有的一切都会在刹那间成为空无。

而现在让我感到惊骇的是，这些在心里确认为虚幻的现象，却真正实际地发酵在真实世界中，仿佛它们全部都在我看不见的地方，自己决然地生长出强大的意志力与生命力，突破重围地现身在我面前，逼迫我用现实的目光注视时，这种全然不同的冲击几乎深深震撼了我。

我的封闭世界开始产生断层。

这些真实的言语一波接一波地朝着我冲撞而来，震荡出无数高昂且尖锐的涟漪。我望着面前剩下三分之一的面食不下咽，背脊的衬衫沾满了冷汗，握着叉子的手指微微地颤抖；但我仍然强装镇定，控制自己急促的心跳与呼吸，默默地注意着四周的陌生变化。

荧幕跳回那一对原本看起来十分冷静的情侣。他们突然把话说到一半的记者推开，女人抢过记者的麦克风往旁边丢，男人则从衬衫口袋里掏出一瓶像是装酒的罐子，对着镜头往自己还有女人的身上浇满透明的液体：

“这是汽油！汽油啊!《第五号房》的站长你听着，如果你今天不开启站子，我们就活生生地烧死在你面前!”

里头的女记者在尖叫，摄影机镜头出现严重晃荡，而意大利面店里的客人则一阵哗然，纷纷从座位上站起来挤到电视前。我明白自己应该离开现场了，场面已经失控，我怕再看下去我就会显露出自己真实的身份，于是趁着大家的注意力集中在荧幕上时，悄悄地挤出人群，准备离开现场。

在我离开之前，特地回过头去张望，希望能看见最后的结局。

果然不出乎意料，那对情侣不过是虚张声势，以“终于可以成为焦点”为目标上演一出令大家讶异的戏码。女记者后来发现现场没有任何汽油味，那透明的液体只不过是水，便垮下扭曲的脸孔，痛斥那两个在镜头前崩溃、倒在地上哭泣的情侣。

我承认这个世界的疯子很多，但是面对死亡这件严肃的事，还是会令极度疯狂的人冷静，并且懦弱胆怯，足以让人笑话。

虽然这件事从头到尾只是虚惊一场，却带给我极大的震惊。

我在这天的深夜里，独自一个人坐在电脑前面，抽了很多烟，然后，下定决心重新开启站子。

管他什么狗屁钱斯太太，这个疯女人，我受够了被人摆布；我不要重新打开站子，甚至要尽力拍摄更多影片，让影片继续在虚拟空间流传下去。

我明白自己与《第五号房》已经成为虚拟世界中的神话，一个无可比拟的魔幻传奇。老实说，我这辈子从来没有一刻如现在这般令我感觉骄傲与自信。

我记得就在一切回复原本的秩序、信箱仍每天涌进大量信件、网友与我继续想着许多点子让柯薇亚在影片中有更多创新的举动时，某天清晨，在众多的信件中，有一个署名为“黑夜里的乌鸦”的网友，他的信让我眼睛一亮。

五号先生您好：

我想先跟您自我介绍，我是黑夜中的乌鸦，您可以简称我乌鸦就行了；这当然不是我的本名，我想先暂时保留自己的真实身份，等到与您能做更近一步的了解之后，再慢慢地说出一切。

信件的一开始，我想先向您致意，并且希望能透过信件向您表达我对您所拍摄的《第五号房》，这部现在网络上最热门，也是我心中最经典的影片，致上最崇高的敬意。

您的《第五号房》是我见过最具有美感的影片，看得出来每一个镜头皆经过详尽的规划与设计，对空间比例与人物情节的安排，还有颜色配置与画面的协调感……这些几乎都达到极高的水平，对每个小细节毫不含糊的处理更是功力高深。

这里美好的不只是对人物的细微处理，还有对空白时间感的描述，那种大量荒凉的心境之美，全都被完整地捕捉在影片之中。

那样如诗意般的描绘，使我每次看完都感觉如同置身在最凄美的世界边缘顶端。

我甚至私心觉得，所有教导拍摄电影的老师与导演，都应该把《第五号房》列为教学重点，这不仅是一部影片，一些聚集所有美感的镜头，它们简直就是一个个完美的标本，足以流传万世的影片标本。

致上我最崇高的敬意　　黑夜里的乌鸦敬上

我把这封信看了非常多遍，甚至在读的过程中流下了眼泪。

没有错，这个人完全理解我心中所想表达的，他的赞赏虽然显得有些夸张，但是却像一道灼热的光源打在我孤寂的心上。

尽管我一手打造了《第五号房》，但是长时间待在这幻梦之境，会发现这里真是一个不可思议的空间。

这里没有时间感，是一个时间完全停滞的奇异场域；我本来以为自己与柯薇亚之间会产生一种戏剧性的紧绷感，然后再想办法取得微妙的平衡……毕竟这里被我设定成一个超现实的世界，一个岔出生活之外的短暂梦境，但是待久了就会明白不是这么一回事。

在每日的分秒流逝中，柯薇亚越来越适应与喜欢这里，她似乎完全放弃了过去的影子，竭尽空出内在的全部，仅保留自己非常少的样貌；其他的空间全留给了我，和这没有边界的漫漫长日。

所以我决定把这些无法用言语诉说的空白，把她那稍纵即逝的美感全部具体捕捉下来。

拍摄的影片与相处的时光累积越多，心底深处的阴影却越来越浓厚。到最后我发觉，并不是我一个人在控制整个局势，而是我与柯薇亚彼此互相影响，就如同拍摄《打滚》影片那样，充满了角力、拉扯的痕迹，一同陷进更不知名的深邃尽头。

于是，我对这人的理解充满感激，无法言喻的感激，就在反复读这封信的过程中，我开始按捺住激动的情绪回信给他，并且在心里突然兴起了一个念头。

这个念头起先很朦胧，如一株刚埋进土里的种子，但是就在我们越来越频繁的通信中，那念头逐渐缓慢成型，最后终于化成一个实际且极具代表性的行动，那是在拍摄完《说故事》这段影片之后。

这是我们共同的秘密。

我与乌鸦一起把这株最后结了果实的大树，用一种绝对彻底的方式截断，让它完结于虚幻与现实之间的暧昧的中间地带，让它达到所谓的永恒境界。

就在我与乌鸦维持一星期互通两到三封信、约略过了一个月后，某一天，我请假没有去上班，因为地窖中的食物不够，很多东西都已用尽。花太多时间投注于影片拍摄而忘了补给家庭用品，我便要柯薇亚写张食物与用品的清单，开车去镇上的超级市场购买。

我无意识地把车开到镇外的超级市场，就在开到一半的路上，想起柯薇亚的清单里，写了她需要一个国外牌子的水果罐头，那只有在公司附近的大超市才有，于是我没有多考虑就把车调头，开回城里。

就在我买完东西后，把车开回老家，把所有的东西放在地上，打开地窖，然后慢慢地走下去之后——

“妈咪！妈咪我回来了！”

没有回音。我想她应该在后面的浴室洗澡吧，便把东西全部放在桌上，顺势转过身，准备走上地窖把上头的门关起来。

正当我踏上阶梯的第二阶时，却听见上头的门边传出细微的声响。

我的警觉性一向都很敏锐，马上退后几步，侧身躲在通往地窖上方的楼梯旁边。

接着，一阵小小的、极力控制脚下鞋跟着地的声音，慢慢地从上头轻轻地踱步下来。我闭上眼睛感受鞋跟的声音，可以感觉到那不是正常的下楼声，而是明显聚集了疑惑与好奇，还有些微恐惧的复杂声音。

这是第一次来到陌生的地方才会发出的脚步声。

我在心里确定现在下来的人绝不是警察或侦探之类的人物。光听那样的脚步声，就可以知道走下来的人心里正恐惧与害怕着，不善长打探与偷窥之事。我放轻呼吸声，躲在楼梯底部的阴暗处，睁大眼睛。

脚步声越来越大，终于到达地窖正下方的人，透过稀疏的灯光，明显的侧脸正如同影片特写镜头般放大，停格在我的面前。

是艾莉丝，我不可置信地在黑暗中望着她。她来这里干嘛?

就在我抛出疑问的同时，也马上知道了所有的答案。

真该死！这段时间，我把艾莉丝完全抛在脑后。自从知道她背着我偷偷与安迪有一腿后，不管她用多少藉口进来办公室找我，也不管她穿着多暴露的洋装挤出深长的乳沟在我面前搔首弄姿，我都完全没有感觉，还心生厌恶。

这女人很脏，这是我如今对她的唯一想法。

她与安迪那些恶心的动作与姿态，简直是对我最大、最难堪的耻辱；她毫无美感的脸蛋与臃肿的身材，在我眼中仿佛是一只巨大的爬虫类，会使爬行过的地方出现肮脏的青绿色污渍。我希望这样恶心的东西永远消失，不管用什么方式，只要不再出现于我面前就好。

现在她会出现在这儿，我想一定是这阵子我对她的冷漠，使得她在公司楼下一看见我的车子便从超级市场一路跟踪我到这里来。

我怎么会这么大意！我在心里懊恼着。

“塔德？塔德？”艾莉丝捏着嗓子，发出非常细小的呼喊。她紧张地把双手紧紧抱在胸前，头则不安地转来看去。我闻到那熟悉的刺鼻廉价香水味，正恣意地弥漫在我古典高雅的地窖中，一点一滴地破坏着里头的平衡。

“你是谁？”柯薇亚听见声音，从里间走出来。她用浴巾包着头发，吃惊地站定在浴室外的隔屏前，大声地问她。

“天哪！你是《第五号房》的女主角！不会吧？这里，这里是……”艾莉丝瞪大眼睛，发出难听尖锐的呼喊：“这里是《第五号房》的拍摄现场！”

“我问你是谁！”柯薇亚冷漠地看着她，完全不关心她说的话。

我躲在黑暗中看着眼前这两个，足以成为优雅与庸俗这两个名词代表的女人。

她们直挺挺地站在对方面前，气焰高涨，没有一方压低姿态。我想要发出笑声，于是用手捂住了嘴。实在太精彩了，原来不管多美丽与正确的美感比例，还是会需要强烈对比。

那些原本会刺痛目光的美，看久了会因习惯而麻木；但是，当这冲突感突然冒出，我实在克制不了内心想要呐喊的冲动，柯薇亚在艾莉丝的面前所绽放的光彩，是我很久没有体验过的。

拍摄影片的这段时间里，我明白女人的美似乎是装在皮囊器皿里头熠熠发光的水，你可以清楚使用所有形容词，描绘那漂亮的弧度与轮廓；但此时柯薇亚的美却无法形容，如同披上白袍的天使，在庸俗低矮的艾莉丝前面，缓缓散发出震慑人心的光芒。

就在这短暂的沉默时刻，艾莉丝似乎也感受到眼前从蕊心绽放出的灿光，那简直会夺人心神之灵气，独一无二，绝不是她那贫乏的想象力可以描述出来的。

“你本人比影片上更美啊！你知道吗？你拍的每部片我都有看，而且我真的好喜欢你的气质，还有举手投足的所有姿态，真的好美，好像明星啊！”

艾莉丝瞬间举白旗投降，丢弃了自尊，开始尖声呼喊，像极了所有看见偶像的粉丝，露出失态的一面。

“你到底在说什么？什么第五号房？我怎么什么都听不懂？”

“不会吧，你是现在网上最红的影片女主角，拍了那么多影片怎么可能不知道……就是在网上的……”

我当然没有让艾莉丝继续说完。

我沉默地从黯黑的阴影下走出，迅速地轻声跨步到她身后，操起楼梯下堆放的一只空酒瓶，往她的后脑勺狠狠地敲了下去……

“然后呢？”温蒂用极为平静的声音询问道。

“然后艾莉丝就在我面前笔直倒了下去。”

“之后？你为什么要这样对待艾莉丝？还有，请你清楚告诉我，你如何对待终于知道《第五号房》影片的柯薇亚？”

“艾莉丝，还有柯薇亚？”

空气中弥漫着一股浓厚的烟味。

坐在对面的塔德，那张消瘦的长形脸被自己刚吐出的烟雾遮住。这时间很短暂，随着烟雾缓慢往四周散去，显露出他那双如老鹰般锐利的眼神。

温蒂记得第一次在独立的会客室里头，透过一个桌面，近距离地望见这个眼神时，曾经倒吸了好几口气。

长时间待在封闭的牢房中，使得他如此萎靡猥琐，但这双眼睛却似乎不受控制地，兀自在暗沉的空间里发出自信的光芒，甚至让人怀疑这道目光是否可以穿透一切，看见所有事物的真相与结局。

她感觉自己的呼吸开始不顺畅。她在座位上默默地吞了好几次口水，无声地做了几次深呼吸，强迫自己把注视得有些过分的眼神从他身上移开。仅仅一瞬间的见面时间，她马上感觉这男人有种奇怪的魔力，而且这魔力不是因为他们外表。

温蒂不明白自己的心，见到那男人之后，仿佛被雷击中一般发出干渴的跳动原因。

她在底下搓揉着自己的双手，竭力克制着双肩与背部脊椎处发出的细微抖动。这是种奇异且强烈的恐怖力量，如双脚浸泡到冰水里的渗透感，可以感到全身细胞都往下坠落沉浸到下方的冰冷中。

尤其是塔德的双眼。那双润泽深邃的瞳孔，从远方回绕到自己身上时，仅有一秒钟，温蒂却觉得自己几乎要停止呼吸，整个人仿佛站在尖锐的刀刃边缘：既恐怖又无法抵抗的各式感觉，在极短的时间里不断地冲击着自己。

被指派来到这里与塔德对话的这段时间里，不管他说了多么夸张的言词与放肆的论调，温蒂一直要求自己保持极高的耐心，为的就是要套出那最后的答案，这个在典狱长乐迪欧口中，连绝不失误的亟电风球都刑求不出的答案。

两人对话到这里为止，温蒂在心里悄悄地松了一口气。

这么多星期以来，她特地从镇上住进了路得岛监狱，从《第五号房》最开始的动机讲起，终于进行到最后阶段了。

接近尾声，那么，舞台的帘幕即将放下来，准备下台一鞠躬了吗？

温蒂的心跳加快，眨着眼睛等待最后的答案。

没想到仅沉默了几秒钟，对面的塔德突然放声大笑起来。那笑声非常恐怖，尖锐刺耳，像是一根锋利的长针，狠狠地刺穿了闷闭的空气。

温蒂本能性地捂上两只耳朵，感到异常地毛骨悚然。

第九章

保罗医生关掉录音笔，嘶哑的声波瞬间被截断，听觉中却还残留着长时间环绕音。他像是看着什么奇异的东西似的，先盯着那一只长形金属笔杆，接着眨了眨眼睛，站起身跨出办公桌，走到旁边的窗子前凝视着窗外，眺望着前方那片包围住监狱的浓密树林。

这是个阴沉且昏暗的天气。

没有下雨，但是天空被厚实的云层全盖满，空气中充满了淡薄的灰白雾气。他深锁眉头，把额头抵在透明的玻璃窗上，双手环抱在胸前，又垂放下来在两腿旁。

温蒂不敢出声，怕吵到正在思考的保罗医生。但是她还是有点迟疑，毕竟保罗不管在什么时候，都是这副正在思索什么问题的样子，他双眼中央的肌肉永远紧绷，已变成两道深刻的刀痕。

“温蒂，”保罗回过头出声喊她，“塔德笑完之后，有没有说些什么?”

“没有。那过程很恐怖啊，他好像中邪了似的，整整笑了将近半小时；”温蒂苦恼地用手托着下巴，五官扭曲地揪在一起：“我坐在他前面一直捂着耳朵，然后因为受不了全身不断冒出的鸡皮疙瘩才把录音笔关掉，退出会客室。”

保罗点点头："你知不知道他为什么在这种关键点突然笑起来？"

温蒂摇摇头，表示毫无头绪。

警方发现有必要介入《第五号房》案件的时间点，是在发生一连串重大的社会案件后。

他们当然在很早之前就在每个网站的首页中，发现人气高居不下的热门影片《第五号房》，镇上所有销售渠道与广告也都不约而同地想沾上这股风潮；"五"这个数字，几乎成为小镇上出现频率最高的幸运数字。

但是这中间并没有什么值得深究与需要介入的地方，警方一开始是这样看待影片的。

虽然不知道拍摄者的目的，也不知道里头的人是谁，尽管画面有些许不人道的扭曲方式，还有一些奇异的行为举动，但是仔细观察片子里头的女人，就可以明白她都是出于自愿与乐意——这就无法构成任何犯罪条件。

这个世界拥有奇怪癖好的人实在太多、太多了。在这个压力过大的社会里求生存，在过度挤压的空间里喘气，每个人似乎都需要创造出自己私人的喜好。

观赏过影片的警官们，在心里暗自偷笑着。

有些人表面上是最佳模范警察，斯文有礼且严肃正直，下班回到家却喜欢跟老婆玩性虐待游戏，只要不在女人身上留下明显的伤口，什么下流的动作他们都做得出来。

有的则是偷偷酗酒，把烈酒装在金属瓶罐中随身携带，连出勤执行任务的都不忘仰头灌几口；私下威胁贩毒者供给自己免费的毒品；嘴上老是挂着和平与爱的口号，却跟熟识的老鸨谈好条件，定时光顾几家隐秘且高级的妓院，恣意且粗暴地对待那些妓女。下班后脱掉一身警察制服，在快餐店的厕所里彻底变装：戴上长假发，换上大号紧身洋装，在脸上涂抹浓厚鲜艳的化妆品，再开个几小时的车，到镇外隐匿的同性恋酒吧中饮酒狂欢。

还有几个控制欲强但是胆子小的警察，在被上司责备后，会在路上捡拾流浪的猫狗回家，以各种奇怪的方式虐待它们。随意殴打自己的小孩，剪光他们的头发，或几乎不跟他们说话。

在自己家中打造一间暗房，花很长的时间把自己关在房间，架好前方相机的三脚架，拍摄一系列猥琐不堪的相片，冲洗出来贴满整个房间的墙面上……

天底下已经无新鲜事了。

大家都心知肚明，只要不伤害他人，没有任何强迫性行为，确实无法构成犯罪条件。

然而，终于引起警方注意的第一起案件，是在《第五号房》连续三个月荣登网络最高人气影片之后，有两部自称可以媲美《第五号房》的影片出现在网上。

首先发现此情况的警官是柏森，一个年纪约四十出头、有正常家庭的中年警官。

私底下的他没有什么奇怪的癖好，唯一的问题是他并不那么满意警察这份工作；要不是担任警长的父亲逼迫他走相同的路——他独自一人时老喜欢。想着这些往事——现在他应该早已从艺术学院光荣毕业，成为前途无可限量的导演。

当他第一次看过《第五号房》，就深深被影片中所有控制得当的张力之美吸引住。

他私下花许多时间研究与观赏过所有片断，不得不承认整部影片看下来，真是有无法形容的畅快与解脱。除了满足了人皆有偷看他人隐私的卑鄙心情之外，更多的是好像自己曾经有过的污秽念头、想象过的肮脏下流无法说出口的事，都藉着荧幕中的影片，那绝美又真实的女人，得到告解与抒发。

看完影片心里会自然地涌出一种接近本能的兴奋与舒畅感。

这简直就是一场场比电影更精彩的真实人生演出。比节目上那些宣称实境拍摄的画面更容易直接刺穿心底忍受的底限，堪称终极版的末世寓言。

柏森着迷于影片的期间，曾经悄悄地伪造了假名字，试图写许多信给五号先生。他在观赏影片的过程中，从未有一秒钟回想起自己的身份，五号房里头的美感使他无法自拔，让他忘记真实世界的一切。

他当然幻想过，如果当初自己成为真正的导演，是否能拍出相同张力的影片？

答案不置可否。

他真正的心得其实是既沮丧又感动的；假设性的问题是没有答案的。他移动鼠标离开影片时，总在心里默默想着。没有成为导演就不要幻想，因为所有事情都是这样，顺着时光与事件流动，逝去了的任何事物皆没有回头的机会。

所以当他发现网上居然出现了两个号称媲美知名《第五号房》的影片，就迫不及待地点了进去。

没想到那影片是一连串奇异的折磨与虐杀的场景。

第一个：

影片一开始就用滑顺利落的镜头，动态地拍摄着一间铺着白色瓷砖、非常宽敞的浴室。除了地板与莲蓬头之外，其他物件全都是镜子——连结着天花板与四周的墙壁的，全都是光滑明亮的镜子。

柏森从未看过这样的景象。

毫无遮掩的透明光亮，直接透视所有人隐讳私密的想象。接着，一群女人面无表情地打开浴室前方那扇雕花的白色大门。她们似乎相当习惯也毫不畏惧旁边的拍摄，分别有序地在门口迅速脱掉全身衣物，让每个人裸露的肉身一览无遗。

其中两个女人身材中等，紧致光滑的皮肤随着水光反射出青春的气息；另一个长发女人身材圆润，两边大腿内侧分布着几片手掌般大片的褐色胎记。

第四个女人则骨瘦如柴，裸露的肩夹骨与胸部两旁清晰可见一条条肋骨，顺着光线打上了明显的褐色阴影；她的身体还留有小孩般的稚嫩，但身体上随处散落着各种未结痂好的伤痕。

最后一个女人身材较丰腴，柔软硕大的胸部，象牙色泽荡漾着一股肉欲的性感。

这些不同的身体现在脱光了表面遮掩，显露出里头相同的皮肤。象征女人的两团胸部朝向镜面，排队似的整齐映射入镜中。

她们表情僵硬、动作一致，规律地站到莲蓬头下，开始刷洗着自己的身体。

柏森随即发现，她们对待自己身体的方式很粗鲁，完全不像是一个女人的洗澡方式：在手中紧握着厚实扎刺的猪鬃刷子，先从胸口，再是腹部与四肢，来回激烈地摩擦身上的皮肤。

一个个原本的白皙的肤色，随着雾气的弥漫逐渐变成粉红色，直到深红色。

红色肉体顿时塞满在亮澄澄的镜子中。

从镜面望过去，无数的反射倒映出重复相同的肉体。这里变成一座座条状的肉体森林，布满着肤色的枝桠树干，往缩小又扩大的镜面空间内不断蔓延下去。他无声地凝视着这个场景，看见电脑荧幕上此时正淡淡地反射着自己苍白的脸，那熟悉的轮廓线条似乎正缓慢地溶解在众多肉色中。

带有重量的诡异感则持续冲击着柏森。他脑袋空白地继续盯着眼前的画面。

在这个影片中，沐浴是大家一起进行，没有人有异议。大家鱼贯进来后便即刻脱去衣服，没有任何难堪与尴尬，稀松平常地好像观者的惊讶是他自己的问题。

这是他阔别中学生涯许久后，第一次再度见到的场景。

在印象里，尽管游泳池与健身房的沐浴设备也是公用的，但都会在里头区隔每个淋浴间，没有像这样毫无隐私。除了空间宽敞，还有诡异地在空间里布满镜子……所以，拍摄是刻意让大家一起待在这个空间中，裸露出相同的肉体。

更令柏森惊讶的是，起初是一位长相丑陋的男人带领大家进来，他暂且离开一会儿后，又抱着一个装满相同洋装的竹篮无声地开门，再次进入。

他置身在浓雾中，镜头特写着他眯起的眼睛，没有任何隐讳的情欲暧昧。裸体女人在他眼中似乎不具其他意义，严谨认真的气氛好像只是在大食堂中进行着平日必要的吃饭行为。

柏森感觉所谓的“裸露”在这里被颠倒了原本的意义。

不带有羞愧与可耻的成分，也毫无珍贵之处。大家都相同，没有重量与分别，也没有特殊的色彩与差异。大家的身体在此时都是一具无意义的东西，没有任何关于爱情或者历史时光的痕迹。

那丑陋的男人让柏森想起他曾经看过的电影。背景时空是监狱里的用餐时间，旁边四散的警察们正看守着低头扒饭的犯人。在这过程中，没有人说话，仅有规律的刷洗窸窣声与水快速流动的响声。

这根本不像洗澡沐浴，柏森心里想，比较像是某种诡异的仪式。

不久，稳重的脚步声从门后响起，另一个高大的男人侧身从门口走了进来。

进入沐浴室的他没有停下脚步，带着与先前丑陋男人相同的目光与表情，大跨步走进白雾茫茫的镜中央，分别走到每个女人身后注视着。

他同样毫不关心女人的乳房大小与媚惑的身体线条，木然的眼珠子沉默地透出冷淡的光泽。他把步伐停在其中一个女人的身后。先是沉默地由上而下地观看了一阵子，接着退后几步，鞋子湿淋淋地黏踏在地板上。

“你好像没什么力气，刷洗得不够干净呐，要不要我帮你？”

这句话清晰地弥漫在水流声中，从荧幕的喇叭传了出来。

女人听见这句话后，潮红的脸颊扭曲起来，眼眶流出泪水；接着用手中的刷子加大力道刷洗，直到全身泛出通红的颗粒与条状痕迹。

不知道过了多久，女人们维持着用力刷洗姿势，直到站在角落的男人喊停，大家才瞬间停止了规律的动作。

他依序走到女人的后头，用目光顺着每个身体详细检查，严厉的目光像在检查动物的清洁工作。他满意地点点头走回门口，发给她们每人一模一样的红色露肩洋装。

女人们温驯地穿上了洋装，两个男人走在前头，像是一支训练有素的小型队伍，一行人缓缓地依序走出浴堂，最后停在通往客厅的玄关中。她们一个个走上长而狭窄的楼梯，纷杂零碎的脚步声像破碎的音符。

上方的长型走廊响起细微的开门与关门声，空间中恢复一片死寂的沉默。

第二个：

场景很是用心，布置得跟《第五号房》几乎一模一样。影片一开始都还正常，里头两个男女很努力地做出许多日常的行为，母亲与儿子，成年男人与成熟女人共处一室；男人的动作夸张了些，喊叫妈咪的声音也较恶心黏腻；穿着白纱的女人则从头到尾都显得极度呆滞，眼神空茫，低头呢喃着含糊不清的奇怪话语。

柏森警觉地明白，这女人应该是在之前被男人喂食了过多的毒品。

随着时间拉长，片中的男人似乎开始烦躁了。那些本该圆滑优雅带过的场面皆显得粗鄙不堪，影片几乎是他一个人在演着蹩脚的独角戏。后来男人几乎以唐突粗暴的方式，截断了自我设定的模拟《第五号房》的目标。

他放弃了继续伪装，终止了这场闹剧，开始显露出残忍本性。他走到女人身边，急迫地把女人捆绑起来吊在房子中央，用打碎的镜面玻璃粗鲁地割刮着女人裸露的大腿内侧。女人因为吃了药，所以没有多大的痛感，在片子中只是发出低沉的喘气声，像是一只被捂上了眼睛、切断了感官、不明所以的无助动物。

柏森没有继续看完影片。他颤抖着关闭了网站，从桌子后面站起身，深深地叹了一口气。

他完全可以理解第一部影片中的折磨与第二部虐杀片之后失控的原因。

究竟有谁可以做到如五号先生一样，对另一个或另一群人拥有无上的权力？这个猎物完全臣服于他的控制之下时，还能保持几乎超过正常标准的理智，再透过精准的拍摄与剪辑技巧，捕捉住其中的张力与美感……这些绝对不是普通人可以做到的。

每个人心中皆曾经妄想过拥有至高的权力，完全成为另一个人的主宰者，这样的诱惑实在太庞大，庞大到你真的拥有时，会想尽一切异常、残暴的方式来证明眼前发生的不是幻梦，而是确实存在的。

柏森没有多加考虑，马上打电话通知上司，告知这两部残虐影片的存在。

没多久，报纸头条新闻便是警方破获了第一部影片中隐藏多年的人口贩卖集团，并逮捕第二部影片中的男人，同时搜索出已成为一具白骨的女人。

“《第五号房》影片效应继续蔓延，影响力之庞大，引起许多民众不当学习。”

“各式怪异的五号风潮吹起，究竟政府相关单位何时才会重视问题?”

“镇长先生即日起现身呼吁民众，绝对要强力抵制《第五号房》影片，企图制止《第五号房》继续侵蚀镇上的善良风气!”

“一名知名的网络黑客先生表示，《第五号房》影片与其他影片的处理方式不同。影片经过重重加码与封锁，而该影片站长五号先生提供给大众的信箱，则是透过无限网站的重叠链结申请，一般人肉搜索对此毫无办法。”

“就最新的民调显示，镇民对于《第五号房》的观感不一：

宣称自己为此站子的死忠者比例约有55%，极力抵制者的比例约为30%，其他12%则表示没有意见，仅有3%的人没有看过。”

就在那部虐杀影片事件落幕之后，一连串的新闻媒体开始讨伐第五号房，政府单位则施加压于镇上的警局；然而，警局因为缺乏足够的线索与证据（《第五号房》中的内容，并无任何犯法的行为），对影片的来源也毫无头绪，所以始终无法真正采取什么行动。

就在警局充满愁云惨雾的情况下，某天清晨，柏森当班之际，接到了一通足以扭转劣势的电话。

“我要报案！”话筒里的声音低沉、老迈，像是从遥远的天边传过来。

“报案吗？”柏森很日常地嚼着口中的三明治，用右边的肩膀将话筒夹在耳朵旁，“请问您要报什么案子？”

“网上的《第五号房》。里头的女人是原本住在西北区的柯薇亚，她失踪的消息曾经刊在报纸上。”

“第五号房？”柏森的心头一紧，整个人挺直了起来，把话筒贴得更近，“请问您的大名是？”

“我是钱斯，是柯薇亚的老邻居。”

当日下午，柏森独自开车来到西北区，在那里与钱斯太太谈了很久。

独居老人的通病就是当有人成为倾听对象时她可以把所有的身世与过往全部毫无保留地倒出来。柏森整个下午都在竭力忍受着钱斯太太反复唠叨同样一件事，不管过程如何让人不耐与苦闷，但是《第五号房》的案件终于有了突破：

钱斯证实影片中的女主角，正是先前失踪多时的柯薇亚夫人。

于是柏森当晚回到警局向上司报告了与钱斯太太谈访的内容，上司即刻让柏森全面接手此案，并下达通缉令：即日起全面通缉第五号房的拍摄者，找出失踪的柯薇亚。

柏森与他的伙伴汉斯于隔日来到柯薇亚的住所。

他们破坏了生锈的大门门锁，进入屋内彻底搜寻所有相关资料，那是一处面积颇大且设施完备的房产。

乍看之下是座有模有样且气派高雅的房子，但是仔细观察后却发现里头很多东西都荒废了。离门最近的沙发布满层层蜘蛛网，地板上积上了厚实的灰尘，已掩盖原本的色调；而遮光的细蕾丝窗帘早已破损不堪，中间露出无数个不同大小的洞。右上方的天花板泛着一大块深褐色的水渍，暗沉的柜子上摆满了肮脏油污的碗盘。

他们两人慢慢地走进去环视着整个空间。

厨房的炉子上凝着一层烧焦结痂的食物，许多东西摆在不同的角落任其腐朽：一包包生虫的面条、发霉潮湿的饼干、干枯到一触摸就裂开的壁纸、一袋袋凝结成硬块的糖与盐巴、再也打不开的瓶子罐头。

除了肉眼可见的破败家具之外，两人也深刻感觉到，里头的空气正强烈透露出已许久未曾有人生活、毫无人迹气息的空旷感，从这个家的各个角落散发出来，朝着他们聚拢。但是尽管如此，仍无损其昂贵的气质。那些镶着金边挂在墙上的油画，色泽低调的真皮沙发与桃木桌椅，在在显示着主人敏锐的美感与雄厚的财力。

两人吃惊地站在屋子中央，环视着四周，感受着奢华与颓败并存的冲突气氛。接着柏森回过神，要求与汉斯兵分二路：汉斯在客厅与餐厅间找寻线索，他自己则进入主卧室内搜查。

柏森很快就在房间角落的矮柜中发现了许多写着“查无此人”的信件。

信件的住址都是同一个。

他把地址放在脑中想了一会儿，应该是小镇的南方郊区，是几乎与镇上全然隔绝的偏远地区。信件大约有十来封，被捆成一叠。他把这些如同小包裹的信件捧在手心中，内心感到相当挣扎。

不知道为什么，柏森一看见地址就联想到那从镇上远眺过去被浓密树丛遮蔽的灰白屋顶，心里就有一种强烈的直觉：就是那里了，失踪的柯薇亚与神秘的五号先生，就是在那个隐秘的角落拍摄一系列的《第五号房》影片。

假如没有意外，现在与汉斯离开这里直接开车到达南方郊区，应该就可以马上找到失踪的柯薇亚，逮捕这个神秘的五号先生。

但是如果就这么顺利地发展下去，结果可想而知，《第五号房》会随着这些理所当然的过程而被中断，被有关单位全面封锁……那么，所有曾经撼动过自己的感触与令人心醉神迷的影片，便会从这世界上永远消失。

他苦恼地坐在那张布满灰尘的床沿边，捧着信件的双手微微颤抖。《第五号房》的影片，应该说那个任人放置影片的网站，早已经过了重重机关设定，没有人可以从站子中复制拷贝下任何影片……难道我即将成为终结这个神话的刽子手？一个连自己都极度憎恨的角色？

柏森闭上眼睛想象着。

光是想到从此以后，下班回到家的深夜，一个个充满了孤寂的静谧夜晚，打开电脑连上网后，面对仍充斥着耸动话题的各种新闻与影片，各式爆炸性的资讯，如同置身在浓稠黝黑的黑洞里头，这些那些，全都已无法真正提起我的兴致，连让我的目光短暂停留都不值得的低等无知，毫无美感的庸俗……

“喂，你发现了什么线索？”汉斯的声音打断了柏森的思绪，从门后方传了进来。

“噢，我找到了……”柏森直觉地把整捆信封藏进了外套里，“我找到了一些无关紧要的东西，还有她个人的身份资料。”

“客厅这里倒是有一个很特别的东西，”汉斯声调兴奋地提高，招手要柏森出来，“你看，这个东西被包上一层层的防水油布，小心翼翼地藏在客厅茶几底下的柜子中。”

柏森看见放在客厅那张低矮精致的茶几上方的，是一个小花瓶般大小的透明罐子，里头盛满了晶黄如蜜蜡般的浓稠液体，而漂浮在液体中央、仿若停滞在真空釉色宇宙的，是一只非常小、身上还缠绕着粉红色胚胎的小猫标本。

“这很奇怪吧？而且看久了还有点恶心，”汉斯抓了抓后脑勺，啧啧称奇，“怎么会出现在这么高雅的住宅里？”

他们小心翼翼地把这个标本带回警局。

汉斯彻夜在网上追查标本来源，发现十几年前一个专门交换制作标本心得与出售标本的专卖网站中，重复频繁地出现了一个相同的帐号。再继续深究下去，他发现这个账号虽然已经停止使用多年，但最后一次出现，是在一家偏僻古老的疗养院里。

上司皱着眉头看完柏森与汉斯的书面报告记录。

这个《第五号房》的案子，现在是政府主要官员唯一关心的案件。当然报纸都写明了第五号房的影响力，但是没有人真的明白，政府对此案件的关切已超乎想象。

他们下定决心一定要在极短的时间破案终止所有由《第五号房》延伸出来的效应，结束社会上奇异扭曲的跟风潮；于是，他们给这位上司施加了极大的压力；压力中包含威胁、恐吓，还有奖励、升职；这种双重施压，让他相当头痛。

他没有看过《第五号房》，对所有网上的虚拟世界毫无兴趣，而在他奇怪固执的个性驱使下，尽管他知道应该要上网去浏览一下，对此影片的疑问也非常多，但是却始终说服不了自己。

他每天回到家，在与老婆孩子吃过晚饭，坐在电脑桌前，只是连接上网站首页就感到沉重到无法阻挡的睡意，一次次地容许自己关掉电脑，回到卧室呼呼大睡。

上司在看完两位警官的报告后，发现这案子不仅棘手，也相当不单纯。于是在他经过严密的思考，决定拨通电话，联络了政府机关专门研究犯罪心理的权威的保罗医生。

保罗医生与温蒂到达圣心疗养院的那天是一个阴霾的天气。

他站在疗养院最前头的铁栅栏前，抬头望着被灰暗云层遮盖住的天空。被晨雨所淋湿的地面正渗着凉湿的寒气，由下而上吹袭着。

几只冬鸟发出叫声，从远方的丛林中飞出，越过灰蒙的天色消失在北方天际。

这家疗养院是一所建立于五十年前的老旧院所，内部建筑如它衰老的年岁一样，泛黄的污渍如藤蔓般缠绕四处，简陋的设施处处散发着颓丧感。

推开发出杂音的玻璃门，边缘破损的大理石砖上环立着深棕色服务台。服务台两侧分别是延伸到后方房间的长廊，天花板上排序整齐的日光灯只错落地亮了三盏。

一进入疗养院中，即感受到不同于其他生活与环境的气息。

不知道是这里一目了然的老旧感，还是封闭的清冷气氛，一进入院内，就感觉到一种奇怪的沉重，仿佛这里曾经埋葬了太多的故事，而随着时光流逝，那些逐渐飘远消逝的生命痕迹仍深深地在地面与空气中留下一大片浓郁的灰色阴影。

保罗与温蒂呼吸着浓厚的消毒水气味，对着服务台里那个打着呵欠的胖女人表明身份，告知来此的用意。

胖女人草率地看了他们出示的证件，表示需要进去请示院长，便撇下他们，离开服务台，走进旁边长廊的尽头处。

两人站在服务台前耐心地等后着，不发一语地回头盯着玻璃大门外那种植着人工绿地的庭院。里头有一些正在户外散步、脸上挂着舒服笑脸的老人们。

正是白天尚有稀疏光线的时刻，这些老人们让日光白澄澄地爬满脸上的皱褶处，坦诚地晒着里头潮湿的斑点与晦暗的病痛；但是可以想象一到了昏暗的夜晚，在这个充满死寂衰败的院所里，跃动的生命力则一律被悄悄地削夺，像被按下终止指令，披覆在那原本奇异活力的上方的是简直要把人逼入绝境的沉默与寂然。

这里头的一切寂如死灰，处在活着与死亡、期待与绝望之间的灰色地带。

“请问两位有什么事吗？”

保罗与温蒂同时回过头，看见一个矮小削瘦的老迈妇人，后头跟着刚刚那位慵懒的胖女人。

妇人礼貌地对他们自我介绍。

“我是圣心疗养院第五代院长班维尔，你们有什么疑惑尽管问我吧。”

班维尔夫人是个矮个子的苍老女人，这是保罗的第一个印象。

她究竟多老了？身上套着一件拖地的白色长袍，挺直的个子，缩矮只到温蒂肩膀的身高。那整齐绑束在脑后的花白长发，还有那两道夹杂着淡淡灰色的眉毛，让保罗想起了冬季末期的白灰色。

微笑的模样让脸蛋上的皱纹全挤在一块，裂开的嘴巴里没有半颗牙齿，眯起的眼睛成为两道弯曲的彩虹。保罗想起了自己的奶奶。但眼前这个老人似乎比奶奶更老。

他盯着那随着动作往后飘动的白色毛发，心里想她或许跟天地万物同岁。

于是在班维尔夫人的带领下，三人走进长廊最深处的办公室中。

办公室是一个方正宽敞的空间，没有任何装饰，没有电话，没有桌历，没有时钟，也没有印象中一间办公室应该有的冰冷严谨的线条。从门外踏进来，脚底先踏上一块块沾有污渍与厚重灰尘的白色瓷砖，再往前走几步，一张随意摆放着的长型深棕色木头工作桌，桌上有很多散乱的资料与书籍，还有一台与脏乱的四周格格不入、完全崭新的桌上型电脑。

桌面上有一只塞满了只抽一半烟蒂的陶瓷烟灰缸，边上则有几张歪斜靠在旁边的木头椅子。

放眼望去，全部都是与天花板齐高的书柜，藏书非常之多，保罗大概是第一次看见如此纷杂、又如此乱塞的海量书籍。

"两位要询问什么？"班维尔夫人舒适地坐在桌子后头，点起了一根烟。

保罗简单扼要地提及《第五号房》的调查，以及关于查询标本网站的帐号。

"标本网站？标本……让我想想！对了，曾经有个名叫毕约克的中风病患，听说他在未中风前非常喜欢制作各种标本。当然，这些都只是听他儿子说的而已；实际上在好几年前，毕约克被送来疗养院时，已经是个毫无行动能力、如同风中残烛的半死之人。"

"我们能与毕约克先生聊聊吗？"

"毕约克早就不在这里了，"夫人把夹在手指的烟拈熄，倾身熟练地翻着桌旁的杂乱资料："在一年多前，他的儿子就已经把他接了出去。"

"接他出去的原因是什么？"

夫人耸了耸肩。

"他们是直系亲属，所以我们没有多问。很多人会突然在好几年后把送来这里的家人接回去，大多是经济的关系，付不起这里的费用；比如前几年发生金融海啸，这里的病患就几乎走了快三分之一。”

保罗点点头，表示了解。的确，班维尔夫人说的没错，这都是家务事，把亲人送来又接回去，院方确实没有必要过问原因。他略转头看着正认真低头作着笔记的温迪。

“那么，可以给我们毕约克先生详细的资料吗？”

“按照医院规定，我们不能透露病患的资料，”夫人挑了挑眉，那张充满皱纹的脸上带了点嘲笑意味，“你们对这方面的条例应该不陌生吧。”

“是这样没错，但是因为这牵涉到极重大的案子，所以我们拥有关于全面搜查令。”

“噢，是这样啊，”夫人露出无牙的嘴笑了起来，看起来似乎没太大坚持：“如果是这样，就另当别论了，我可以提供资料；毕约克先生吗？我看看关于他全部的资料在哪儿？”

保罗随即发现，班维尔夫人只是装模作样地在找资料而已，实际上她似乎早把相关资料放在桌上那堆杂乱资料的中间，而他早就发现了上头写着毕约克的泛黄纸张。夫人则作势把它重复地拿起来又放下去，数分钟后，才假装惊讶地表示终于找着了。

“在这！你看看我都老糊涂了，病人一代代来来去去，很多时候尽管资料都建档储存，但找出来还是要花些时间。”

保罗与温蒂有默契地对视了一眼。他接过夫人递过来的资料，顺势把整张资料浏览了一下。在资料上头的监护人栏方正地签着“塔德”这个陌生的签名。

“对了，疗养院应该会依照病患的症状指派特定的看护照顾；那么当时负责照顾毕约克的看护是谁？”保罗把视线从资料中往上移，回到夫人的脸上。

“我忘了。”夫人连想都不想，非常快速地回答。

“忘了？”保罗意味深长地笑了一下，举起手上的资料：“档案上写的是一位名叫迈尔斯的看护，可以把他的资料一起给我吗？”

“连看护的资料也要？”夫人的脸色瞬间变得相当难看。她垮下了原本充满善意的表情，沉默地又点起一根烟。

“如果我拒绝呢？”

“您要是拒绝，那真的很不好意思，我与这位温蒂警官会马上打电话请求支持，然后警方派出一整支精英部队，把这家疗养院整个翻过来。”

夫人听完保罗坚定的回答后，没多表示意见，猪肝般难看的脸色开始恢复平静。她看似有点无奈地摇了摇头，奋力地把只抽了几口的烟按熄，从整堆的资料最底下直接抽出一张纸。

“迈尔斯的资料在这里。”

“真的很谢谢您的配合。”保罗加重语气地回答，接过资料。

那张薄薄地打上迈尔斯资料的纸张，上头的内容异常地少。保罗详细地从上往下逐字看着资料，温蒂也把头凑了过去。

“资料上写着这位迈尔斯看护是在毕约克入院的第二天就应征进来这里的？这时间也太靠近了吧！您不觉得奇怪吗？”

夫人耸了耸肩：“没什么好奇怪的，我们当时缺乏照料中风病患的专业看护，刚好迈尔斯有这方面的经验。”

“可是资料上写明他在做看护前，是一名房屋中介商！这就是您所谓的专业看护？”保罗刻意拖长问句的尾音。

“是这样没错，”夫人飞快地解释着：“但就在他任职的这段时间，他照料毕约克可以说无微不至，表现得非常出色。”

“资料上写着他于去年的一月份离开这里，”保罗把叠在下面的毕约克资料抽出来，两份放在一起对比着："所以说，迈尔斯与毕约克离开这里的时间，几乎同时？"

夫人没有回答，只是冷冷地用那双混浊的双眼盯着对面的保罗。

保罗感觉疑点越来越多了。而眼前这个奇怪的老妇人，在用十分笨拙却相当坚持的姿态，尽力隐瞒着实情。

"好了，我们不想多打扰您了，真的非常谢谢您的配合。"

"不客气。"班维尔夫人站起了身，脸色难看地回答。

"我们自己出去就好，不劳驾您送我们出去了！"保罗在桌底下推了温蒂一把，温蒂慌张地站起身。

正当两人转身要走出办公室时，仍坐站在位置上的夫人突然喊住了他们。

"关于《第五号房》……两位看过影片了吗？"

他们两人停住脚步，回过头来。"有，我们当然都看过。"

"你们不觉得，"夫人的声音突然提高，苍白的脸色一瞬间激动地涨红了起来："不觉得那是神秘的、无法用语言形容的神之作品吗？难不成……难不成你们想要忤逆神而去破坏这不可思议的绝美？"

保罗与温蒂又相视了一眼，马上懂了这个怪异的妇人从谈话一开始到最后始终都含糊不清地回答究竟为了什么。

她或许不清楚这些与案件的直接关联和答案，但却与其他人皆醉心于《第五号房》，光听见这个案子的名称，便已在心里产生强烈的敌意，以连自己都不明白的方式独自捍卫着。

班维尔夫人是为《第五号房》失去理智的人中的一员。

"不打扰您了，再会。"保罗感到有些可悲，拉着温蒂转身走出。

他们马上打电话请求警局的同事协助，查出了登记在毕约克名下的所有财产记录。当保罗听说位于南方郊区的地址后，约略与温蒂讨论一下，没有多加考虑，直接把即将到达镇中心的车子掉头，往南方那片蓊郁的森林开去。

这是两人第一次同时前往南方郊区。

一路上，两人都没有开口说话。保罗紧闭着嘴巴，眼神专注地盯着前方，双手手掌则紧紧握着方向盘的两侧，维持平稳的速度前进。温蒂的心脏跳动得有些杂乱，闷闭的车内气氛，使她感觉自己似乎无法控制胸腔吸入气体的频率，忽快忽慢的让她几乎感到有些晕眩。

她决定放弃控制自己的身体，把注意力转移到窗外的景色。

车子离开镇中心往南方驶去，远远地便望见一座像是倒闭多时的荒废溜冰场，旁边是圆环状的中央广场，这两个并列的大圆弧状展开在道路的前方。

离开中央广场，车子开进了一条笔直的街道。街道两旁是普通的商店街，招牌皆泛黄老旧，铁卷闸门则一律紧紧掩闭着。由于街道宽广，再加上车窗外四面八方的风，显得更加冷清与萧条。

顺着街道往前走去，两旁的商店突然消失，出现了一整排用古朴红砖打造的房子，相同破损老旧，墙上的油漆斑驳，露出底下灰黑的水泥。四周安静得出奇，只有呼啸在耳边的风声。

这里像是毫无人烟的世界尽头。

温蒂一边左右张望，一边把眼前的景色与记忆中镇上较偏僻的角落比对着。天色越来越暗了，温蒂揉了揉眼睛，心里的不安越来越强烈。

掠过一排房舍继续往前，出现一条和缓往下降的坡道。两旁的森林与流动的河川正透出如秋日夕晒般那样红得似火的痕迹，也如同正停格在火山爆发的一瞬间那样无法言喻，那样透澈的火红。吸进的空气粒子有重量地沉淀在肺中。眺望着上方被染红的天空，感觉眼睛都要痛起来了。

当他们终于到达目的地，停车走下来。一踏进白色平房前面那片被即将西沉的橘色夕阳染红的宽阔草原时，他们明白终于找到了拍摄《第五号房》的场景所在。

前方这栋孤立的白色平房，上方的屋檐在浓厚的雾气中延伸着奇异的苍白感，长龙般的石灰岩房身在黯淡的天色中透出阴森且奇异的庄严感。

两人同时抬头眯着眼睛凝视着这栋以压倒性姿态孤寂竖立在此的建筑物，各自轻轻调整自己的呼吸。

这栋独栋别馆，更像是印象里遥远中古世纪的古宅。

不只建筑形式符合印象中的古典模样，那股从建筑物本身散发出来的严肃感更散发出类似暴力性质的强烈力道，感染着四周的空气。那力道相当强劲，建筑物仿佛自己拥有生命般选择强悍挺立于此。

两人有些胆怯地停在建筑物的前方，仔细地往四周打量着。接着，保罗从车上取出了手电筒，两人鼓起勇气，放轻手脚，谨慎地进入空旷的平房搜索。

转开没有上锁的木门，站在门口就能一眼望穿内部。屋内已打破原有的隔间，家具全都被清空，只剩下空荡荡的壳子而已。

空气里透着浓厚霉味，还有淡淡的、沾了湿气的石灰气味。

四面的窗子上没有镶嵌任何玻璃，仅剩下结了蜘蛛网的木头窗框。外头的月光与新鲜的空气在流动过，却没有什么东西想往里探头进来，这里断然拒绝了所有新鲜事物进入。

两人纳闷地走出平房，仔细地绕着平房周围检视。当他们终于发现后头的地窖入口时，已经是晚上八点多了。

两人肩并着肩，一起站在不锈钢铁门前。

“应该就是这里了。”温蒂伸手指了指铁门，压低声音对保罗说。

不知道为什么，自从她踏进影片中的草原，就有股无法言喻的熟悉感混合着恐惧感，绵密地从心底深处源源不绝地涌出，在血液里恣意流窜着。这种感觉非常奇怪，不只纯粹的害怕，好像还掺杂着一些连自己也感到陌生的情绪，比较接近兴奋或者满意，奇异地从恐惧的情绪中游离出来。

温蒂从没有告诉过保罗，也没有告诉过任何人。

一遍遍观看《第五号房》时，心情转变从抗拒，疑惑，逐渐转变成钦佩甚至是迷恋……一开始，像勉强完成作业般地打开影片，内心会涌上一股烦躁与悲哀的沉重感，因此在看过两三段影片后，就下定决心绝对不碰《第五号房》。

她把网址从收藏中删去，把相关报导从电脑里剔除，在网上保留的资料全都销毁……然而，事情却没有想象中的简单，因为她似乎已经无法不窥视那影片了。每当看见其他网站中出现关于《第五号房》的字眼，便有一种类似饥渴的欲望在心底逐渐肿胀扩大，且扩大到无法用意志力克制的地步。

甚至连看见“五号”的名称，温蒂就会感觉自己的舌头开始发肿，最后被强烈但模糊的情绪搅混得几乎窒息。

影片似乎只对着温蒂，像是调整光线般，从微弱的光，一点一点地转变，到绽放出令人眼盲的灿光。不只是独特的美感，还有仿佛从细微到剧烈的地壳变动，震撼与平抚她心中长久以来丧失母爱的硕大缺口，填满了长年以来对母亲的不甘与疑惑。

温蒂从未花过心力分析自己复杂的感觉，她只是把这些封存起来，搁在潮湿的角落阴暗处，埋藏在她自己都不知道的地方。

“你还好吧?”保罗皱着眉头，看着她双手颤抖地握紧掏出来的枪。

“嗯。”温蒂勉强地点了点头，其实她全身的毛孔都因为兴奋而大张开来，心脏感觉都要跳出胸口了。

保罗无声地比出自己先进去的手势，接着做了几下深呼吸，轻轻地迈出步伐靠近铁门，才发现这门没有完全关合上，刚好留了一道狭小漆黑的缝隙。他狐疑地回头看了温蒂一眼，再好奇地往前把头从缝隙处钻进，看见门后方是一条往下延伸的狭长阶梯。

阶梯在黑暗中看起来似乎没有尽头。透过缝隙射进去的月光，正反射出一股诡谲的绿光。

保罗的心跳加速。下方像是通往地底那不知名的幽冥世界。

他开始感到，不仅是那道微弱的光正对着他招手，连这座草原与平房，此时也在黑暗中恐怖地散发出希望他进入的强大讯息。这种感觉很诡异，像一股强大的磁力，连风势与空气都朝内流动，形成一股看不见的气流漩涡。

他的眼睛盯着那道在漆黑中发出的幽微的光，试着地圈起嘴巴，往下喊了一声。

嘿!

阵阵回音延伸进幽暗的楼梯，贯穿最底部的空间，再缓缓地溃散消逝。这表示底下没有被水泥封死，自己的声音在那流窜着，里头还藏着一个极大的空间。

除了回音，他听见在这声喊叫中穿插进了一阵微小的音乐声。很细小但却清楚流畅的钢琴声，越来越明显的跳跃音符，让人联想起电线杆上错落停着的无数麻雀。

保罗伸手抹掉了额头上滴下的汗水，全神贯注地侧耳倾听。

他对音乐没什么概念，但是听了几秒之后，很容易随着音乐哼起来。

大概是以前为教廷谱曲的音乐大师们发自内心地为宗教所做的乐

曲。听得出来，歌曲以熟悉的圣歌当作基调，再搭配后世的改编，形成美妙且朗朗上口的旋律。

这首歌似乎曾被大量移作各种用途。

电影配乐、某个广告或电台节目开始曲、游行车音响、大型百货公司周年庆典乐、电影结束观众离场所播放的歌曲。

保罗很仔细地听了一会，奇怪的是，从远方流进听觉里的曲子好像没有记忆中的乐音那样顺畅。中间几个高低音节错落了半音，错置的音符穿插在其中。

他把忽远忽近的音符含在嘴巴里，让旋律在舌齿间上下起伏。

没过多久，音乐便从听觉中慢慢飘远，仅剩下安静得出奇的空间。奇怪的是，一旦远方的歌曲消失，刚刚还顺口的旋律，瞬间便失去了把它们组合在一起的力量，如遗失了影子般变得极为陌生，再过一点时间，曲子便彻底从印象里删除了。

保罗摇了摇头，要自己回神过来，专心面对接下来该做的事情。他回头对温蒂招了招手，示意自己即将踏入这座阶梯，前往底下的地窖。

脚步越往下走去，眼前展开的越来越清晰的内部结构越发印证这正是目标中的《第五号房》。

刚刚在阶梯上方听见的细微琴声，似乎又随着越来越靠近的脚步，于脑内的深层缓缓响起。虽记不起正确的音符位置，但是整首曲子所残存的影子却在脑中立体浮现；如同音符般错落的麻雀群，在阴暗处焦躁地跳动着。

保罗医生不断地在心里用各种方式让自己集中精神，却从未想过到达地窖底下见到的场面掩盖了自己记忆中最惊悚也最诡谲的画面：

传说中的五号先生把椅子摆放在楼梯的正下方，双手平放在双腿上，很享受地听着从地窖后头流泄出的音乐。

他放松了脸部上的肌肉线条，甚至显露出一种饶有兴味的表情，盯着保罗小心翼翼走下来，仿佛他早就洞察自从车子从圣心疗养院掉头开往南方郊区，到达上方那片荒凉苍翠的草原的整个过程中自己所忍受的恐惧与害怕……

他像什么都已预料到似的轻轻抿着嘴，锐利的眼神则穿透过时光切面，仿若在这里已经等待了太久、太久的时间。

跟在后头的温蒂，一见到此景，马上本能反应出在警校反复做过上千次的举动，迅速向前逮捕了塔德。他完全没有反抗，顺从地伸出双手让她铐上手铐，押着他上去后，地窖里剩下保罗一个人独自搜索。

他望着两人一前一后上去的背影，吞了口口水回过身，视觉先是注意到了柜子上方那些大小不一、数量惊人的标本。混浊的黄褐色液体和漂浮在其中各种死绝的动物尸体，在昏暗的光线下透出渗透人心底那最恐惧底线的寒气。

保罗转头忍住想要呕吐的冲动，摒住呼吸；接着，他放轻脚步，谨慎地环绕房间一圈，再慢慢地走到后方，轻巧地侧身绕进了隔屏后头。

好像踏入另一个不同的世界。

隔屏把其后炙烈的强光完全阻挡了。保罗一踏入后，马上警觉地闭上眼睛，痛苦地眨了好几下眼睛。刺激的光线使泪水从眼眶泛了出来，即使在闭紧的视觉暂留中，也全都闪耀着放射状般的绿黄色光芒。

几秒钟过去，保罗在恢复视力后，慢慢地往前靠近，倒吸了好大一口气。

房间的正后方，从天花板往下吊垂着一个巨大的发亮灯笼。等到走近才终于看清楚那东西的面貌，它在刹那间以蛮横的绝大力气搅乱了保罗的感官。

这奇形怪状的东西不只像是灼热的灯笼，也是一个尚未破茧而出的大型蝶蛹。

那是用许多闪着光芒的线状灯泡，如精心布置一株大型圣诞树般缠绕了一圈又一圈、密密麻麻包裹的一具尸体。已经面目模糊的漆黑脸孔上，大张的嘴巴里塞进了一个发亮的灯泡。

保罗医生明白这案子的难度。

凶手不像一般心理不正常的犯人，很难归类到双重人格或边缘化性格之类。

他研究过所有的影片，《第五号房》之所以难以归类，就在于塔德在囚禁柯薇亚期间创造了一个绝美的神话与幻象，他不仅说服了自己，也彻底说服了柯薇亚。

甚至成功地说服了观看的人。

透过温蒂这几个月来每天去监狱与塔德谈话的录音，他得知支撑这意境的缘由，出自塔德迫切要挣脱暧昧人生的束缚，由此延伸才绑架了长久以来写了无数封匿名信破坏父母感情的柯薇亚。

柯薇亚在写给塔德母亲萝妮的匿名信中，把自己营造成一位神秘人士，一个长久以来异常关心萝妮的勾引者，使得塔德的父母亲婚姻破裂，让塔德终生怀恨，才会有一连串《第五号房》事件。

因丧失母爱的心情，塔德绑架了柯薇亚，企图将未实现的遗憾与长久以来的愿望结合，编造了囚禁一个女人的理由。再依照自己的需求，于这段期间恣意地转换身份与角色：大多时候是一个需要母爱的儿子；但是在其他时间，则显露出控制欲的本性和追求绝世唯美标本的变态心情（这似乎遗传自他那爱收集标本的父亲毕约克），拍摄出一系列轰动社会的影片。

但是真正棘手的不是这个。

保罗医生吃力地合上档案，闭上眼睛，把身体瘫在椅子上，痛苦地搔着脑袋上已经逐渐稀疏的头发。

仔细研究过《第五号房》的所有影片，就会明白整个案子里有病的不只是塔德，还有柯薇亚。从调查过的她的身世背景（几乎一辈子都独居），再从影片里细微的互动看来，柯薇亚的戏剧化人格非常严重，孤独排他的性格让她可以轻易地与现实脱离，失去面对真实世界的能力，长时间活在自己的幻梦里。

然后呢?

保罗觉得最艰困的是，柯薇亚在被囚禁的这段时间应该已经把塔德当成了她真正的儿子，甚至在某方面来说，两人依照自己的需求：柯薇亚如塔德，在内心承认他有着分裂的儿子与情人的双重身份；所以，不论塔德要求她做什么，她理所当然地不会拒绝。

如今要找到失踪的柯薇亚，希望相当渺茫。

而那具恐怖如蝶蛹般的发亮尸体，后来经过精密的检测，证实是在塔德就职的公司里担任人事室主任的艾莉丝。

第十章

当最高法院宣判了对塔德，也就是五号先生的判决后，媒体争相报导这项决议：

即刻处以终极极刑：全权交由路得岛典狱长乐迪欧自行决定方式。

从未有过的案件与判决。

当媒体一字不漏地在头条新闻公开这项决议时，实体的小镇与虚拟的网络，两个世界似乎从天而降一枚威力强大的炸弹，把整个地表与眼睛所见的一切皆销毁般翻搅过来，各自以不同的方式爆发出可怖的争议。

每家电视台的头条新闻，每家报纸的头条版面，全都是关于《第五号房》的判决及相关报导。

政府与警方绝口不提判决之外的问题，连一向与记者媒体交好的警政署发言人表情凝重地出现在记者会上时，也反常地在蜂拥而上的麦克风前闭紧嘴巴，不耐地摇头表示就到此为止，除了已确定的公开判决之外，再多的，很抱歉，我们全都无法透露。

记者与媒体们发出抗议的怒吼，宽广的会场顿时充斥巨大的噪音。发言人仍不动声色，只是不断地对着镜头鞠躬，摊开双手表示无可奉告。

于是，有些编辑便擅作主张，模拟出相关的经过：

他一个人单枪匹马地与十名警员搏斗，警方冲破拍摄《第五号房》的场地时，五号先生正用钩子把自己倒吊在房间中央。

《第五号房》原址在被警方攻破前，早已被一把莫名的森林大火烧光殆尽！

五号房女主角柯薇亚的身份已被证实，她现在正被安置在一个极为神秘的地方。

就在警方破门而入的前几个小时，五号先生已翻找出所有影片，正企图把所有的片子烧毁。

难道没有人知道吗？《第五号房》其实不存在，影片中的一切内容与场景，都是由最顶尖的高科技动画制作而成！

五号先生塔德的真实身份，其实是多年前震惊邻镇的连续杀人魔……”

由于没有人知道真实的过程，所以许多怪诞不实且荒谬异常的传闻在众多的媒体与网上迅速扩张开来，非常夸张。这个小镇上的镇民，不管关不关心《第五号房》的发展与演变，几乎都感觉到早晨从床上睁开眼睛拉开窗帘打开窗户时，从外头吹进的沁凉微风中饱含着一种让人不安的气息。

这陌生的气息让人惶恐，让人感到无法适应；他们恐惧地想，这里已经被改变了，已经不是我们久居的家园小镇：

环绕于镇中心的繁荣景色已风云变色，谣言四起。距离镇中心较遥远的地带，错综复杂的街道与篱笆，河流与教堂；走出中央广场，离开高大壮丽的建筑物，长长的宽阔公路与道路，旁边的篱笆与栅栏，在里头咬着稻麦饲料的牲畜发出低鸣。屋顶上方的烟囱，在傍晚会流泄出与夕暮不同颜色的浓烟；而经过一天日晒的干燥草地气味，则被夜色来临时的雾气弄得潮湿，吸进的空气混合着泥土与食物香气……然而，现在望过去，这些曾经熟悉且温暖的景色已经被一大片混浊的乌云遮蔽了。

空气中清空空的，只剩下怪异的耳语与喧嚣的争执，看不见任何带有善意的事物；或许连熟悉的味道与触感，如此简单的感受都已经丧失在其中。

就在保罗密切关心案情后续发展时，最让他吃惊的是，居然有网站在《第五号房》资料的最后结尾处，写上了“独家持有剩余未公开的《第五号房》影片，现正秘密进行剪接，作最后处理，预备在黑市与国外秘密高价兜售。

甚至，现在有意愿付费观赏者，还可以抢先以八折的优惠价钱预订。

这是什么奇怪的世界？

他震惊于这些报纸与网站自己独自发展出来的想象能力，并且从心里感到相当反感。

难道大家的良心与道德感都被泯灭了吗？没有人站在正确的立场，没有人安静下来仔细思考这些传闻对大家的影响；当然，也从没有人跳出来指责所有我们看见的扭曲影像都违背这世界的正常运转，是不应该存在的。

每个人都有自主权，没有错，保罗愤怒地合上报纸，用力关闭网络，拔掉电脑插头。一个变态绑架杀人犯根本不值得得到如此多的注视，这只会让整个社会往更败德的地方行去。保罗企图让自己从愤怒中平静下来，他离开书房，踱步到客厅玄关前头，注视着那扇透明光洁的落地窗，视线无意识地投射到大楼底下川流过去的车辆。

不管如何，整个事件现在终于进入尾声了。

于是，就在《第五号房》火热延烧了将近几个星期后，逐渐开始有镇民分别从不同的渠道向政府表达强烈的希望：请求赶紧结束这一切，期盼已公布的判决于近日马上执行。

终极极刑执行的那天早晨，保罗套着灰色的雪地大衣，站在路得岛碉堡监狱外围的树林前方，沉默地仰望着天空。

这是一个灰暗阴霾、过于寒冷的早晨。下大雪的日子已经结束，厚厚堆积在天空上方的云正孕育着下雨的预兆。他一个人站在潮湿的土地上，看着旁边河里急速的水流。

河流在冬季时常会产生的混浊颜色已经消失，带有透明感的河水浅褐色透出底下的圆形石头；河的两旁与前方是一片耸高茂密的树林，正被忽大忽小的季风描绘出韵律感十足的线条。

他看见几只颜色鲜艳的鸟鸣喊着尖锐的叫声，从树丛中央一起飞出；它们以一种仿佛要划破天际云端的姿态，往那更遥远的山丘顶端飞去，然后消失了踪影。

保罗不知道自己站在那里多久。天空开始显露出散去阴霾的明朗。虽然没有风，但空气仍是冷冷的，呼吸进来简直冷得要刺穿肺部。

他把外套拉到鼻子下方，默默地吐着白色的雾气。成群的小鸟笔直地从前端树梢飞到天际边，又迅速地飞走消失。头顶传来了类似大型喷射机般轰隆的引擎声，但是抬头望去却什么也没看见。

这是路得岛碉堡监狱创建许多年以后第二次使用位于那片树林尽头、另一栋相同用白灰色石灰岩所打造的碉堡。总共十层楼高，空间广阔，政府原本打算用来囚禁因精神疾病而犯下严重刑案的囚犯。

里面的设备与装潢，皆与路得岛监狱全然不同。

为了顾及所谓的人道与权利，政府表现得诚意十足：聘请十位专业心理医生和二十位护士轮流守候；用雪白软垫铺满犹如大海绵的梦幻房间；设备豪华附设立体音响的影片室；拥有超大液晶荧幕电视的交谊厅；完整且发达的医疗系统检验室、还有如顶级养老院般先进的各种设备。

一开始，被法院宣告以精神异常结案的律师与家属们，在囚犯被送来的一个星期后，远方跋山涉水地来到此地探望，首先都被这些奢华的设备哄得心满意足，大大称赞政府确实重视精神异常、无法与其他残暴囚犯相提并论的边缘犯人。

不管造成来到此处的原因为何，都在被囚禁于此的短短几个星期中成为一句话都说不清楚、满脸都是口水与鼻涕、真正彻底的精神病患。

“怎么会变成这样？”

家属们相当震惊，看着缓慢踏入会客室、被两名高大的男护士所架着的亲人正胡乱地撕扯着可怜的头皮上仅剩的几撮稀疏的头发，音量忽大忽小独自咀嚼着溃不成句的古怪语言，眼前的亲人已经完全丧失了“人”的模样，原本熟悉的外貌与动作，皆变形成让人恐惧与心碎的怪异生物。

有的家属面对此景被惊吓地尖叫出声。有的则马上掉下眼泪；更多人则是开始愤怒地诅咒任何他现在脑中出现的事物。不管他们的反应如何不同，都有唯一的共通点：就是那句无法说出此时此刻在心里大声喧嚣的：

我儿子本来被关进来前，是这么一个好好的，正常的人……

“怎么了？贵公子是被最高法院判定为精神异常，所以才会送来此处的，不是吗？”

穿着雪白色的长袍、双手环抱着一本资料的医生，挺直地站在会客室的角落，非常慎重且严肃地等候家属的崩溃反应稍微平静下来之后，便主动开口说出这句话。

“但是……但是……”

“不好意思，请问您的疑问是什么？”医生推了推金边眼镜，维持谨慎与礼貌的态度，微弯着腰，等着家属的问题。

“但是……是这样没错，但是他们的情况，情况是不是比进来前更加严重了……”这种时候，家属们只能怯弱且无力地，提出这个最后的抗议。

“噢，让我看看，”此时，医生马上移动脚步，靠近哭泣的家属，再敏捷地翻开手中那本厚重的资料本：

“当初贵公子因严重的精神疾病连续砍杀与强奸了五个女人，把两个男人的眼珠挖出来；对了，还把镇上唯一的教堂烧得精光，”说到这里，医生“刷”地一声用力合上本子，用无比肯定且诚恳的声音说：

“请您一定要相信我的专业判断，贵公子现在的状况，真的比之前好太多、太多了！”

这是政府刑事单位当初一致通过表决、决定秘密地给所谓精神异常囚犯的家属与律师们一个最顶级与昂贵的大玩笑。当然，他们通常不以“玩笑”来称呼此行为，而是觉得用“礼物”这个词更为恰当。

当最高法院不知不觉地增加以精神异常作为最后结案的判决时，“精神异常”在他们眼中是一个极含糊且暧昧的判决，等于不管罪犯曾经干下多少坏事，只要被庇护在这个判决底下，就可以轻易地摆脱死刑与监禁的责任。

然而，最令他们苦恼的则是判决精神异常之后，所要面对的社会舆论与受害者家属的批判。这些如同汹涌狂暴的舆论朝着中央政府猛烈地推挤过来，第一个可能会被直接一箭穿心的就是隶属于刑事单位及作为高层管理者的他们。

于是他们在某天特地为了此事聚集在一起，开了一个史上时间最冗长的会议，就在全体陷入一片沉默、痛苦地想着解决方式时，其中一位主管主动打破沉默，站起来说了这样一句话：

“如果我们来秘密策划……你们觉得如何？反正那些罪犯的家属与杀千刀的律师们，应该没有人敢说出‘自己的儿子或是当事人本来是一个正常人’这样大胆的话吧！如果真的精神有病的也没问题，因为他们本来就是疯的啊！”

于是，这间位于路得岛碉堡监狱树林尽头、极尽奢华的精神病患碉堡随即开始动工，至于藏匿在里头的“大礼”，则请当时在医学界中最具权威的精神科医生一手打造。这位医生听完聘请他过去的真正原由后，先是非常同意地点头答应，然后说出了事后流传许久、相当有意思的一句经典：

“其实你们都不知道，要把精神病患完全医治好，几乎不可能；但是相反的，要把一个正常人弄疯，则是超乎想象地简单。”

从开始建立这座声名远播的昂贵碉堡到最后决然地在周围强硬地拉上粗大的铁链，封闭于树林中弃置不用，所花的时间没有超过两年整。

尽管砸下大钱进行设计与装潢的碉堡被遗弃了实在非常可惜，但是那换来的巨大收获是：律师界决然地更改辩论政策，最高法院也大大减低了以精神异常结案的比例。

至于偶尔会出现一两件真的只能以精神异常结案的案子，那些家属们无不在转身走出法院后疯狂急迫地四处奔走游说，卑微地与各式人马拉拢关系，为的就是要让那犯罪的亲人在家属们无法亲眼目睹的几个星期后能被正确无误地送进路得岛碉堡监狱，而绝不是树林尽头那座会使人精神彻底崩毁、退化成恐怖生物的建筑。

保罗看了看手腕上的表，距离实行极刑大约还有三十五分钟。他默默地轮流晃了晃有点僵硬的双脚，迈开步伐走进茂密的树林中。

他先牢牢盯着微凸起的山丘上那栋已被遗弃侵蚀到发黑的碉堡，边起伏着胸腔吐着白气，边低头确认自己的步伐。当他走了一段时间，喘着气抬起头，再次重新对眼前的风景聚焦时，发现自己已进入浓密树林的正中央。

被扯断的铁链入口处边上有个污浊的浅池。池子中央竖立了一根从中间折断的枯死树根。树根的颜色让他联想起某种死去多时的动物尸骸。

保罗在入口处停了下来，抬头看看被树荫掩盖的阴霾天空，昏暗的色调依旧，天色似乎更黯淡了。

保罗在进入树林不久后便发觉，随着脚步往碉堡靠近，天色好像在跟随着他向前方更浓郁的黑色移去，似乎旁边有布景人员在控制着光源般，一点一点让四周缓慢黯淡下来。他踏上铺往碉堡门口的鹅卵石径，听见在空气中盘旋不去的风的声音，但是身体却没有感受到任何风的吹拂，越往前，那声音则越响。

保罗下意识地伸手捂住两边的耳朵，加快脚步。

此时，碉堡大门全然敞开，望进去的第一眼，会错觉地以为看见了一条白灿的银河：从门口一直通往一楼电梯门口的，是工整放置在地上，一盏接着一盏炙烈地闪烁火光的白色蜡烛。

那些光点像是被流放在黑洞中的孤独星点，闪着既哀伤又无法言喻的鬼魅之气。

“你怎么那么晚来？不是跟你说要提早一小时？”电梯门打开后，乐迪欧站在电梯门口焦躁地跺着脚。

“我处理了一些私事，”保罗一边随口说着谎话一边避过乐迪欧的眼神，迅速地往室内走去：“都准备好了吗？”他把脱下的大衣随手挂在椅子上。

“当然。先是恭迎中央政府的高层长官们；再过十分钟，记者与媒体们入场；接下来是全体狱警出动。”乐迪欧站到保罗旁边，一改抱怨的口气，提高音量，用手肘推了推保罗：“怎么样？白蜡烛这点子还不错吧？”

“效果真的很不错，既像悲伤哀悼，又像欢乐庆祝他的死。啧啧，看不出你那么有心！”保罗讽刺地说。

“这等于同时达成两种人的期待：希望五号先生死与活的两类人……”乐迪欧不理会保罗的讽刺，仍保持愉快高昂的语调，“前所未有的终极极刑，当然要搭配出色的布置！”

“随你怎么说。”保罗耸耸肩。

当最高法院宣判了塔德的终极判决，第一时间打电话告知乐迪欧拥有此无上权力时，他马上丢下手边已绞尽脑汁一个多月还未完成的风景拼图，兴奋地从地板上跃起，坐到书桌前面摊开白纸，仔细写下一个个他曾经认真地幻想过，这让人极度厌恶的大变态应该有何等极致的残酷下场：

当众被我活活地痛殴致死。（不行，我的手会沾上他恶心的血，就跟那天痛揍他一样，害我连洗了好几十次的手！）

送他上琥珀岛监狱的恐怖电椅。（听说那里引进的新式电椅，威力强大到几乎可以活生生地烤干一个人呢！但是……不在自己的地盘举行，似乎少了点痛快感。）

剥光衣服，用铁链狠狠鞭打后，吊在碉堡外三天三夜。（不对不对！这方式有点和殉道者的死法雷同。）

浸在汽油桶内两个小时，直接在草原上焚烧。（火烧致死据说痛苦非常痛苦。但是缺点是整个过程不用几分钟，还没享受他挣扎的痛楚，一切就落幕了。）

载运回镇上，在中央广场上，用锋利的刀先刮下他的所有五官，再一片片地割下他全身上下的肉……（天啊！这绝对会引起恐怖暴动，简直是公开向他的崇拜者挑衅！）

这些点子似乎一点创意与诗意都没有，仅有愤恨的复仇与惩罚，只是贫乏又无聊的肉体残虐。乐迪欧抓了抓脑袋，烦躁地把手上的铅笔往桌前摔去。铅笔砸到金属桌沿，清脆地断成了两截。

他叹了一口气，抓起铅笔的残骸丢进垃圾桶，站起来，踱步到地板上那仍缺了个洞的拼图上方。现在，满脑子都充斥着极普通平凡、令人无比厌烦的血肉模糊……这真让人反胃，简直就是对全世界公开，我，路得岛碉堡监狱的典狱长，是个为残暴而残暴、为虐待而虐待的恐怖恶魔……不只如此，还是个他妈的，毫无任何想象力的混蛋。

“的确，”乐迪欧低头自说自话了起来：“这些都不应该是这位鼎鼎大名的五号先生——网友称呼为世纪末最才华洋溢的导演——应该有的无趣下场。”

于是他无意识地低头发呆，晃散的眼神盯着缺洞的拼图，随即不假思索地把脚踏出，在上面猛力地踩了又踩。等到终于发泄完激烈涌出的愤怒情绪后，他喘了几口气，离开破碎的拼图，站到最后方的书柜前。

就在与他眼睛高度平行的柜子上，放了一张用精致的金属相框框起的一个微笑女人的特写肖像。那是他的母亲，他这辈子最爱的女人，他下意识依照平常习惯，伸手提起照片用力亲了一下。放回去的同时，心中涌出《第五号房》影片的片段，胃部因着脑中的记忆感到一阵阵作恶的绞痛感。

第五号房。南方郊区的独立平房。隐藏门后的地下室。苍白的动物与昆虫标本。长时间的绑架与囚禁。

乐迪欧闭上眼睛仔细回忆整个案子。

如果，把他关在与囚禁柯薇亚相同的密闭空间中，再一点一点地抽光里头的空气，直到窒息……他灵机一动，马上坐回桌子前，抽出另一支笔，迅速地在白纸上写着。

密闭空间……窒息与封存的字眼似乎瞬间让乐迪欧的脑子从这座碉堡迅速往后延伸到那栋废置许久、早已黯淡地隐没在树林中的碉堡。

他认真地回想起很多年前，因为已经没有什么囚犯可被送入，因此中央政府下令关闭碉堡。一开始，很多奇怪传闻便在四处纷乱地散布，以各种古怪荒诞的故事情节来绘声绘影地描述里头曾经发生的事。直到碉堡封闭了几个月之后，一组诡异的照片在政府单位毫无预警下，赤裸裸地公开在网络上：

十张清晰且近距离拍摄的照片，血淋淋地记录着被彻底折磨成疯子的囚犯，他们的奇形怪状；从影像中散发出让观者感到极为恐惧的震撼感。

没有人知道照片从何而来，政府也查不出来源。当时这照片的确掀起了镇上剧烈的争议与恐慌，但是这个风波出乎意料地没有维持多久，很快地就自动平息了。

原因没有别的，因为不管如何，照片里所有变形囚犯的资料，都曾经白纸黑字地清楚写上了精神异常。既然精神已经异常，那么在意志溃散坏毁中逐渐丧失“人”的模样，也是不必大惊小怪、早应该预料的事。

政府经过不同渠道强制压抑舆论，家属们心虚地主动平息后，没有人再谈论此事，也没有人继续探究真相。用铁链严密于四周封锁起来的阴森碉堡，一个可以把人变形与扭曲成某种生物的恐怖刑房，最后留下了一个个未被解开的疑惑与各种悲痛与恐惧的心情。

乐迪欧回忆后方碉堡的短暂历史，渐渐坚定了声名大噪的五号先生的终极极刑一定要在符合他那不能称呼为人、已经是只怪物身份的恐怖碉堡中举行。

十分钟过去后，在大批警官的护送下，一群穿着样式相同的黑色西装、表情漠然的中央政府官员一一从电梯中走出来，就坐于替他们保留的最佳观赏区中；接着到达的是扛着大批器材的媒体与记者，原本纷杂地在楼下大门口发出喧嚣的嬉闹声，电梯门一开启，正面向着集体向此处投射目光严峻的政府官员，便立即安静下来，迅速四周角落搭建摄影器材。

会场一片安静无声，仅有金属工具碰撞的声响，杂乱地此起彼落在沉默的空间中。

保罗仍站在透明玻璃前，安静地凝视着周遭的变化。

当乐迪欧兴奋地跟保罗说明自己对极刑的计划后，保罗曾经苦苦哀求过他，可否延后行刑的，说不定能找出柯薇亚的下落。

对付这种拥有古怪强大的力量、足以控制自己意志的精神病患，需要的只有耐性。

只要有足够的耐性与时间，或许就能逐步掳获他的信任，再慢慢询问关于《第五号房》的所有过程，而往结局一步步迈进的时光隙缝中，迄今仍生死不明的柯薇亚一定会从曲折的进程中，微弱地显现出来。

“我们已经等太久了，不能再拖下去了！好不容易找到艾莉丝的尸体可以将他定罪，柯薇亚的下落变得一点都不重要了！”乐迪欧冷冷地回绝了他的要求。

“柯薇亚不重要？你现在说的不是一个冰冷的物品，是一条人命，活生生的人命啊。”保罗不放弃地游说。

“停，这话题我不想再讨论。上头已经指示终极极刑即刻举行，我只是奉命行事！”

“但是……”正当保罗还想继续说，乐迪欧冷漠地摆摆手，随即撇开头，离开房间。

“去你妈的浑蛋！”保罗望着他远去的背影，咬牙切齿地骂了这句脏话。

虽然两人相识许久，保罗早已习惯乐迪欧残暴不仁、毫无同情心的性格，但是此时此刻，自己还是被这早就料到的结果弄得异常愤怒。

好几年前，从国外留学回来的乐迪欧被指派到政府刑事单位的基层，但是因为他拥有一套独特的行事哲学，对上面的指令总能迅速地执行，执行的方式又漂亮得让人佩服，于是在短短几年的时间里迅速往上跃升，最后成为路得岛碉堡监狱有史以来最年轻的典狱长。

除此之外，乐迪欧对他人毫无情感的特质——所作所为只考虑最后能否得到最大益处：从开放监狱图书馆的藏书种类，到后来引进电脑网络——虽然刚开始受到一些上司的质疑，但是没过多久，碉堡监狱出类拔萃的绩效，供给中央与镇上超乎预期的大量木材原料，足以提升与丰厚双倍的地方财力，使得他的做法获得一致好评。

不管如何，这仍改变不了乐迪欧的冷血性格，保罗心里想。

从小到大的生活太过优渥，对于他人的任何情绪毫无理解能力。在乐迪欧的观念里，只要能达到目的，践踏与牺牲别人绝对是一件正确的事。保罗有点心痛，有时候对某些人来说，过多的爱其实是种隐形的暴力，会让你惯性放大发生在自己身上的事而逐渐丧失体会他人痛苦的能力。

温柔宠爱始终都与残暴并存。两者相依互存，彼此消长。

但是保罗扪心自问，自己真的在乎柯薇亚的下落吗？真的在乎这条陌生的生命吗？想到这里，他感到心虚了，独自怀想着纷乱心事的他，脸颊涨红了起来。其实没有，他根本不认识柯薇亚，如此在乎只因为在这个独一无二的精神异常案件中，如何处置柯薇亚的下场，事关精神学理研究的突破性关键。

只要能得知塔德最后的手段，便可以达到更深层的心理学境界。甚至，他还曾经私心幻想过，可以把研究《第五号房》的心理过程详细记录下来，参加心理学高层论文比赛，依照五号先生所掀起的各种社会风潮，绝对能获得心理学界中极大殊荣。

那么，这样的我与残暴的乐迪欧，又有什么分别？

保罗为自己的想法感到可悲。脑中充满各种想法的这段时间里，终极极刑的程序已全部准备完毕，现在，只剩下最后的执行了。

这是在碉堡的三楼，也就是最开始给精神病的囚犯们建立的高级视厅中心。挑高两层楼的广大空间，顶部是用透明玻璃打造的圆环状银幕，除了角落里是一间隐秘的影片播放室，靠近银幕的所有位置，都是为了让心理医生由上往下观察底下的囚犯反应所建立的特制座位。

“咦，温蒂呢？她在哪里？”保罗发现全部座位都已坐满，迅速用眼神巡视着众人的脸孔，却没有发现温蒂的踪影。

他在前天傍晚特地打电话给她；他想，以她这阵子与塔德建立起来的关系，她应该会想在场观看结局。但是拨出的电话无人回应。他从傍晚一直拨打电话直到深夜，隔天再打，都无人回应。

不管了，保罗放弃地想，或许温蒂是在刻意逃避吧。这极刑的消息众所皆知，如果她希望到场，应该会在最后的时刻出现。

现在，所有人都已经就位，迎接最后时刻：出动监狱所有狱警，全副武装地押送前方监狱中的所有囚犯，一一前往此座碉堡。

当约有五千多名的全部囚犯，身穿统一绣有号码的浅蓝色囚装，从大门口一个接一个地进入下方的圆形广场时，玻璃后座的贵宾们皆不由自主地从座位上站起来，目瞪口呆地往前靠拢。

这实在太惊人了！他们心里想。

这身浅蓝色的囚装在印象中应是暴烈与不受控制的，让人的联想穿透过服装的本质，直接到达各种污秽下流、血迹斑斑、与支离破碎的命案现场；但是此时，下方这些剃光头发、浑身张牙舞爪的刺青、脸上还凝结着残暴痕迹的囚犯，却如同受到催眠般温驯，一个挨着一个，并肩靠拢站在广场中央。

宽敞的圆形广场，望过去成为一片极度拥挤，却沉默异常的淡蓝色海域。

《第五号房》的终极极刑开始。

原本光亮的空间黯淡了下来。影片室里的工作人员开始奋力运转，包围下方广场的环状大银幕上，放映出巨幅画面：

一个特写女人脸部五官的镜头渐渐拉开，显露出女人套着透明白纱的全身。

“来，妈咪，把右手举到头部后方……”低沉的声音从影片中清晰传出。

“对，再往右边一点。”

画面中的女人站在房间中央，把颈关节转到极限，脸朝右后方望；而举高的右手微微颤抖，左边的手则插在腰际上。这姿态像是明星为主题拍摄的写真动作。

“不可以动，连发抖都不行哦。”

画面闪出几道白亮的闪光。

“来，换第二个姿势。”

女人松懈双手，坐到地板上，把双脚重叠弯曲在身后，腰部则扭曲到最大的极限，让撑在地面的双手使上半身挺直地面对镜头。

女人微笑的优雅表情始终如一，但是尽力在镜头前摆出各种充满肌肉线条力道之美的她，身体已受不了维持扭曲动作；双臂与双脚的肌肤不时泛出明显的鸡皮疙瘩。再仔细观察女人，她全身关节已经间歇地发出剧烈的颤抖。

下一个动作，依照镜头外低沉的声音指示，要她俯卧在闪着光泽的木质地板上，想象自己在水底里般作出如蝶泳的姿态。

女人马上训练有素地摆出标准的姿势。

但是仅过了十秒钟，她的肌肉开始发出阵阵颤抖，如米粒般透明的大颗汗水，迅速渗透出起了鸡皮疙瘩的皮肤表层，湿淋淋地往下弯曲流淌着。这放大的画面如同众多的细小水流分支，蔓延于肤色的岩壁上。

不管是谁，看到这里都明白，女人已超越自己身体所能负荷的极限，却不顾一切地极力勉强维持，持续变换结合力与美的姿态。

保罗一看到影片的开始，腹部马上发出微微的疼痛，嘴里的味道苦涩不堪，好像吞下了什么坏掉的东西，灼烧的恶心感由咽喉底下不断涌出。心跳虽然没有先前那么急促，但是呼吸变得非常不畅；肺部在此时无法发挥功能似的从别的地方泄出了里头的氧气。

心里的不安与恐惧感随着身体的不适反应，拉升到最高点。

这是《第五号房》影片中的《拍照》。

而就心理学的研究角度来观看此片，这无疑是所有影片中最让人感到莫名害怕的一部皆蕴含着无声的暴力，隐藏了最浓郁的性暧昧。

暴力与性，在心理层面上，是紧紧相系在一起的。

这影片最成功也最让人最恐惧的地方在于影片里的柯薇亚，不知出于何种原因，极尽所能地勉强自己，做出一连串违反人体姿态的动作；而在那些如时光静止的僵持中，她可以逼迫自己用所有的意志力达成任务，却无法控制已经疲乏竭尽的肌肉与关节。

在一个个放大的特写镜头中，她的身体、肌肉、关节、与皮肤细节，被精确的镜头一一仔细分开拆解，成为一幕幕穿梭在极端粗野的暴力却又融合了反差极大的细致美感之中。

保罗完全明白，不管观者是什么样的人，拥有什么样的背景与特质，皆会不由自主地从心底深处，喷发出无法克制的恐惧，混合着心惊肉跳，并从自己都不知道的地方，迸发出隐隐约约、无法言喻的冲动本能。

正当他思考着这些问题时，听见围绕在旁边的政府官员与媒体记者，在静谧的空间中，发出一连串细微的吞口水声。

苍白的肤色画面，正流动在他们惊骇的脸颊上。

底下沉默的囚犯们开始发出窸窣的杂音，随着影片中的姿态越来越复杂，女人的身体与肌肤紧绷到了极限……

保罗闭上了眼睛。他记得《拍照》的结尾画面，他根本不敢想象。

那是柯薇亚脱下了汗涔涔的白纱，露出赤裸的全身。

那具漂亮、毫无瑕疵的胴体，此时已布满稀薄的汗水，在光线下反射出晶莹的点点亮泽。镜头外那个低沉的声音没有继续说出指令。他把摄影机架在原处，背对镜头走入画面中。

五号先生一进入画面，底下所有的囚犯皆不约而同地发出焦躁的叫喊。

他与柯薇亚相同，也是赤身裸体的，却在头部套上了一个仅露出两只眼睛的黑色蒙面面罩。

那黑色的面罩并不特别，只是抢劫犯为避免露出面貌而戴上的普通面罩；但是此时，夹杂在两具赤裸的肤色身体中间，那由黑色面罩所散发出的莫名暴力感达到了精神所能承受的巅峰。

裸身，在视觉感官中会自然产生一种弱势与被虐者的想象，再加上无法见到真实面目的黑面罩，这会让人轻易地联想性虐待或其他肉体折磨。

黑面罩男人一步步逼近前方的女人，伸手将女人的两只双臂撑起，与肩膀水平举高，然后调整女人的双腿使之重叠，再把她的头轻轻地往右边压下，宛如殉道者的十字架姿态。

镜头最后一幕的停格在裸身的十字架画面中央。

整部影片综合着暴力、信仰、情欲与未知的恐惧……这些人类最原始的本能，一同丢入熔炉燃烧；而钻进感官的强大力量，几乎让所有人的胸口感到窒息般的剧烈焚烧。

就在底下的囚犯发疯似的大吼大叫，狂躁的淡蓝海域即将涌出大浪时，控制台突兀地关闭影片，四周瞬间陷入深沉的黑暗。声响也与光线同时消失，大家被突如其来的黑暗惊吓得闭上了嘴巴。

从影片室又投射出一道灿亮白光，打在广场的正上方。

泛着苍白光泽的裸体，头上戴着如影片中一样的黑面罩，用麻绳绑缚在十字架上的五号先生，从正上方缓缓地降了下来。

全体囚犯抬头安静地看着十字架从上而下，垂直地降落到地面。

保罗退后到最后方，根本不敢继续往下看。

就心理学的正常反应来说，现在所有犯人的肾上腺素已经被影片的内容激发到了最兴奋，完全丧失了理智与意识，在这几分钟里，他们会瞬间变成一只只靠本能反应的凶猛野兽，即将发泄出已如火山爆发般的内在能量。

底下的广场上光线仍持续昏暗，仅有打在肉体十字架上的白色光源，勉强形成一道朦胧的圆形光晕。

保罗看到乐迪欧对细节的安排如此周密，不禁感到一阵恶心。模糊的视线会无形提升人的勇气，尝试未曾做过的事情——只要看不见自己残暴的行为和横流的鲜血，那黑暗足以助长内心隐晦的凶残念头，化成实际的行动。

此时的五号先生成了被丢入凶猛残暴狮子群中一块最美味的大餐。所以，不用往下观看，他也知道塔德的下场会是如何。

乐迪欧似乎也早已料到底下会发生何种惨无人道的暴烈场面，他跟在保罗后面退出人群。现在，所有的政府官员与媒体记者，每个人都像着了魔似的，从位置上站起身往前贴近，紧贴在玻璃上往下望。

这很正常。一般人对于暴力与性方面的画面，都会有本能靠近与观看的冲动。

“怎么样？我这终极极刑策划的不错吧。”乐迪欧站在保罗的身后，邀功似的询问他。

“让终极极刑在此废弃的生物碉堡中举行，已经创意十足；当然，接下来的安排简直可以跟五号先生媲美，堪称才华洋溢的导演！”保罗讽刺地回答。

“这没让你满意吗？我花了两个晚上才想出来的点子……”乐迪欧不满地盯着他。

“没必要让我满意。这所有的安排只是让你的真面目更昭然若揭，让人知道你有多么变态而已。”保罗冷冷地说完这段话，穿上外套，一个人搭电梯下楼，离开碉堡。

于第二天清晨，所有媒体记者以及头条新闻刊发的极刑结果，跟保罗之前想象的画面有很大出入。

应该说，由实况转播的终极极刑中，五号先生理所当然会成为一团团血肉模糊、四处飞溅的肉块，但过程却拖了很久。

就在十字架到达地面后，大批囚犯面露凶光逼近时，从疯狂的海域中间却跳跃出一个人影，他奋力挥舞着四肢，使出所有的力道，竭尽所能地保护着五号先生。一个人像一头勇猛的疯狗，毫无畏缩，竭尽全力抵挡所有凶猛的野兽。

保罗惊讶地瞪大眼睛盯着转播画面，才发现在极度昏暗的混乱中，那头往上飞扬的红色头发在黯淡的光线中显得极为刺眼。

是红毛。

那是乱刀残杀自己的母亲之后被判终身监禁的红毛。在外人眼中丧尽天良的他，却毅然地选择在最后一刻牺牲自己，成为与五号先生混合在一起的血块肉酱。

看见红毛竭尽全力地护住塔德时，保罗不禁在银幕前流下泪来。

第十一章

早晨从床上起身后，保罗下意识如常走到窗边，拉起窗帘，抬头望见窗外上方的天空。

这间小公寓很幸运地没有被其他建筑物遮蔽，只要略略抬头，就可以眺望远方的阴沉天空。这星期的天气十分不好，约有四天的连续雨天，不用拉开窗户就可以听见滴答的雨点夹杂着风势不停拍打屋檐的声响。而剩下的三天，则是将整个世界浸在黑漆里的阴天。

他揉揉双眼，打了个呵欠，用惺忪睡眼盯着窗外。

风势比昨天减弱了许多。先前沉重的灰色块状云，被强劲的风不停地朝南吹，形成一种呢喃般的短促声响；连日的风雨终于停止，先前累积在地面的一滩滩水洼，现在正安静地逐渐缩小形状。

保罗走到浴室中盥洗，决心出门走走。

这是在《第五号房》事件结束三年后的年底。

全镇正欢欣鼓舞地准备迎接圣诞节到来。中午，保罗走出家门，来到镇中心最热闹的精品百货店，想要为亲人购买圣诞礼物，在擦身而过的人群中，一个穿着质料高级的黑色毛外套、肩背褐色真皮皮包的女人，正挤身在人潮中央往前移动。

保罗一发现她，便不顾礼貌地急忙插进人群中，跟在女人后方约两公尺处。整条人行道上全都是人，纷乱的颜色与喧嚣的人声融汇，让人心情烦躁。但是女人穿的是与周围鲜艳色彩相反的黑色，所以锁定这目标还算容易。

他一面轻轻地向四周喊着抱歉，一面企图在水泄不通的街道上加快脚步。

他保持距离地跟在女人后方，这样走着。有时候距离过近，他会停下来假装看着旁边的橱窗，或假装拿起口袋中的手机说话，以调整最适当的跟踪距离。

保罗从后面观察着女人：除了与四周相比显得黯沉的黑色大衣与肩膀上的包包，她垂下的手上还提着一个棕色的大纸袋，里面不知装了什么奇怪的东西，看上去鼓胀的外表，前后晃荡出古怪的弧度。

女人一点也不在意，安然地走过镇中心最拥挤的街道，迅速穿越中央广场，避过大路上的人潮，往偏僻的小道走去。她好像对这一带相当熟悉，从繁华的街道踏进静谧的小巷，附近是安静的住宅区。因为已经缺乏足以挡住保罗的人墙，所以他小心翼翼地放慢脚步，让彼此的距离拉得更远。

女人往前方的巷子转进后，进入了一家小咖啡馆。

保罗偷偷地在咖啡馆外头观察了一阵子，发现看似小小的店面，里头的人还真不少：一些年轻人坐在吧台与绑着马尾的老板大声讨论着时事；几对情侣坐在双人座位上安静地喝着咖啡；两三个独身客人则正专注地读着桌面上摊开的书本。

女人坐在背对大门的单人座位上。她已经把黑色大衣脱下挂在椅背后，显露出浅灰色羊毛薄衫和从脖子到背脊的纤瘦弧度。因为背对着，所以看不见她在做什么，只知道她没什么大动作，像冥想般安静坐在位置上。

保罗盯着她的背影一会儿，转过身站到旁边的屋檐下，从口袋掏一根烟来抽。

“嘿，我好像没见过你，待会准备进来喝咖啡吗？”

后脑勺绑着一撮马尾的老板打开门站到他的旁边，嘴里叼着一根烟，凑上去向保罗借火。

“嗯，对啊，”保罗打着手中的打火机，尴尬地回答，“我待会儿把烟抽完就进去。”

“我看你刚刚往里头东张西望，看见认识的人吗？”老板眯着眼睛看似随口问问，很享受地抽着烟。

“对啊，就是那个座位上穿灰色羊毛衫的女人，应该是我很久以前认识的一个朋友。”

“哦，你说柯薇亚呀，她是我这里的常客啊！”老板顺着保罗的指示，看了一眼女人安静的背影：“我想想，好像是一年多前吧，一开始她来，只是坐在角落里看书。我想她应该是喜欢这里的气氛吧，没多久，就几乎天天来。”

“柯薇亚。”为了不让人起疑，他压抑住自己的疑惑，只是重复了一次这个陌生的名字。

“对啊，尽管每天都看得到她，但她从不跟任何人说话。只在最开始的时候，礼貌地告诉我她的名字、要什么咖啡。我曾多次试图与她闲聊天气或其他家常，她都笑而不答。”

保罗点点头，两人把抽完的烟捻熄在旁边的烟灰缸上，一起进入店内。

“请给我一杯热美式吧，我要坐在她旁边的位置。”保罗跟老板说完，走过去坐女人的身边。

店里的暖气太强，一进去就感觉相当闷热。现在正播放着老式的爵士乐曲，说话笑闹的声响几乎与音乐一样大声，因为杂汇了不同的高低音质，使本来就很小的空间显得更拥挤了。

但似乎没人在意，大家各自在位置上开心地享受午后时光。虽然每桌的气质各不相，但是整体却有种奇怪的和谐感。

保罗刻意坐到只要女人抬头就可以看见他的斜前方位置。他随手拿起送来的咖啡，一边喝，一边刻意用火热的视线注视着女人。但是女人似乎未曾感受到他的注视，用擦了指甲油的右手指尖托住下巴，像在思考什么事情般安静坐着。

保罗不久发现，女人动也没动桌上的咖啡，任凭它如装饰品摆在原处，往前凝视的目光，安静坚定地停在某处，但是那个方向没有什么特别的事物，既没有挂画也没有任何装饰品，只有半面显得残败的丑陋白漆墙面，还有一堆挡住大片落地窗的年轻人。

她的眼神并没有穿过人群，看落地窗外的风景，也没有看屋子里，而是一直注视着空气中的一点，好像有透明的什么正飘浮在其中，承接住她那专注的眼神。就这样过了一段时间，当他已经把面前的咖啡喝完，正考虑叫第二杯时，女人突然站起身，披上椅子后面的黑色外套，动作迅速地转身走到门口，推门离开咖啡馆。

保罗急忙跟了上去，如先前一样保持距离地跟在她的后方。

三年多前，《第五号房》随着五号先生塔德公开被处以极刑落幕之后，镇与网这两个世界逐渐恢复了原本的清静。

当然还是能在很多地方发现相关的踪迹：继续热烈讨论《第五号房》的地下网站；少数研究生把此事件当成研究对象，写成一篇篇学术论文；某些电影的拍摄手法与剧情简直与其完全雷同；少数民众精神异常而做了些伤害他人与自残的事情上了社会新闻；以此为题材出现的小说；拆解最后极刑的段落变成一张张的影像照片……

关于《第五号房》的余波不断从各地冒出，在阴暗潮湿的角落里缓缓发芽成长，这些都是可以预期的。毕竟这个事件从开始到结束，都以极端戏剧性的方式发酵，深深撼动了很多。

对曾经迷恋过的人来说，它不仅仅是一部影片或是无关痛痒的社会现象，而是奔驰在他们想象中的魔幻时刻，一部深凿进心底深处、显现真实的欲望、让人心醉神迷的经典。

在这三年多的时间里，对保罗自己而言，《第五号房》事件并没有完全结束。

未解决的疑点实在太多了。首先是失踪的柯薇亚，下落仍然不明，再来便是他与温蒂在圣心疗养院所获得的资料，关于毕约克与迈尔斯这两个人，他们的资料在极刑之后，便从保罗的办公室抽屉中离奇消失。

这让保罗非常无法理解。现在的他，仍清楚地记得每个细节。

那时他与温蒂一起走进地窖，在偏僻的五号房拍片现场，由温蒂逮捕了塔德，保罗则随即在后方发现艾莉丝死状惨烈的尸体……然后，记忆的场景转移到路得岛碉堡监狱，两人一起研究，花费许多时间，对塔德进行深入的交谈与测试。

但是，终究仍差了最后一步，没有打开塔德的秘密心房。一切宣告徒劳。

就在终极极刑结束后，保罗决心辞职，不愿意继续跟着拥有多年交情的乐迪欧；他对乐迪欧不人道的处理方式相当不满，也发觉如果再不离开路得岛碉堡监狱，那么自己的良心很快就会慢慢泯灭，逐渐变成如同乐迪欧那样毫无人性的野兽。

于是在极刑实施后的隔天，他回到办公室收拾自己个人的东西与杂物，就在此时，他发现关于圣心疗养院所提供的资料，全都不翼而飞。

保罗仍持续跟踪女人好一段时间，最后，她往巷道左边弯进的一条小路。

一到冬季的午后，街道便显得空荡荡，强风把地上的土卷起，尘土飞扬，白茫茫地掩盖街道尽头，而天空依然白亮得跟透明玻璃一样。

最后，他们来到南方郊区前一个新建设社区中。

保罗记得这个新社区。几年前，一家在业界有些名气的私人建设公司，围起了地势平缓的地段，以非常迅速的时间盖好这整个社区（几乎没有超过一年），对外张贴华丽的房屋介绍。

保罗看过这个广告，也记得新闻曾经报导过这一带的幽静，使得建商一对外开放参观与购买，出售率便创下小镇的记录。

从敞开的铁栅栏门口悄悄地尾随女人进入，映入眼帘的皆是统一的三层楼砖红色平房，显得优雅大方。沿着宽敞的街道两旁种植着整排低矮的绿色植物。保罗对植物不怎么了解，但是就视觉所见，那些随风摆动的圆弧状叶片的确会放松人的心情。

女人毫无犹豫地直直往前走，停住脚步，站立在其中一栋平房下方，从褐色皮包中掏出钥匙。

再不出声叫她，一切都白费了。保罗用力思索着，于是在女人转开门锁前，按捺住纷乱的心跳，决心出声喊她。

“嘿！好久不见了！”保罗一个箭步向前，轻轻拍了拍女人的肩膀。

“嗯……”女人听见声音回过头，微眯着眼睛，打量了一脸紧绷的保罗后，脸上马上绽放出笑容：

“是保罗啊，好久不见了！你怎么会在这里？你也住在附近吗？”

“不，嗯，不是，”保罗慌乱地想编个谎话否认，但一时间想不到，在女人的注视下，决定实话实说。

“我刚刚在街上看见你，但是因为太久没见，所以不敢上前与你相认，但是又想说应该要与你叙叙旧，于是就跟在你后头来到这里。”

“是啊，我们真的好久没见了！来，不要客气，上来我家坐坐吧。”女人大方地摆摆手，走进了屋内。

崭新的屋内还残留着粉刷的气味。保罗迅速地用目光环视了屋内，这是间小房子，简单地摆上了高雅的白色沙发、电视、茶几、与后方的小型餐桌。每一层应该都与一楼一样毫无其他隔间，一个人独自住在这儿绰绰有余。

“我刚刚上街去添购布置圣诞节的东西，还抽空去咖啡馆喝了杯咖啡。”女人一边脱下黑色大衣，放下手中的大袋子，一边熟练地打开客厅的灯。

“你搬来这多久了？”

“两年了吧。”女人坐到保罗对面的沙发，脸上充满了善意的微笑。

“怎么会决定搬来这里？”

“你记得我以前住的地方吗？那里真的太吵了，有时候想要好好一觉到天亮都没有办法，搞得精神很紧绷与疲乏。想搬家的念头是一直都有，直到有好的中介商出面，介绍了远离镇中心的新社区，才毅然地决定住到这边。”

保罗一直仔细地注视着女人的脸孔。她的样子没有太大改变，但是在细微的表情中，似乎多了些以前没有的东西。

他发觉只要盯着这张熟悉的脸孔，以往曾经共事过的记忆便会显露出来。女人在谈话的时候不断抬起头来看着远方，如同在咖啡馆里一样，好像空气中出现了某些只有她能辨识的东西，令她持续地把目光空茫地掠过保罗的脸，停在透明的东西上面。

保罗逐渐完整地。想起女人以前的模样。

以前的她也总是如此，会在许多不同场合，不经意地露出迷惑与困扰的神情，但每次只维持几秒钟，马上回复了相同的微笑。但是这些特征，现在在女人的身上已经看不见了。在这段音讯全无的时间里，已经被湍急的流水给冲刷殆尽。

那些曾淡淡卡在眉宇间的困惑不解，似乎已经全部消失，留下一个澄澈纯粹的，他所不熟悉的崭新面貌。

“我可以参观一下你的新家吗？”保罗小心地提出要求。

“非常欢迎。”女人站起身，随即抱起一路上提回来的大袋子，慢慢走到旁边的大理石阶梯上。一尘不染的白色阶梯反射出保罗模糊的影子。

一站定到二楼，保罗便做了好几次深呼吸。

那也是完全开放式的空间。两边墙壁旁分别摆了好几幅油画。

画布上涂满了鲜艳的颜料，笔法相当生涩，看得出想表达的东西与意念，但是基本的比例、轮廓及颜色调配都显得变形怪异。

“你在学画吗？”

“是啊，试着培养一些别的兴趣。画画很有意思，可以藉着颜色与线条勾勒出心里所想但描述不出来的画面。”

“所以，这些都是埋藏在你脑中的记忆？”

“对啊，尤其是靠墙最尾端的那张油画，就是那张……怎么样？至少有些象样吧！”女人嫣然一笑，红润的脸色看起来非常开心。

保罗走到女人所说的那张油画前。

那是一幅几乎与他等高的大型油画，上面涂满浓厚的黑色颜料，只有画面的中央，留下一个看得出是人体摆出十字架般的姿态，从黑色中突围而出。

这幅画让保罗心惊胆跳。尽管画技很不成熟，但是已经强烈表达出她心中的意象，便是直指向那最后的极刑。

“我都忘了，”女人突然放大音量，抬起手中那个棕色大袋子。

“我就是上街购买这个装饰耶诞节的，你要不要陪我上三楼布置?”未等保罗回应，女人径自走到后方阶梯，一步步踏上三楼。

保罗离开画，迈开脚步赶紧跟在女人后面。

二楼的一切已经使他思绪错乱，所以当他来到三楼时，感觉好像被莫名地勒紧喉咙，严重的窒息感让他几乎喘不过气来。相较于一二楼的简单摆设，三楼更是什么都没有，甚至连天花板中央的灯光也没有，仅在正方形的地板中，用小型的晕黄灯泡围绕了一圈，此时正散发着诡异的光圈。

中央，是一尊披上白布的大型雕像。

白色的粗厚布料，在光圈中映出浑黑的暗色阴影。

就在女人缓慢地抬起双脚，跨越过环绕在地板上的光圈，慢慢走向中央盖着白布的雕像时，保罗开始不由自主地打起了冷颤。

“对了，保罗啊，我们认识那么久，一直都没有机会向你介绍我的父母亲：埃罗斯先生与埃罗斯夫人。”

女人说完，古怪地到旁边关上了灯，再往前动手扯开白布。

原本保罗一进到屋内，就感到被浓密的古怪感包围；现在，那些没入阴暗中的各种物体突然消失在这片唐突的漆黑中，看不清的四周仿佛空旷没有界线。

他感觉停下脚步的自己正站在一个广大没有边际也没有上方与底部的奇异空间。

保罗急切地伸长自己的双臂，狼狈地往四周摸去；的确，深入黑暗的双手似乎只会把空气弄混，扑空跌落在什么都没有的虚空之中。

他的心脏紧缩着，深呼吸一口气，想要大声地喊叫，但是声音却梗在喉头的上端，什么声音也发不出来，只有相同的短暂气音，急促地从口中冒出，连凝聚的时间都没有，就被吞进一团团的黯黑里。

他不敢置信，企图安抚住情绪激动的自己，连续做了好几次深呼吸，再仔细地揉了揉眼睛。现在，睁开眼睛的他，看见四周开始显现出微弱的光，仿若黄昏时那种昏暗的阴沉暮光。

原先浓密的黑暗已从视线中消失。他感觉自己的意识跟不上四周的变化而产生对现实无法肯定的困惑，光线忽明忽暗地闪烁在眼前。微弱的光线闪烁在毫无任何污渍的雪白墙壁上。空间则开始缩小成规矩的正方形，充满了奇怪的液体气味混合着淡淡的香水。

等到保罗终于看清楚披盖在白布之下的东西，他双腿战栗，几乎要当场倒下来。

那是镶嵌在透明树脂的两具赤裸尸体。

尸体定格于彼此纠缠在一起的姿态，就像一九八〇年艺术家安妮莱柏维兹在枪响的几小时之前所留下约翰·列侬与小野洋子相拥的珍贵影像：

男人俯身贴紧在女人的上方，大弧度地弯曲着双腿，右手缠着女人浓密的头发中央，左手则呈现一个弓形，完整地环绕着女人的脸；女人则平直着身体，与男人一起悬空仿若漂浮在树脂的正中央。

两人的表情安详。亲密贴近的脸颊上定格着如梦幻般的甜美微笑。

这尊雕像凝结住流动的时光。保罗睁大眼睛，看着底下众多的灯泡投射于其上所反射出的轻盈晶点，像一个被冰雪封住的完整世界。眼前绽放出的幻影群像已经将周遭世界遗弃。

这是一个绝世独立的标本。

在这封存住永恒的前方伫立着，会感到自己说出的话与脑海里的所有意念都失去了力量与意义，就像附在玻璃窗上的雨滴，不断地从现实的领域慢慢滑出轨道之外。

现实在它前面扭曲，时间不受控制地狂乱奔流。

女人与保罗并肩站在这美好无瑕的裸体前方。她用极为安定的眼神，望着在微暗光线中发着冰冷细致光芒的光洁裸体。

保罗发现她的眼神镇静得出奇，巡视着身体的每一个细部，如同在检视自己的身体，确定每个皱褶与纹路，深深地刻画在自己的脑中。她深深呼吸着混浊的空气，瞳孔则蒙上一层薄薄的、晕染着淡绿颜色的雾气。

她在这过程中什么也没有说，似乎正努力克制着语言，只用视觉记忆着。

这不是她所谓的她的父母亲：埃罗斯先生与夫人。而是《第五号房》的秘密，也是保罗寻觅多年——生死不明的柯薇亚与毕约克。

女人的眼睛目眩神迷地盯着眼前的雕像；仿佛这是她的世界轴心，属于她这个人的全部意义已经由这尊雕像全然地贯穿了这一生。

保罗从来没有想过会在这样古怪的时间与空间里挖掘出他费尽心力寻找的答案。然而，对保罗而言，最大的疑点已经从许多悬而未决的事件跳到了一个人身上：温迪。

终极极刑的那天，保罗没有在人群中发现温蒂的踪影，仔细回想起来，就在他没有注意的某个时间，就在他思索着乐迪欧残虐的性格并反省自己的自私时，温蒂早已悄悄地从路得岛消失，音讯全无。

她动作迅速地向警方提出辞职，更换电话号码、居住地，甚至是名字与面孔。

那么，最后失踪的毕约克与迈尔斯的资料，就是被温蒂取走的。

“温蒂？温蒂？”保罗在艰困的呼吸中，尝试轻轻呼喊着这个熟悉的名字。

女人听见声音回过头，一脸茫然地往保罗后方搜寻着：“还有谁在这里吗？保罗，我怎么没看见？你在呼喊谁？”

她的眼神呈现严重的涣散，垂下的眼皮覆盖住黯淡的眼珠，头发杂乱地垂在后方，身体动也不动，仿佛被什么冻结住了。苍白的脸颊上，残留着一种深入梦境中的人会露出的表情，嘴角旁留下疑惑、苦恼的淡淡影子。

保罗望着温蒂，感觉时间在这里静止了。

他先对着温蒂轻轻地摇了摇头，然后颓丧地跌坐到地板上。

保罗明白，此时的温蒂就如当初被逮捕的塔德，已经把生命的轴心，放置在脑海中的空白位置；她已经不是当初生涩但是聪明伶俐的警官温蒂，此时她是柯薇亚，永远如谜一般的柯薇亚。

当初从众多警官的资历与心理测验资料当中毅然地选择了温蒂，一个心底深处拥有与塔德相同缺失母爱、怀抱着空茫缺口的温蒂，没有想到，自己就这样把她推入了永恒漆黑的浑沌泥沼之中。

保罗试图用绷紧的脑袋回想着几年前的那一天，被他选中了的新手警官温蒂，在万籁俱寂的夜晚来到路得岛碉堡监狱。

或许，就在她第一天试着踏进塔德的世界时，便因为里头的寂静无声、诡异歪斜的气氛、平衡暴力与温柔的性格、静止的时间感、缩小又延伸的扭曲空间，还有空旷荒凉的毫无气味而哭泣着；然而，在历经了与塔德沟通的试炼之后，她开始接触也终于清楚了所有关于《第五号房》里的秘密。

在每个寒冷的清晨曙光中，她躺在碉堡中的冰冷床上，看着厚重的窗帘抵挡住望头的所有光线，阴暗浓稠地彻夜包围住她。她以为自己将永远跌落进失去母亲的疑惑与痛楚，永远都会感到自己在这个地方的格格不入。

但是，《第五号房》里吻合她缺失母爱的浓厚悲伤与痛苦，终将在她的身上蔓延与延伸。它们最终还是吸收了她，在她的身体里头呼吸，挖出已埋葬的秘密往事，取代它成为她的第二个心脏，在左胸腔上方喧嚣地不肯停止。

现在，所有的谜底都现出原形了。

保罗想起迈尔斯，这个神秘的人物，应该就是塔德与温蒂对谈时被录音笔记录下来的关于毕约克最钟爱的永恒标本，赎罪故事中的胡赛因。

他为毕约克，这个与他相同喜好保存事物的老人，奉献出那间充满记忆与悔恨的南方郊区平房，最终成就了这尊让人不寒而栗、却完整地封存住永恒绝美的活体标本……不管是迈尔斯或是胡赛因，他已经不是代表一个真实的人，保罗心里想，而是一个黑洞，一个烙记下过往一切的黑色影子。

保罗记起了《第五号房》中的画面。

内容已经有些朦胧了，各种记忆的影子一点一点地把他们包裹进去。没有人的双脚被锁链紧系住，没有人双手被绑缚住，也没有人刻意地把门反锁地看守着，但是他们却始终逃不出那个地方。

温蒂、塔德、柯薇亚，甚至是红毛与其他观看者，都是自己最严厉的看守人。

他们自己绑缚住自己的双手双脚，成为未曾歇息的严厉看守者。在他们的内心，当然一定曾出现过是否能逃离那里的心情，但是同时也被那沉重的、未曾饶恕过自己的心，给纠缠着不得不放弃；因为他们无法克服这样的矛盾，也没有办法说服自己。

《第五号房》的存在，终究只是一个媒介，把无法原谅过往与自己的内在抽屉拉出来，再透过想要偷窥他人的原始欲望，与各式不同的黑暗面，间接地把这些东西给摊在世人面前。

这其实是一间没有名字与内容的房间，里头却充斥着各种对生命最重要时刻所产生的各种怪诞又扭曲的解释；然而澄澈的真相，最后仍被蒙上一层泛黄的空白。

连温蒂自己也不清楚，她究竟把自己遗忘在哪里了吧？

大家最后都要一一地消失吧。保罗向温蒂告别，慢慢地走出昏暗的社区，感觉世界在转瞬间变得空空荡荡的，连自己的轮廓都要被销毁般黯然，即将沉没入深海的底部。有些东西像被突然截断般断掉，有些事情却需要花一些时间，等到时间慢慢过去，便会像烟雾一样地散开，露出最原始与本质的面貌。

天色已进入完全漆黑的夜晚，通往镇上的街道上正落下细细的雨丝。

保罗感觉非常疲倦，盯着透明的雨丝无声地侵蚀着黯淡的楼房与大地。他没有躲进屋檐底下，而是眼神涣散地走在越来越大的雨中，任凭两旁躲雨的群众，把好奇的目光投射在他身上。

在那样的黑暗中，他不断想起降落在遥远海平面上的雨；那些雨水沉默地敲打海面激溅起的水花，在朦胧的意识中泛起了一圈又一圈的涟漪。停在即将到达自己住家的街道口前，保罗感觉全身的力量已经用尽般地靠在旁边的墙上，眺望着灰濛濛的天色与晦涩的小镇景色，一直望着那样的风景。接近夜晚的街道看起来非常肮脏与颓败，空气中有股淡淡的腐败味，到处充满了一种即将毁灭的氛围。

保罗抬头发现，正上方闪着即将熄灭的破败街灯正把他的影子投射到墙壁上，简直就像深深烙在那里的黑色丑陋痕迹；而那里也包含着他自己的存在似的，随着街灯忽明忽暗地闪了几下之后，世界像突然熄灭般地进入一片漆黑。

“去他妈的，我要光线充足的灯泡！”保罗突然像发疯似的，对着空无一人的街道大喊着。